現代社会で乙女ゲームの
悪役令嬢をするのはちょっと大変
3
二日市とふろう
イラスト 景

「ゆっくり休みなさい。
そしてありがとう。
ここからは、大人の仕事だ」

2001年9月11日
恋任総一郎
桂華院瑠奈

桂華鉄道　貴方の日常と未来を繋ぐ

東京発
八十八ヶ所。
悟りも近く
なりました。
同行二人
四国新幹線、開業。
岡山ー新坂出間は「ことひら」で。

現代社会で乙女ゲームの悪役令嬢をするのはちょっと大変

It's a little hard to be a villainess of a otome game in modern society

3

二日市とふろう
イラスト 景

Story by Tofuro Futsukaichi
Illustration by Kei

It's a little hard to be a

villainess

of a otome game in

modern society

登場人物紹介

桂華院瑠奈

現代社会を舞台にした乙女ゲームの世界に転生した悪役令嬢。

帝亜栄一

日本一の自動車企業テイア自動車の御曹司。攻略キャラ。

泉川裕次郎

大物政治家・泉川辰ノ助議員の末息子。攻略キャラ。

後藤光也

財務省官僚・後藤光利主計官の一人息子。攻略キャラ。

橘隆二

桂華院瑠奈の執事。瑠奈を公私共にサポートする。

一条進

桂華金融ホールディングスCEO。絵梨花という娘がいる。

春日乃明日香

瑠奈の友達。衆議院議員の父親をもち、みかんをオレンジと呼ぶ。

開法院蛍

瑠奈の友達。寺社系華族出身。かくれんぼでは絶対に見つからない。

藤堂長吉

赤松商事代表取締役。

泉川辰ノ助

立憲政友党所属衆議院議員。副総理。

恋住総一郎

立憲政友党所属衆議院議員。内閣総理大臣。

斉藤桂子

桂華院家メイド。元銀座の夜の女王。

時任亜紀

桂華院家メイド。カメラ好き。

桂 直美

桂華院家分流出身。息子の直之がいる。

桂 直之

北海道開拓銀行総合開発部出身。

前藤正一

警視庁公安部外事課所属の管理官。

帝亜秀一

帝亜財閥総帥。栄一の父。

高宮晴香

帝都学習館学園中央図書館館長。

小鳥遊瑞穂

乙女ゲーム『桜散る先で君と恋を語ろう』の主人公。

桂華院家家系図

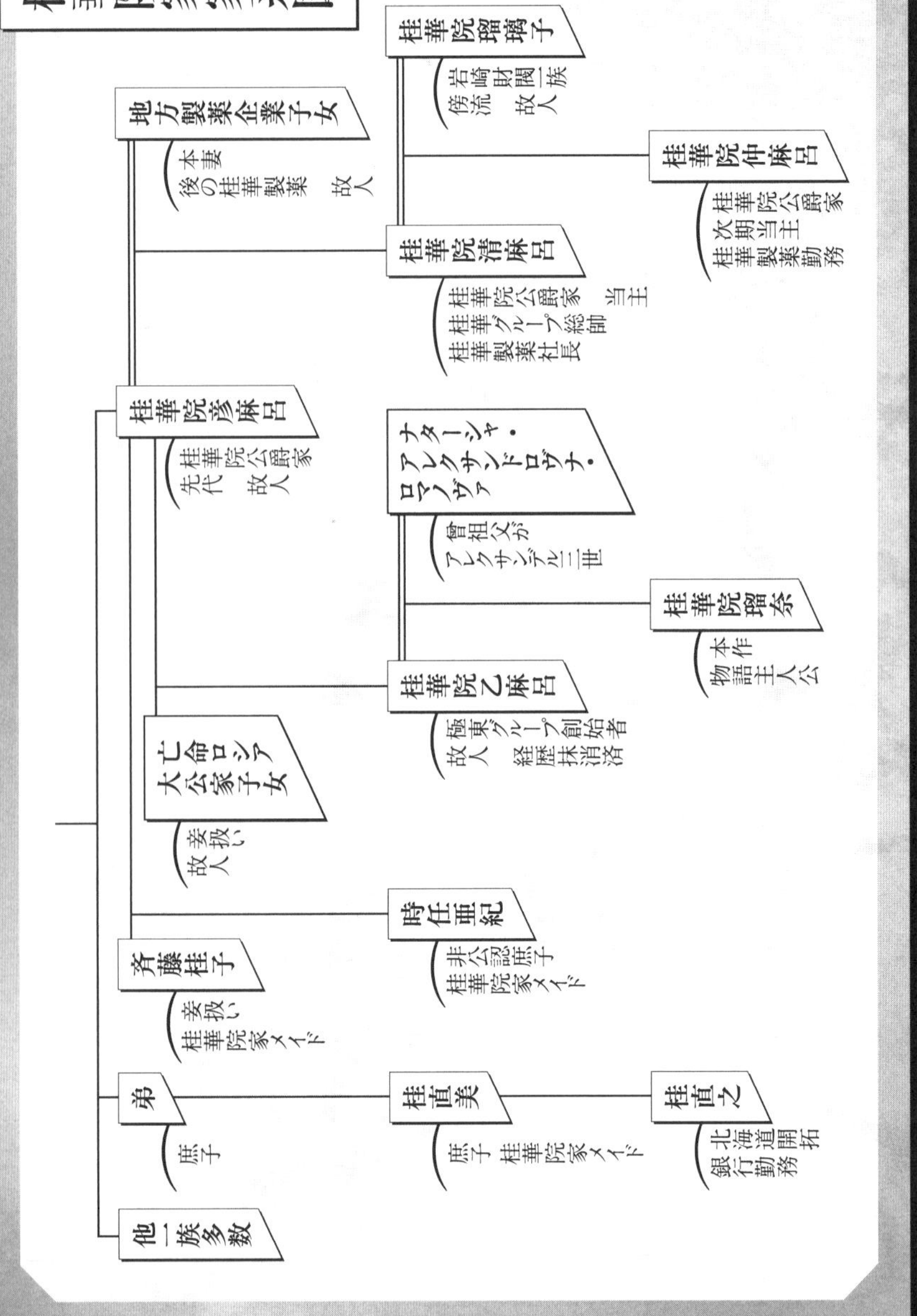

桂華院瑠璃子
岩崎財閥一族
傍流 故人
地方製薬企業子女
本妻
後の桂華製薬 故人
桂華院仲麻呂
桂華院公爵家
次期当主
桂華製薬勤務
桂華院清麻呂
桂華院公爵家 当主
桂華グループ総帥
桂華製薬社長
桂華院彦麻呂
桂華院公爵家
先代 故人
ナターシャ・アレクサンドロヴナ・ロマノヴァ
曾祖父が
アレクサンドル三世
桂華院瑠奈
本作
物語主人公
桂華院乙麻呂
極東グループ創始者
故人 経歴抹消済
亡命ロシア大公家子女
妾扱い
故人
時任亜紀
非公認庶子
桂華院家メイド
斉藤桂子
妾扱い
桂華院家メイド
弟
庶子
桂直美
庶子 桂華院家メイド
桂直之
北海道開拓
銀行勤務
他一族多数

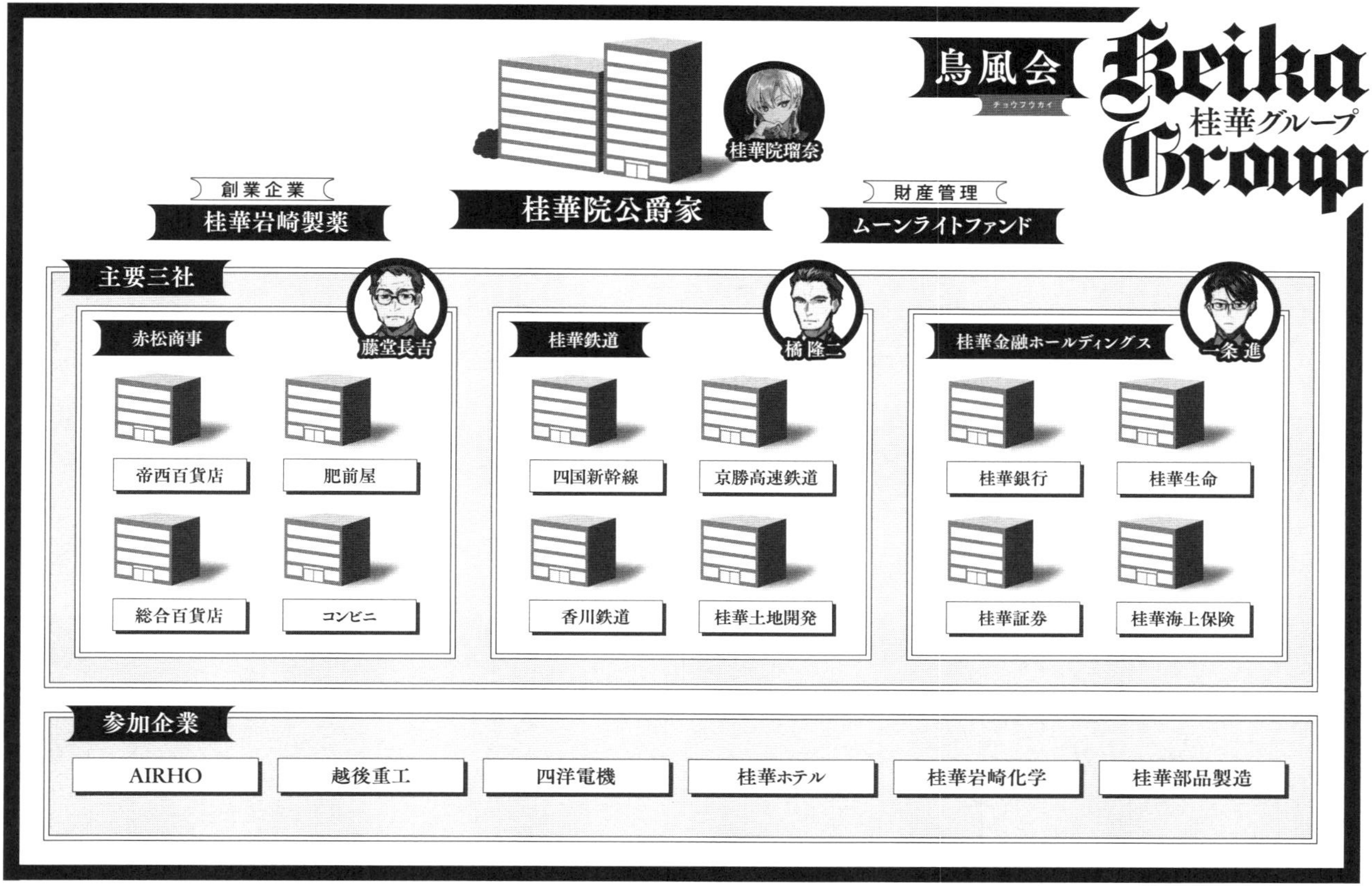
Keika Group
桂華グループ
鳥風会
チョウフウカイ
桂華院瑠奈
桂華院公爵家
創業企業
桂華岩崎製薬
財産管理
ムーンライトファンド
主要三社
藤堂長吉
赤松商事
帝西百貨店
肥前屋
総合百貨店
コンビニ
橘隆二
桂華鉄道
四国新幹線
京勝高速鉄道
香川鉄道
桂華土地開発
一条進
桂華金融ホールディングス
桂華銀行
桂華生命
桂華証券
桂華海上保険
参加企業
AIRHO
越後重工
四洋電機
桂華ホテル
桂華岩崎化学
桂華部品製造

It's a little hard to be a

villainess

of a otome game in

modern society

目次

〇〇テレビ実況　その 2001

1：名無しさん：ID:???

前スレ
http://……………

2：名無しさん：ID:???

2 げと
今日は『帝都護衛官』の TV スペシャルか
楽しみだな

3：名無しさん：ID:???

聞いたけど、あれゴールデンのドラマより予算かかっているとか
さすが桂華グループの全面バックアップだよな
始まった

4：名無しさん：ID:???

>>3
タレントも桂華グループから直でプロダクションに声かけているとか
広告代理店が絡めないって愚痴っているらしいぞ

10：名無しさん：ID:???

何でゴールデンでしないんだよ。これ。

11：名無しさん：ID:???

この OP どこかで聞いたことがあると思ったらあのアニメの音楽作っている人か！

18：名無しさん：ID:???

はい？
桂華院瑠奈　桂華院瑠奈　（本人）

20：名無しさん：ID:???
おい。
これガチで本人か？
というかこの顔帝西百貨店のポスターで見たぞ！

29：名無しさん：ID:???
犯罪組織とお付きの護衛とメイド連中がガチだこれ！！！

30：名無しさん：ID:???
こいつら秋葉原で見たぞ
【画像リンク】

34：名無しさん：ID:???
>>30
天使キターーーーーー！！！！！
秋葉原すげぇな

35：名無しさん：ID:???
メイド達が儀仗兵よろしく整列してやがる
という事は、この武装メイド達あの小さな女王陛下の私兵か!?

36：名無しさん：ID:???
これ、この間あった『秋葉原メイド大名行列事件』の写真かよ!?

37：名無しさん：ID:???
>>36
あの阿鼻叫喚の騒動が絡むのかよ!?

39：名無しさん：ID:???
何だよそのパワーワード……く『秋葉原メイド大名行列事件』

41：名無しさん：ID:lunakeikain
>>39
なんでもメイド喫茶なるものを知った華族のお嬢様がお忍びでそこに行こうとしたらしいけど、元CIAの秘書がシークレットサービス並みの警護をつけてしまい……

リムジンを囲むバイクに跨ったメイド
サングラスをかけて周囲を警戒するメイド
店貸し切りでは無く、ビル貸し切りで安全を確保しようとした秘書と激怒したお嬢様の路上大喧嘩というシャッターチャンスを妨害するメイド

……という阿鼻叫喚の地獄絵図が……

43：名無しさん：ID:???
うわぁ……

50：名無しさん：ID:???
すげぇ
銃撃戦やっているのに誰も喋らずにハンドサインだけでみんな動いてやがる……
つーか動く女王様ハァハァ

52：名無しさん：ID:???
>>50
ロリコンだ！　ロリコンがここに居るぞ！！

53：名無しさん：ID:lunakeikain
>>50
通報しました

58：名無しさん：ID:???
おい。
身内に裏切られたぞ。この女王様。

60：名無しさん：ID:???
>>58
そりゃまだ子供だけど、ロマノフ家の財宝を握ってて総資産兆単位の超お金持ちだからな
目の前に大金積まれて裏切らない連中はそうは居ない

63：名無しさん：ID:lunakeikain
>>58
なお奴らは小切手なんてかっこいい演出で寝返らない
テーブルの上に一千万単位の札束ドン！　ドン！　と積まれたらしい
これで落ちないパンピーは逆に尊敬するわ

68：名無しさん：ID:???
>>63
なにそれ怖い

71：名無しさん：ID:???
なるほどな
誘拐事件ならば警備部警護課警護係の出番だけど、この犯罪組織がロシア系という事から公安が出張ってきた訳だ
メイド隊と三すくみやっているのがシュールだけど、実際のメイドにそこまでの権限あるの？

78：名無しさん：ID:lunakeikain
>>71
あるから厄介なのよ

華族には家範、つまり家が定めた法規があるのだけど、華族内部の犯罪はその華族が裁くみたいな慣習がまだ残っているわ
おまけに貴族院、つまり今の参議院の名残で不逮捕特権が妙な形で残ったから華族絡みの犯罪はすごく厄介なの
更に華族の牙城である枢密院ってのがまた法の番人みたいな所な上に、国会閉会時には国会の代理みたいな事をするからもぉ……
今回のヒロインのメイドは、女王様の最側近の立場だから、公爵令嬢の身分代行者として振る舞って警察の介入を防ぎたがっている
ぶっちゃけると土地のない大名家相手にするようなもの

79：名無しさん：ID:???
あー。
「我が藩の出来事に幕府は口出しするな！」という訳だ。
何処の江戸時代だよ……

80：名無しさん：ID:???
華族は大名公家の成れの果て

81：名無しさん：ID:???
財閥の連中が爵位を欲しがったり、華族と結婚する理由はこれかよ
不逮捕特権はマジで魅力

82：名無しさん：ID:???
たしか文豪に煽られて『昭和維新の完遂！』を合言葉に決起した第二次 2.26 事件もこの不逮捕特権が絡んでいたんだよな
華族のかなりの連中が社会主義に染まっていて、特高が解体されたから安保運動の鎮圧の矢面に立ったのが帝都警だろ
そりゃ『財閥解体』と『特権階級の打破』なんて言い出す訳だ
よくあの反乱が鎮圧できたな

86：名無しさん：ID:???
おい
はやくも捜査で足の引っ張り合いを始めだしたぞ。こいつら

87：名無しさん：ID:???
メイド隊　　うちの事情に首突っ込むな！
警護係　　事情知らんと守れんと言ってるだろうが!!
公安　　なになに？　その事情そんなに隠したいことなの？

88：名無しさん：ID:???
すっげー日本的な足の引っ張りあいと、足りない戦力を知恵と勇気で切り抜ける犯罪組織
あれ？

89：名無しさん：ID:???
犯罪組織の正体がロシアの情報機関キターーー！！！

90：名無しさん：ID:lunakeikain
さすが深夜
ずらりと並ぶ桂華グループ企業群の長尺ＣＭ
ずいぶんでかくなったもんだ……

101：名無しさん：ID:???
あれ？　桂華って岩崎財閥とくっつくって話じゃなかった？

103：名無しさん：ID:???
ニュースでやっていたな
桂華製薬が桂華岩崎製薬に
桂華化学工業が桂華岩崎化学に
桂華商船と桂華倉庫は岩崎郵船と岩崎倉庫に吸収合併されるって

107：名無しさん：ID:???
また岩崎も中途半端に食べたな
一番欲しいのは桂華金融ホールディングスでその次は赤松商事だろうに

110：名無しさん：ID:???
不良債権処理の終わった桂華金融ホールディングスは帝都岩崎銀行や二木淀屋橋銀行をはじめとした大手メガバンクだけでなく外資も狙っているという話だからなぁ

111：名無しさん：ID:???
>>110
赤松商事は今やロシアからの原油を運ぶメインプレイヤーの一人だ
樺太に食い込んでいる岩崎財閥からすれば喉から手が出るほどに欲しいだろうに

116：名無しさん：ID:???
そもそも何で岩崎は桂華を中途半端に食べたんだ？

118：名無しさん：ID:lunakeikain
>>116
ヒント　政略結婚

120：名無しさん：ID:???
>>118
上には上の苦労があるみたいで……

【用語解説】

・不逮捕特権……国会議員は国会会期中に逮捕されない云々《うんぬん》。

貴族院が参議院に変わった時に、国会の混乱を避けるために制定されたそれを華族が欲しがったのは、特権階級であるが故の敗戦責任の回避からなんてのを考え出した瑠奈《るな》の爺様《じいさま》マジ妖怪。

・枢密院……天皇の諮問機関だからこそ、大日本帝国本当の伝家の宝刀である勅令を引き出せる可能性のある機関。

お飾りのように見えて、これがあるからこそ華族は今まで生き残っている。なお、右の不逮捕特権との合わせ技で華族犯罪も頻発しており、瑠奈の両親の例なんかがそれに当たる。

・第二次2・26事件……『ケルベロス・サーガ』で確認したらちゃんと2月26日だったのは笑った。

神戸総司ゼミ卒業生一条絵梨花の就職先

一条絵梨花《いちじょうえりか》は山形県生まれのごく普通の女の子のはずだった。父親は地方銀行である極東銀行で働き、母もそこの行員という社内恋愛結婚。酒田で生まれ酒田で育った彼女が東京に来たのは父親である一条進《すすむ》が東京支店長として東京に転勤する事になったからである。とはいえ高校までは地元の酒田に暮らし、東京のミッション系の私大に入学する際に、先に東京で働いていた一条進の所に母と共にやってきた。

父である一条進は極東銀行の東京支店長ではあるがよくあるエリート階級の中では下の部類に入り、住んでいる東京のマンションのローンで父親がどうしようかと頭を悩ませていたのを覚えている。私大入学から卒業までの間に、父の勤めていた極東銀行は桂華《けいか》金融ホールディングスとなり、マンションから二十三区内の一軒家に移り住んで日本のメガバンクの最年少取締役として辣腕を振るっていた。そこにはローンで悩む父親の姿はなかった。

「絵梨花。お前、卒業した後は考えているのかい？」

外ではメガバンクの取締役でも家では父親でしかなく、最近は小うるさく言う父親と距離感を取ろうとして少し寂しそうに母親に愚痴を言っていたりする父だが、その時は外の顔――メガバンクの取締役としての顔――で娘に問いかけていた。

「景気も良くなってきたみたいだし、大手じゃなくて業績の良い地元企業にエントリーシートを送るつもりだけど？」

「……お前が就職先が無かった時のために一つあてを用意しておいた。もし入りたいと思うのならば、私に言いなさい」

「ふーん……」

興味がないと言えば嘘《うそ》になるが、父親のコネだから桂華銀行の窓口あたりだろうと娘はなんとなくあたりをつけていた。いずれ結婚して寿退職をして山形に帰るのだろうからそれも悪くないかなんて考えたから、娘は何気なしにその就職先を尋ねた。

「何処《どこ》なの？　そこは？」

「桂華院公爵家《けいかいんこうしゃくけ》。桂華院瑠奈《るな》様付きのメイド兼秘書だよ」

父親が勤める桂華金融ホールディングスを始めとした桂華グループはこの数年で急成長した財閥企業であり、華族の桂華院家によるオーナー企業でもあってその内情はあまり知られてはいなかった。だが、帝西百貨店や赤松商事等を始めとした経営の危ない企業を救済してその企業価値を高めている点では悪い会社ではなさそうだ。一条絵梨花の桂華グループの感想というのはそんな所だった。

じゃあ企業説明会ぐらいは顔を出しておくかという事で調べてみると、企業説明会そのものをやっていない。理由は簡単で、桂華グループは経営が危ない企業を買収して立て直す事で事業を拡大してきたが、その過程でリストラも行っていたからだ。内部の人員は余っており、その再配置で十分という事なのだろう。もちろん、採用0だと組織的な継承に支障が出るのである程度の採用枠はあるのだが、それらの枠はコネによってしか開かれない。

今更ながら、一条絵梨花は父がどれほどのコネを持っているのか、そのコネを惜しげもなく娘のために使ったのかを理解した。そして、理解したがゆえに、そのコネを使わないようにしようと決意した。寿退職の腰掛けとして座るには、あまりにもそのコネが重たすぎるのだ。そんな事を考えつつ、数社の面接を受ける。全てから内定をもらったが、同時に必ずこの質問を受けた。

「貴方《あなた》のお父さんは、桂華金融ホールディングスの一条ＣＥＯなのですか？」

と。結局、彼らは一条絵梨花では無く、一条絵梨花の父親を見ていたという事だ。

池袋の帝西百貨店の屋上で一条絵梨花は地下街で買ったサンドイッチを食べながらため息をつく。ある意味現実を突きつけられた形なのだが、それを受け止めるほどまだ大人にはなりきれていなかった。平日の屋上遊園地は人が少なくおちついて食事をするのには悪くない。そんな所に、お付きの人間を連れて少女が歩いているのが見えた。

「だから、こういう屋上に庭園を作りたいのよ！　池を作って、その中に鯉《こい》が泳いでみたいな奴《やつ》!!」

お嬢様の我儘《わがまま》にしては中々スケールが大きいなという第一印象だった。アクアリウムを趣味にしており、部屋に水槽を置いていた一条絵梨花はなんとなしに運命の一言をつぶやく。

「鯉ですか？　池が汚れますよ」

思ったより声が大きかったらしく、お嬢様とお付きの人が一条絵梨花を見る。

金髪白人だから外国人が観光に来たのだろうかと場違いな感想を抱きつつ、せっかくだからと年上らしくおせっかいをやいてやろうと一条絵梨花はお嬢様に近づく。

「鯉って雑食なんですよ。何でも食べます。池の生態系にものすごく影響を与えるんですよ」

お付きの人が守ろうと手を横にするのをお嬢様は制して、流暢《りゅうちょう》な日本語で一条絵梨花に問いかけた。一条絵梨花は普通の女子であるが、少し天然が入った普通であり、自分がいる百貨店のポスターにお嬢様が居たという事に気づかない。ついでに言うと、かつて父親が連れて行ってくれた帝都学習館学園の文化祭のオペラ歌手だという事もきれいに忘れている。

「そうなの？　池に鯉をはなって餌をやってなんてよく見かけるけど？」

「人が管理するならそれもありかもしれません。けど、管理しないと……」

「管理しないと……？」

ためを作って言った一条絵梨花の言葉にお嬢様はコケた。

「蚊に悩まされますよ」

水質の管理は本当に難しい。水というのは汚れやすく、汚れた水には蚊が湧きやすい。

「お嬢様。池で魚を眺めるという事は、冬にはしないでしょう？　寒いですし。そうなると、春から秋、夏の水辺なんて涼しくていいでしょうね」

「でしょう♪」

得意気に頷《うなず》くお嬢様に一条絵梨花は、淡々とその恐怖を伝えてゆく。この手の話は想像力が肝である。

「浴衣を来て夏の夜に池の畔《ほとり》で……なんて素敵ですよね。そこにやってくる蚊の群れ。一匹だったら御の字ですが、台所の黒い悪魔と同じく奴らは一匹見たら三十匹は……」

「い――――――や――――――!!!!」

お付きの人にしがみついて嫌がるお嬢様と、想像してしまい首をブンブン振る一条絵梨花。何をやっているのだかというお付きの人の冷たい視線なんて二人はまったく気にしていない。

「何でも食べちゃうって事は、水質管理なんかの水草なんかも食べちゃうんですよ。で、食べるという事は出すものを出す訳で、水質が悪化しやすいんですよね。お嬢様、お聞きしますが、鯉の池、濁っていませんでした?」

はっとしたように頷くお嬢様。そのまま小声で小さくそれを認めた。

「たしかに緑の水で汚れていたわ……」

お嬢様はこのまま鯉を飼うという事は諦めてくれるだろう。とはいえ、せっかくここにその手のものを買いに来ているのだから、後ろに控えていた帝西百貨店の人に悪かろう。という訳で、お嬢様の案を尊重しながら、その計画を修正して一条絵梨花はお嬢様にこんな言葉を告げた。

「お嬢様、ビオトープってご存じですか?」

しばらくした後。火鉢と水草にメダカをお買い上げになったお嬢様がお礼を言う。

「ありがとう。とても参考になったわ。なにかお礼をさせてください」

「いいですよ。就職活動の気分転換になったし、それでおあいこという事で」

「え? 就職活動中だったの? 申し訳ないことしちゃった……」

「気にしないで。一応内定取っているし、本当にやばくなったらパパにお願いしてなんとかするから。こう見えても私のパパは、桂華銀行の偉い人なのよ♪」

「え？」

「え？」

「……え？」

最初の2つの『？』がお嬢様とお付きの人であり、最後の『？』が二人の反応に疑問符を出した一条絵梨花である。でも、天然な一条絵梨花はその理由を勘違いしていた。

「そういえば、パパこの間取材受けていたからお嬢様は知っているか。ごめんね。まあ、パパのコネを使わずにどこまでできるかやってみたかったけど、みんなパパを見て私を見てくれないのよね。という訳で、就職活動は続行中なのです」

「そっか。私だったら、絶対放って置かないんだけどなー」

「その時はよろしくお願いします。けど、数年後には結婚退職する予定なので、腰掛けしかできませんよ」

長話をしすぎたと思った一条絵梨花はお嬢様達《たち》を置いて、エレベーターの中に入る。手を振ってドアを閉めながら、一条絵梨花はさよならを言った。

「さようなら、お嬢様。自然を愛《いと》おしむ素敵な人になってね♪」

数日後。一条絵梨花の家の前にえらく長いリムジンが停《と》まる。彼女のパパこと一条進が部屋に居た一条絵梨花を呼んだ時、彼女は趣味のアクアリウムを気分転換に眺めていた。

「え、CEOへの就任祝いだってこの家をパパにくれたお嬢様が来たの!?」

「部下や重要な客を自宅に招いて泊めたりホームパーティーするのは接待業務として重要だから、

仕事道具として支給してあげるわ。不良債権として手に入った中古品でごめんね♪」

とか謝られたそうだけど豪邸をもらった身としてはどう反応すればいいのやらであり、そんなお金持ちがなんでパパですらなく一介の大学生に会いに来たのか意味不明である。

「お前、お嬢様に家に押しかけられるとかいったい何をしたんだ!?」

「知らないわよ!?」

「知らない訳無いだろう!?」

「ほんとだって、信じてパパ！」

会ったら一発でわかった。実は知っていた。すごく知っていた。

「紹介しよう。私の上司にあたる桂華院瑠奈様だよ」

一条進の顔は平静を装っているが頬から汗がぽたりと床に落ちた。後で聞いたが、娘とお嬢様の顚末《てんまつ》を聞いてその晩胃薬を手にしたらしい。

「ビオトープありがとう。難しくて面白くて、貴方の事を思い出しちゃった♪」

そしてお嬢様は一条絵梨花に頭を下げたのだ。あの大富豪のお嬢様が、ただの一介の就職活動中の学生に。

「お願いです。貴方の平凡さを私にください」

こうして、一条絵梨花は桂華院瑠奈のメイド兼秘書として桂華院家に就職することになる。

「「「かんぱーい」」」

お馴染《なじ》みの掛け声と共に、皆が酒をあおり、会話が始まってゆく。ここは某私大経済学部の神戸《かんべ》総司《そうじ》教授、そのゼミの卒業コンパの席。神戸ゼミでは新歓コンパと卒業コンパは授業の一環として出席扱いにしていた。そのため出席率は高く、場所もホテルのホールを使う大規模なものになっている。

また、幹事を引き受けた者にはレポート免除の特典もあるが、その条件として『ホテルのホールを貸し切って盛大にやること』と『カンパの中で賄い、その収支をプラスにする事』が要求されている。これは学生達に本物の料理やホテルでのパーティーとはどういうものかを味わわせようという神戸教授の方針であり、ゼミ出席免除の条件のユニークさと共に神戸ゼミの名物となっている。

なお出席免除の条件は『十万以上の時計を身につける事』と『オーダーメイドのスーツを作り、それを着て新歓・卒業コンパに出席する事』で、神戸ゼミの就職率は他ゼミと比べても良い。

「しかし、新宿桂華ホテルってよく取れたわね」

「やっぱり一条さんのおかげでしょう？」

「そりゃ、親が桂華金融ホールディングスのＣＥＯで、就職先が桂華院家のメイド。ある意味当然だよな」

やっかみもあるが、基本一条絵梨花はそれに気づかない天然系の女子だった。

良い意味でも悪い意味でも空気が読めない。だから、幹事から泣きつかれた時に、何も考えずに彼女は将来の上司にこう言ってしまったのだ。

「今度卒業コンパをやるんですよ。お嬢様。どこかいいホテル知っていますか？」

と。

卒業前なのでインターン扱いで来ていた一条絵梨花に控えていたロシア人メイドが、

(おいお前。うちの会社組織思い出せ！　というか、うちが持っているホテル事業あるだろうが!!)

と顔で語っているが、もちろん彼女は気づかない。

そして、そんなメイドの上司もある意味天然だった。

「うちのホテル使えばいいじゃない」

「ああ。予約とか代金足りるかな？」

「足りなければ、領収書は私に回していいわよ」

「さすがにそれはまずいですよ。みんなが集めた代金で収支をプラスにするのが成績になるんです」

「なら、なおのこと割り引いてあげるわよ。うちに来る人がコンパの儲《もう》けが足りなくて成績落とすなんて雇い主の責任じゃない」

お嬢様の前世は、超がつく就職氷河期でコンパどころか進路が決まっていない学生が大量に居た。お嬢様にとってその手の話は、己が得られなかった可能性の代替行為になっているのをお嬢様以外誰も理解できないだろう。

急拡張されつつあるお嬢様自身のスタッフの中で一条絵梨花の立ち位置は特殊で、寵愛《ちょうあい》を受けているといっても過言ではない。それでも彼女がこの組織内に立ち位置を保持できていたのは、父親のおかげではなく彼女自身のおかげである。その性格から、彼女はできるスタッフから『お嬢様の道化師』として見られているのだった。

そんな事を知らない一条絵梨花は、新宿桂華ホテルのホールに神戸ゼミの代表として予約を入れ、一条絵梨花の名前を見た桂華ホテルのスタッフが念のためとお嬢様に確認をとり、当たり前のように『割り引いてあげて』といわれた桂華ホテルは予算以上のものを用意する羽目になった。

かくして、このコンパに出ている料理もお酒も一流品ばかりである。

「和食・中華・洋食。何でもありだな……」

「あ。これ、TVの『名人の料理』で見た奴だ！」

「これ話題になった北海道産のワインよ！」

「当たり前のようにメイドが居るけど、あれ桂華院家のメイドなの？」

学生達が感嘆しながら料理や酒を堪能している中で、席の中央でこのゼミを主催する神戸教授は淡々とその料理と酒を堪能していた。卒業生だから教授のそばにいる一条絵梨花がそんな神戸教授に声をかける。

「もしかして料理が合いませんでしたか？」

「いや。料理もお酒もすばらしいものだ。一条くん。私は自分の研究課題について考えていた所さ」

「ああ。天才経済学ですね。『21世紀は天才の時代になる』でしたっけ？」

「正確には、インターネットによる個人の情報発信が社会に多大な影響を与える結果、個人が発信しうる影響が増大して社会を動かす可能性の果てという所だよ。これまでは、大量生産・大量消費の時代で、天才よりも秀才が必要だった。そのモデルが通用しなくなって、一人の天才が世界を動かすようになる。米国ＩＴ業界がそれを実現しているじゃないか」

もちろん学会では異端扱いではあるが、私大教授として今の地位を維持できているのは、機能不全を起こしていた日本という社会モデルの理由の一つを主張できるからで、テレビのコメンテーター等で呼ばれるからだ。その縁から神戸教授は、武永信為《たけながのぶため》経済財政政策担当大臣と親しかったりする。

経済の効率化と適者生存、弱者救済ではなく強者優遇による環境変化対応は武永大臣の方向性とも一致しており、『百万人の秀才の犠牲の上に一人の天才が登場するのならば、その収支は国家にとってプラスとなる』という過激な主張が話題をさらっていた。とはいえ学生達にとっては、ＴＶで呼ばれた後のゼミなどが自習になるから単位的にありがたい先生で、一条絵梨花もそれ狙いでこのゼミに所属していた口である。

「私はね、一条くん。ここ数年の日本の経済モデルが一人の天才によって転換しようとしている。そう思っているのだよ」

「?」

ＴＶに呼ばれるという事は、マスコミ経由の情報が入るという事で。神戸教授は一条絵梨花よりもはるかに桂華グループの事を知っていた。そんな桂華グループの中枢に、己のゼミ生が入る。研究対象としてこれほどありがたい事はないのだが、それをストレートに言わずにさりげなく尋ねる。

「一条くんは、桂華院家のメイドになるのだったね？　お父さんが役員を務めている桂華金融ホールディングスではなく？」

「はい。正確には桂華院家付きではなく、そのご令嬢である桂華院瑠奈様専属のメイド兼秘書になる予定です。瑠奈様いわく、直接スカウトしたのは私で三人目だそうで、父もそうやってスカウトしたとか」

「小学校に入ったばかりの頃に一条CEOを抜擢《ばつてき》したということかね!?」

あるいは幼稚園の頃なのかもと推測しつつも、小学校に入りたてでヘッドハントを実行できるほどの能力があることが確定した。政財界でまことしやかに囁《ささや》かれている『小さな女王陛下』の噂《うわさ》が本当であると神戸教授が確信した瞬間である。

それはつまり、今や巨大政商財閥となった桂華グループを実質的に差配しているのがあの小学生であるという事を認めた事になるのだが、彼の研究課題である百万人の犠牲を払ってでも手に入れたい天才を発見したと言い換えてもいいだろう。

「一条くん。何かあったら極力相談にのるよ。だからその際に話せる範囲でいいから、彼女のことを教えてくれないだろうか？」

興奮していて震える手が皿を揺らしているのに気づかない神戸教授だが、同じく気づかない一条絵梨花はあっさりと爆弾発言をした。

「それ、直接お嬢様に尋ねたらどうでしょうか？　時間ができたとかで来るみたいですよ。お嬢様」

神戸教授がナイフとフォークを床に落としてしまい、メイドがじゃまにならないように拾うが、神戸教授は固まったままだった。

「宴もたけなわでは御座いますが、ここでゲストをご紹介させてください。ここのホテルの予約と料理がよくなった代償に、『私に一言喋《しゃべ》らせなさい』という取引を持ちかけてくれた、桂華院公爵家令嬢。桂華院瑠奈様です！」

空気の読めない一条絵梨花が考えなしに盛り上げるように言い放ち、空気の読めるメイド達がちゃんとお嬢様を迎えるように入口付近から綺麗《きれい》に並びドアを開け、空気の読める学生達と神戸教授が見事に固まる中、桂華院瑠奈は華やかに厳かに壇上に進む。

「あれ？　ここはみんな喜んだり拍手する所じゃないの？」

一条絵梨花からマイクをもらった桂華院瑠奈の第一声に拍手と爆笑が交じり、やっと場の空気が和んだ事を確認して桂華院瑠奈は挨拶を始める。

「神戸ゼミの皆様。卒業おめでとうございます。皆様の多くが新しい進路を決めているとの事で、我々桂華グループとも取引があるかもしれません。その際にはどうかよろしくおねがいします」

じつに可愛《かわい》らしくぺこりと頭を下げ、美しい金髪が宙に舞う。また拍手が起こり彼女は続きを口にした。

「神戸先生の著書や論文は読ませていただいております。百万の秀才より、一人の天才をという主張は、その世界を目の当たりにするであろう私にとっては無視できないものがあり、こうして縁ができたことを喜びたいと思っております。ですが、百万の秀才が不要になることはありません。少なくとも、我が桂華グループにおいては、百万の秀才達の力が無ければ、グループが回らない事を私はよく理解しています」

　彼女は小学生のはずだが、その言葉には説得力があった。その特異性をまざまざと神戸教授は見せつけられている。

「さらに、百万の秀才でもその他大勢の人達がいなければ、この社会が回りません。自分の身を大事に、貴方達は会社の、社会の歯車かもしれませんが、意志を持つ人間です。それを忘れないでください。そんなその他大勢の皆様に受け入れられるよう努力するのが、桂華グループとしての使命であると私は思っております。私の挨拶は短いですが、これで終わらせていただきます。本日はありがとうございました」

　再度桂華院瑠奈は頭を下げ、今度は万雷の拍手を浴びる。頭を上げた際に見せたその笑顔を神戸教授は忘れることができなかった。


　東京都千代田区九段下。現在建設が追い込みにかかっているこの高層ビルの名前は『九段下桂華タワー』という。外装についてはほぼ完成しており、最後の内装工事を行っているこのビルが一条絵梨花の勤務先になる予定である。出勤した彼女はメイド服に着替えて朝礼に赴く。

「おはようございます」

「「おはようございまーす」」

ここの上司である長森香織《ながもりかおり》が挨拶をすると一条絵梨花以下メイド姿の女子達が一斉に挨拶する。

急膨張している桂華グループの研修施設として九段下桂華タワーは既に機能しており、それ以外にこのビルで動いているのは桂華グループの中枢と言われているムーンライトファンドしかない。

この場所にいるメイド達はおよそ四十人弱。その声が揃《そろ》うのはなかなかいいものだと一条絵梨花は思う。およそ七十人いるメイド達だが、全員が揃うことはまず無い。既に部署に就いている者や四交代制で休む者がいるからで、それゆえに引き継ぎ連絡の確認をするこの朝礼は必ず行われる。

「では、朝礼を始めます」

長森香織27歳。結婚して二児の母の彼女は新宿桂華ホテルのメイドとして勤務し、秋に完成する九段下桂華ホテルに出向という形で抜擢された。彼女の仕事は、メイド達の研修だけでなく、多人種のメイド達の緩衝材としても期待されていたのである。

「今日の田園調布組は？」

「はい！　私達です!!」

声と共に数人のメイド達が手を上げる。彼女達は日本人の他にロシア人ぽい顔立ちをしている者もいた。ここのメイド達は所属と仕事先が微妙に違っている。

瑠奈様付きメイド（世話係・警護係）　約五十人
桂華ホテルメイドサービス出向メイド　数人
喫茶店ヴェスナー従業員メイド　約二十人

このビルの主《あるじ》である瑠奈様付きメイドについては説明しなくていいだろうが、その大部分が北樺《きたかば》警備保障から派遣されたガチガチの武装メイドなのはここの人間ならば誰でも知っている。

　このビルの一階にできる予定の喫茶店『ヴェスナー』も北樺警備保障の人間が中心なのだが、そのメイド姿に憧れて秋葉原から移ったメイドもおり彼女達の統括も長森香織の仕事である。

　で、長森香織の本職であるホテル付きメイドというのはコンシェルジュの下につくが、華族や外国貴族相手の専属職である。長森の本来の仕事は、実質的桂華グループの迎賓館である九段下桂華ホテルのメイド部門の立ち上げとその育成だった。

「じゃあ、朝礼の後そのまま移動して交代して頂戴。メイド長達によろしくね」

　急拡大している桂華院家のメイド達だが、正確に言うと桂華院瑠奈付きのメイド達となる。

　元々ついていたメイド達である斉藤《さいとう》桂子《けいこ》・時任《ときとう》亜《あ》紀《き》・桂《かつら》直美《なおみ》の三人は出世し、メイド長と副メイド長二人となり、その下に長森香織が付いて増えたメイド達の教育と管理をしている訳だ。

　今は桂華院瑠奈が田園調布のお屋敷に居るので、四交代で送られるメイド達は一度九段下に集まって田園調布に行き、昼交代という形になる。

「今日はこの後メイド長がいらっしゃるので、メイド長と私のシフトになります。何かありましたら、この二人に報告してください。一条さん。今日のお嬢様のスケジュールを」

　長森香織から振られた一条絵梨花はメモを取りながら口を開く。

「今日のお嬢様のスケジュールです。学校から帰るのが十八時ごろで、それから夕食。二十一時から二十二時までお時間を取ってくださるそうなので、お嬢様の決裁を仰がないといけない事柄があるようならば申し出るようにと仰《おっしゃ》っていました」

メイド兼秘書という触れ込みで瑠奈お嬢様直々にスカウトした彼女を教育したのが長森香織である。天然だが馬鹿では無い彼女は仕事も無事にこなしており、結婚退職を夢見ている彼女に良縁をと斉藤桂子と共に動いているのは内緒である。

「今日の警備シフトはこれになります。非常時の対応は、危機対応マニュアルのプランAで」

ピシッと皆が背筋を伸ばし靴音が一斉に鳴る。元軍隊経験者が多いせいか、その習慣が皆に移ったらしい。長森香織がそれに合わせて締めの言葉を言う。

「じゃあ今日もご安全にがんばっていきましょうね♪」

「「「はい！　ご安全に!!」」」

「長森さん。あの挨拶製造業の奴でしたっけ？」

「ええ。一条さんの言うとおりよ。以前お客様から聞いた話をお嬢様にお伝えしたら面白がってね。それで事故やトラブル無しだったら問題ないでしょう？」


九段下桂華タワー。その最上階の空中庭園に来たメイド姿の一条絵梨花は、ざっと周囲を眺める。開閉式の屋根の中には、まだまだ作りかけであるがすでに全体に土が敷き詰められ、幾本もの木が植えられている。比較的根が浅く広く成長するタイプの木ばかりなのは、空中庭園ならではの特徴だ。深く根を張らないと枯れるような種類の木は、大量の土砂を必要とし、重量負荷の面できついからだ。

ビル風に揺れる木々の下には、瀟洒《しょうしゃ》な池があり、蓮《はす》の花や葦《あし》などの水草も植えられている。水深が割と浅いのもビルの屋上にある池ゆえの特徴だ。水は重いのである。

足元の土をいじってみる。

「あ、やっぱりバーミキュライトだ」

比重が水の十分の一と軽い土を使っている。少しでも負荷を減らそうとしているのだろう。ビル設計者と庭園設計者の苦労と苦悩と妥協の日々が想像できてしまう。お嬢様の無茶振りに頭を抱える毎日だったんだろうな。こんな特殊条件下の庭園が一条絵梨花の仕事場だ。立ち上がり、苦笑してぼやく。

「高さ百メートル超えるって聞いていないわよ……」

標高が高くなると気温は低くなる。高層ビルというのはちょっとした山の上みたいなものである。

「さてと、お嬢様が喜ぶ庭園を作ってみましょうか。私、こんな事しててていいのかなぁ……」

技術的なものは一条絵梨花は分からないが、分からないならばプロに聞けばいいという素直さが彼女にはあった。何の花を植えるかとかは彼女がプロの庭師と相談しながら決める。

一応メイド兼秘書で雇われたのだが、メイドの仕事も秘書の仕事もその道のプロがしていて彼女の出番はない。けど、お茶の席などに呼ばれて、お嬢様の話を聞いたり相槌《あいづち》を打ったり笑ったりしている。それが一条絵梨花の仕事。

「まぁ、いいか。いずれ結婚退職して居なくなるつもりだけど、その時にはこの庭園をお嬢様に捧《ささ》げれば♪」

そう言って一条絵梨花は汚れても良い格好で石と土を弄《いじ》る。
この九段下桂華タワー最上階の空中庭園は、後に桂華院瑠奈のお気に入りの場所となるのだが、その手入れをした一条絵梨花に敬意を払ってこの庭園の名前を『Erika's garden』と命名し、親しい者しか入れなかったという。

【用語解説】
・火鉢……ビオトープ作成時に庭に置けて池を掘らなくてよく、水槽やバケツに比べて大きくておしゃれなので使われる事がよくある。
・時計とスーツ……いい時計やスーツを身に着けろというのはある種の拡張現実の一つであり、それによる心の余裕というのは、この時期それ相応の効果をもっていた。
・ご安全に……初めて使ったのは住友金属工業株式会社らしい。

「おはようございます。お嬢様。今日も良い天気ですよ」

目を開けると副メイド長の時任亜紀《ときとうあき》さんの顔が見える。まだ眠いのだが私は朝の挨拶をした。

「おはよう。亜紀さん」

パジャマから制服に着替えて朝の準備をする。

そろそろオシャレに興味のあるお年頃ではあるのだが、小学生なのであまり目立った事はせずハンカチや髪飾りを少しこだわる程度。それでも帝西百貨店の特注品だったりするのだが。

「おはようございます。お嬢様」

「おはよう。アニーシャ」

食堂に行くまでに新しいメイドのアニーシャ・エゴロワとすれ違う。橘《たちばな》曰《いわ》く彼女は東側情報機関の出身でメイドというよりも監視なんだとか。かつてはこの屋敷には私を含めて数人しか居なかったのに、今ではアニーシャを始めとした新規メイドや使用人を含めて十数人が常時詰めているまでになった。結果、最初から居た桂子《けいこ》さん、亜紀さん、直美《なおみ》さんの三人は出世することに。近所の人はかつての賑《にぎ》やかさが戻ってきたなんて噂話《うわさばなし》をしているとか。

「おはようございます。お嬢様。今日のスケジュールですが……」

そう言って朝食の席でスケジュールの確認をするのが、秘書として来たアンジェラ・サリバン。

橘がスカウトした元ＣＩＡエージェントである。彼女はここでは絶対に食事をとらない。

「何で主人と一緒に食事をするのですか？　普通は主人と使用人は分けて食べるものです！」

「一人で寂しく食事をしろって言うの!?」

双方のカルチャーギャップからの大喧嘩《おおげんか》の果てに妥協が成立する。この屋敷の元々のメンバーである執事の橘隆二《りゅうじ》とその孫である橘由香《ゆか》、メイド長の桂子さんと副メイド長の直美さんと同じく副メイド長の亜紀さんは今まで通りに私と食事をし、新しく来たアンジェラ・サリバンとアニーシャ・エゴロワは食べずに控える事に。

「いただきます」

「「「「いただきます」」」」

私の声の後に食事をとるみんなが声を合わせて朝食が始まる。今日は私の他に桂子さんと亜紀さんと橘由香とあと一人が食事をとっている。執事の橘が最近ここに居ないのは立ち上げた桂華《けいか》鉄道の社長として会社の方に先に行っているからだ。

なお、アンジェラとアニーシャは互いに絶対に視線を合わさない。アニーシャがここにいる理由の一つは間違いなくアンジェラにあると私は思っている。

「ここのお仕事は朝のまかないがあるからいいですよねー♪」

そんな事を言いながら当たり前のように食事を一緒にとっているのが、この春からの新人メイドである一条《いちじょう》絵梨花《えりか》である。桂華金融ホールディングスＣＥＯである一条の娘さんなのだが、新人ゆえ食事を別にという流れに、

「私一人別で食べるのは寂しいじゃないですか」

と、日本人中流家庭の常識を武器にこの場の食事を勝ち取った。天然が入っているが彼女の普通に憧れて私がスカウトしたのである。今はこの屋敷の庭の管理だけでなく、現在建設中の九段下のビルの空中庭園の管理も任せていたり。

「行ってらっしゃいませ」

「行ってきます」

挨拶と共に車に乗り込む。橘が運転していた車も専属の運転手がついた。

「いい天気ですな。こういう日は路上でライブでもしたくなります」

「いいわね。じゃあ、私が横で歌おうかしら？」

「お嬢様？」

「冗談です、冗談。アンジェラ真に受けないでよぉ」

車内の会話もそこそこ弾む。今日の運転手の渡部茂真《わたべしげま》さんは元バイオリニストで帝西百貨店入り口にて路上ライブをしていた所を、私が気に入ってデュエットをした縁で橘がスカウトしたらしい。

私の音楽練習時に付き合ってもらっているが、私がクラシックコンサートに出る時によく絡む帝《てい》亜《あ》フィルハーモニーの人曰く、昔は有名な人だったらしい。

今度、渡部さんと一緒に出ないかと誘われていたり。

運転手は他にも曽根光兼《そねみつかね》さんと茜沢三郎《あかねざわさぶろう》さんがいるが、この二人は桂華院《けいかいん》公爵家本家付きの人間である。

「アンジェラ。そういえば、九段下のビルはほぼ完成しているんだっけ？」

「建物はほぼ完成しているそうです。桂華グループの実質的本社ビルですから今は内装を中心に最後の追い込みに入っている所ですね。夏休みの間に引っ越しができるようにと思っています」

九段下桂華タワーと名付けられる予定のこのビルは、元債権銀行本社ビルの再開発工事と急膨張した桂華グループの本社的立ち位置として建設されている。そのため、ムーンライトファンドや私の家もそっちに移すことに。通学は車なので通学時間が延びることを気にしないのならばさほど問題はない。

「そういえば、お嬢様もうすぐ誕生日ですね？」

「ええ。新宿の桂華ホテルで行うパーティーと身内で行うパーティーの二回行う予定よ。招待状も手書きで準備したんだから」

「あとで会場と招待客だけは教えて下さいね。警備に支障がでないように」

「はいはい」

そんな事を話していたら帝都学習館学園に到着する。駐車場に車を停《と》めてドアが開く。

「じゃあ行ってきます」

「行ってらっしゃいませ。お嬢様」

駐車場から校舎までに多くの人が挨拶をしてくる。

「おはよう！　瑠奈《るな》ちゃん」

（ぺこり）

「おはようございます。瑠奈お姉さま」

最初にやってきたのが幼稚園からの縁である春日乃明日香《かすがのあすか》・開法院蛍《かいほういんほたる》・天音澪《あまねみお》の三人で、気づいてみたら疑似姉妹みたいな関係になっていた。私の環境を理解してからも物怖《ものお》じせず、仲良くし続けてくれているのでこんな関係になっている。

なお、明日香ちゃんは活発系リーダーの特性があり、クラス委員は大体私か彼女が交代してやっている。蛍ちゃんは基本寡黙で何か言う時も小声で囁《ささや》くように言う和系美女である。澪ちゃんは貴重な妹キャラであり、普段は後ろに控えるけどツッコミ役である。

「昨日のＴＶ見た？」

「どのＴＶよ？　明日香ちゃん？」

「アニメ。愛媛でやっていないのよねー」

首をかしげる蛍ちゃんと澪ちゃんを尻目に、ぽんと手を叩《たた》く私。

東京にいると忘れるのだが、全国ネットと言っているのに地方ではその放送局そのものがないという事が結構ある。ＴＶ全盛期のこの時、ＴＶを見ていないというのは、翌日の話題に乗り遅れる事を意味するのだ。実家が愛媛県の明日香ちゃんにとっては深刻な問題であるが、ビデオで追っかける事ができるのはありがたい。

「おはようございます。瑠奈さん」

「おはようございます。薫《かおる》さん」

次に挨拶してくるのは、朝霧《あさぎり》薫さん。兄の婚約者の妹であり、岩崎《いわざき》財閥の関係者である。

彼女の後ろに居た華月詩織《かづきしおり》さん、待宵早苗《まちよいさなえ》さん、栗森志津香《くりもりしづか》さん、高橋鑑子《たかはしあきこ》さんが笑顔で頭を下げたのでこちらも頭を下げて挨拶をする。

華月詩織さんは桂華院家分家筋で、家格で言うと元の私と同じぐらいというか、向こうの方が高かったりする。お祖父様《じいさま》と正妻の娘として生まれた母親と華月子爵家当主を父に持つ詩織さんは、ゲームにも名前が出る私の取り巻きで、最後には裏切る役回りだったりする。

私自身それを知っているのであえて距離をおいたのだが、こうやって私に接触してきたというのは何か意味があるのだろうか？

残り三人の内、待宵伯爵家の息女である待宵さんは声楽を嗜《たしな》んでおり、私と音楽談義ができるというので友達である薫さんに頼んで私と友達になったという経緯がある。栗森さんは地方財閥の娘さんで、桂華銀行がメインバンクなので全力で媚《こ》びを売る姿勢は嫌いではない。高橋さんは彼女のお父さんが橘と知り合いらしく、そのお父さんは警察の偉い人らしい。

「おはようございます。リディア先輩」

「おはよう。桂華院さん。奇遇ね」

毎日時間を合わせて奇遇を演出してくれる敷香《しすか》リディア先輩だが、同学年にて友達がいないらしく一人なのをよく見る。なお、彼女は樺太《からふと》出身で旧北日本政府高官の娘という生粋の売国奴である。父のやらかしで同じく売国奴扱いを受けている私に接近したのも似た境遇だからというのもあるのだろう。

「おはようございます。高宮《たかみや》先生」

「おはよう。桂華院さん」

帝都学習館学園中央図書館館長の高宮晴香《はるか》先生が今日は挨拶運動の当番らしい。長くこの学園の図書館の主《あるじ》として君臨していた事もあって、多くの生徒に慕われている。

そして、教室に入る。私に向けて帝亜栄一《えいいち》くん、泉川裕次郎《いずみかわゆうじろう》くん、後藤光也《ごとうみつや》くんの三人が挨拶をする。

「瑠奈。おはよう」

「おはよう。桂華院さん」

「おはよう。桂華院」

「おはよう。みんな」

こうして、私の学校での一日が始まる。書いた誕生日の招待状をみんなに渡さないと。


「お。来た来た」

「おまたせ♪」

「僕達《たち》も今来た所」

馴染《なじ》みの喫茶店『アヴァンティ』を貸し切っての私の誕生日パーティー。誕生日イベントなどは華族や財閥クラスになるとそれだけで政治的イベントになるので、その前に身内だけのパーティーやってしまおうという訳で。この間みんなに招待状を配ったのである。

参加者は栄一くん、裕次郎くん、光也くんの男子三人に明日香ちゃんに蛍ちゃんに澪ちゃんの疑似姉妹達に薫さん、華月さん、待宵さん、栗森さん、高橋さんにリディア先輩。

結構な人数なので、お店の貸し切りだけでなくメイドとして亜紀さんと一条絵梨花と橘由香に臨時で働いてもらっている。

「「「「誕生日おめでとう」」」」

「ありがとう♪」

という訳でパーティーが始まる。最初にテーブルにならんだのは、最近流行しているアロエヨーグルト。上にミントの葉がおいてあるのがちょっとしたポイントである。

「この噛《か》みぐあい癖になるのよね」

「美容と健康にも良いらしいわよ」

そのワードに反応する女性陣。もちろん三人のメイド達も反応していた。

そんな三人のメイドが誕生日ケーキを持ってくる。

「で、ケーキは瑠奈の好きな生チョコのケーキと生クリームのイチゴケーキか」

「誕生日だからと桂華院の好きなものをたのんでおいた」

「まぁ、今日は桂華院さんが主役だし、好きなだけ食べるといいんじゃないかな」

で、みんなの視線がケーキの隣のものに移る。

揚げたての唐揚げに、スパゲティーナポリタン、チキンサラダに、カレーライスである。

「……これ、全部食べるのか？」

「もちろん、食べられなかったら持って帰るわよ。もったいないじゃない」

栄一くんのつっこみを当然と答え、裕次郎くんの目が少し泳いでいる。この辺り大陸から入った風習の一つで、特権階級はある程度大量に料理を頼み、食べきれないものを下々に食べさせてあげるなんて文化が入っていた。これが日本古来のもったいない文化と実に相性が悪く、華族批判の一つになっていたりするがまぁ置いておこう。

「正確には、持って帰ったものを家の者達に食べさせてあげるですわ。家人やメイド達へのボーナスみたいなものです」

そのあたり理解できる薫さんがすっとフォローに回る。彼女と友達になってよかったところこういう時にありがたみが分かる。

「そうだ。はい。プレゼント」

「ありがとう♪　薫さん。開けていい？」

「どうぞ」

基本安いものしか受け取らない事を公言しているのだが、華族ともなるとそれを許さないからガチで良いものを選びに来る。正式なパーティーでも家の名前でプレゼントをもらうから、これは薫さんが個人で選んだのだろう。

薫さんが用意してくれたのは、サンストーンのネックレスで淡い橙《だいだい》色がいい感じに光を輝かせていた。お値段諭吉さん一人ぐらい。家名義だと諭吉さんの桁が変わる。

「ありがとう♪　大事にするわね」

「じゃあ、これは私達からプレゼント」

「ありがとう♪　明日香ちゃん。蛍ちゃん。澪ちゃん」

次は疑似姉妹達からのプレゼントである。小さなプレゼント袋を開けると、ちいさなお守り袋が。

顔までお守りを持ち上げると、ほんのりとみかんの香りが。

「袋は澪ちゃんが作り、私はオレンジの香水、お守りの御札《おふだ》は蛍ちゃんのお手製よ」

「うんうん。こういうのでいいのよ。ありがとうね。ちなみに、このお守りのご利益って何？」

（にっこり）

蛍ちゃんの満面の笑みに明日香ちゃんも澪ちゃんも視線をそらした。ああ。うん。蛍ちゃんの事だからご利益があるんだろう。多分。

「私達もみんなで選びました。おめでとうございます」

「ありがとう。みんな。開けていい？」

華月さん、待宵さん、栗森さん、高橋さんの四人のプレゼントはＴＶゲームのキャラクターのぬいぐるみだった。

黄色いネズミみたいなぬいぐるみを抱いてみると、高橋さんが説明する。

「桂華院さんが持っていそうもないもので、私達で手に入るものってこれぐらいしか思いつかなかったのよ。みんなで頑張ったんだから」

頑張った？　首をかしげながら製造元を見て気づく。これ、クレーンゲームの景品だわ。華月さんや待宵さんがゲーセンに行くイメージはないから、発案者は栗森さんか高橋さんのどちらかかな？

「大切にするわね♪」

「じゃあ、次は私ね。どうぞ」

「ありがとうございます。リディア先輩。開けますね」

リディア先輩のプレゼントを開けるとオルゴールだった。『くるみ割り人形』の『花のワルツ』と共にオルゴールの中でバレリーナが踊るというものである。

「大切にします。先輩」

「喜んでもらえて何よりだわ」

今日は素直に私の好意を喜んでくれている。いつもこうだといいのだけど。

「俺達からは三人連名だ。どうぞ」

三人を代表して栄一くんがプレゼントを私に渡す。

笑顔でお礼を言ってそれを開けると、中から出てきたのは万年筆だった。

「お前は結構サインをする機会が増えているからな。三人で合わせて、そこそこのを用意した」

「ありがとう♪　今度書く機会があるから早速使わせてもらうわね」

お値段三諭吉ぐらい。大体の金額をさらっと決めてきたな。これは。

「桂華院。お前が前に出て使うって事は何か大きな事を決めたな」

光也くんの話の振りに私は苦笑して言い切る。こういう所でも政治の話が出てくる私達は小学生。

「ええ。売り言葉に買い言葉だから、新宿新幹線を建設してしまおうかと」

さらりと言って唖然《あぜん》とするみんな。経済財政諮問会議の整備新幹線の一件はニュースになっていたので知っているらしい。何しろ建設費用一兆円の大プロジェクトである。これは都の岩沢《いわさわ》知事がバックについて支援を表明していた。

「『新宿ジオフロント計画』。新幹線新宿駅を再開発の核として、いろいろやりたいみたいね」

苦笑する私だが、現在のこの国の治安はバブル崩壊と共に悪化しておりなんとか押し留《とど》めてはいる。二級国民問題を中核にした治安対策は各自治体にとって待ったなしの課題となっていた。

それに対する策として副知事が主導して監視カメラの設置と警察官の増員及び、法改正を視野に入れた民間警備会社や探偵及び賞金稼ぎ等との提携などを始めており、都心公共事業兼雇用創出の切り札として都が大々的に発表していた。

「あれ結局自腹を切るのか？」

「第三セクターの絡みで都が絡むのと、国は許可を出すだけになるけど乗り入れる鉄道会社の方は両手をあげて賛成するみたい。京勝高速鉄道や新常磐鉄道の件で縁があったのも大きかったし、ＩＣカード事業にも絡む予定。まずはこっちの勝利って所ね」

栄一くんの質問に私はケーキを食べながら返事を返す。何しろ東北・上越・長野・山形・秋田と新幹線が東京目指して走ってきており、既に終点の東京駅の処理能力は飽和しきっていた。

根回しについては林《はやし》政権下で大体終わり、後は金を誰が出すかの所で止まっていたから、ここさえクリアできるならば武永《たけなが》経済財政政策担当大臣といえどもストップはかけられない。勝ったというより、お手並み拝見という所だろうか。

「あの人の動きにみんな右往左往しているよ。桂華院さんも気をつけてよね」

父親がそれに巻き込まれ中の裕次郎くんの声にはどこか大人びた重さがあった。

私も同じような声で返事をしたのだろう。

「ええ。分かっているわよ」

そんなやりとりもパーティーでは無粋な物。いつのまにかみんなの笑顔と会話で時間が過ぎてゆく。

「楽しかったぁ♪」

「今日は呼んでいただいてありがとうね。瑠奈さん」

「次の誕生日誰だっけ？」

「俺だ」

「じゃあまた、その前後でここでパーティーをしようぜ！」

「いいよ」

「異議なし♪」

そうやってみんなと別れる。迎えの車に乗ると、橘とアンジェラがちいさな小箱を用意してくれていた。

「これは我々からのプレゼントでございます」

開けると小さな箱に入っている香水が一つ。もちろん超高級ブランド品だ。

「お嬢様はこの香水が似合うレディになられるお方。その時まで我々はお側《そば》にお仕えいたします」

「ええ。約束よ♪」

そう言って私は小指を差し出し、橘もはにかんだ笑みで指切りをした。

こんな日が続けばいいと思った。それが続かないことを知っているとしても。


新宿の桂華ホテルで行われた私の誕生生パーティーだが、政財界や各国大使を招待して華々しく行われる事になった。今度九段下に桂華ホテル九段下ができると、迎賓館的機能はそちらに移り、新宿の桂華ホテルは建て替えられる予定になっている。最上階の会場に集っていた政財界の要人達の話題は私ではなかったのだが。

「官邸機密費問題で外務省が死んでる」

「華族経由で枢密院が状況を把握しようとしているが、幹事長が派手に動いて邪魔しているらしい」

「恋住《こいずみ》総理もこの問題は幹事長に丸投げだ。不良債権処理を中心とした経済問題も武永大臣に投げているし、この内閣はそういう内閣なのかもしれんな」

超高支持率に支えられて傍若無人に暴れている恋住政権の話題である。現在政府を揺るがしている官邸機密費の華族流用は元々『青い血外交』を行うという形で公家《くげ》系華族救済の側面があった。

そのため、華族が各国大使や公使としてその席に座り、実務はその下につく外務官僚が行い、華族の集まりである枢密院にも影響力があり国家として外交の軸をずらさないという建前である。

その実態は、大使・公使がお飾りなのを良いことに実務者が好き勝手にやらかし、そのやらかしを大使・公使の責任にしようにも彼らの特権が邪魔をするというとても良い腐り具合に。

何よりも致命傷だったのが、この機密費という裏金づくりを歴代内閣は積極的に行っており、その使い道が機密なのを良いことに官邸職員が流用していたというお粗末ぶり。

国民が激怒し、切り込んだ幹事長が喝采を浴びたのはある意味当然だが、外務大臣は外務省・枢密院と国民の支持を集める幹事長の板挟みにあって、組織が機能していなかった。もちろん、夏の参議院選挙を前にしているから恋住総理は中立の立場をとって下手に手を出していない。

「泉川さんが残ってくれて本当に助かった」

「総理としては選挙管理内閣を押し付けられて不遇だったかもしれんが、副総理としては歴代の中でここまで影響力が出るとは思わなかっただろうな」

「だから、例の法案が出てきた訳だ」

副総理設置法。

内閣法を始めとした諸法案の改正なのだが、すでにその名前が広がっているこれは副総理職を正式化させて、その下に政務官や補佐官をつけるというもの。議員先生には座る大臣の椅子が増えるのだが、同時に総理に何かあった時の職務代行は官房長官という明文化もされるので、副総理の置物化を狙っているとも見られなくもない。

で、このあたり明らかに米国の影響を受けているなと思ったのが、枢密院議長を副総理に兼務させるというもの。総理経験者には爵位を与えられる慣例があるから、総理経験者が爵位を得て副総理兼枢密院議長という形で、枢密院をコントロール下に置きたいのだろう。

やはり米国にならって議事は副議長が行うらしいが、財閥とくっついている華族をこの機密費スキャンダルでたたき、副総理を使って枢密院をコントロール下に取り込もうとする上に、影響力を増している泉川副総理への牽制《けんせい》としたら恋住総理はまさに政局の鬼と言っていいだろう。

なお、副総裁についてはさっさと党規をいじって常任化させている。

「こうなると不良債権処理も本気で進めるのだろうな」

「武永大臣は間違いなくやる気だ」

「狙いは五和尾三銀行と穂波銀行だろうな」

工業銀行・芙蓉《ふよう》銀行・DK銀行の三銀行が統合した穂波銀行はその巨体ゆえに中がまだまとまっておらず、大阪を拠点とする五和銀行と名古屋を拠点とする尾三銀行がくっついた五和尾三銀行は関東の基盤が弱いという弱点があった。

その結果、メガバンクにとって慈雨だったロシア国債引き受けの日系シンジゲートから漏れ、不良債権処理が遅れていた。武永大臣が狙うとしたらここだろう。

なお、不良債権のデータはこんな感じ。

金融再生法開示（銀行も覚悟を決めて潰す奴《やつ》）

　十兆八千億円

リスク管理債権（やべー奴）

　三十八兆四千億円

問題企業向け金融機関融資（上二つを含めた問題のある貸し出し）
　九十兆円

……これでも私の知る前世より経済状況がましなのが泣ける。

一般人がイメージするのは一番左の九十兆円で、金融機関が覚悟を決めたのがおよそ十一兆円。

問題は真ん中の数字から右の分を差し引いた二十八兆円をどうするかという事で、武永大臣はこの処理を求め、金融機関に公的資金注入をもくろんでいた。

やり方はこうだ。リスク管理債権で金融再生法開示を除いた二十八兆円について金融庁は審査を厳格化して、これらの債権に貸し倒れ引当金を計上するように金融機関に命令する。ここまでは不良債権処理過程の法律で金融機関に命じる事ができるのがポイント。

で、二十八兆円もの巨額貸倒引当金なんて計上したら、損失が凄《すご》いことになり金融機関が破綻に追い込まれる。そうなったら困るので、その段階で国が公的資金およそ六十兆円を用意して、これら金融機関に注入して国有化の完成。

これらの法律も既に整備されているが、自ら破綻したい金融機関なんて無いので、あの手この手でなんとか債権を正常化に持っていったり、増資で乗り切ったりとかなりの無理を行ってこの流れに逆らっていた。

元々国有化されてこれらの債権が限りなくゼロに近い桂華金融ホールディングスを除いて。

この時点で桂華金融ホールディングスが対象から外れているように見えるが、この二銀行のどちらかが駆け込んだ時に審査を厳格化すれば爆弾の如《ごと》く不良債権が炸裂《さくれつ》するので、その後公的資金を投入して国有化という考えだと思われる。

「お嬢様。そろそろ時間でございます」

秘書のアンジェラが促し、私は待合室から出る。

衣装よし。

笑顔よし。

気合よし。

軽く頬を叩いて化粧室から出る。なお、衣装は帝西百貨店が用意したプリンセスドレス。制服でいいじゃないとごねた私が折れた結果である。

「桂華院公爵家御令嬢。桂華院瑠奈様のご入場です」

拍手とともに登場し一礼。そのお礼として、一曲披露する。

「♪〜」

帝西百店前で知り合ったバイオリニストである渡部茂真さんを始めとする楽団が奏でる幻想的な音色に合わせて、観客を魅了した後改めて挨拶する。拍手が鳴り止《や》まない中、私は笑顔を作って挨拶する。

列席しているお客で軍服姿も目立つ。今回のパーティーで民間軍事会社《PMC》のCEOについた砂漠の英雄のお披露目を兼ねているから、在日米軍と自衛隊から現役武官がやってきているのだ。

なお、現在米国はユーゴ解体戦争で発生した共産中国大使館誤爆事件と海南島沖で発生した共産中国軍機と米軍機の衝突事故で、対共産中国相手に強硬路線を貫いている。国政が混乱しているように見える我が国に対する、同盟国からの応援という名の内政干渉に取れなくもない。

「本日は私の誕生パーティーに集まっていただき本当にありがとうございます。ささやかな宴《うたげ》ではありますが、どうか楽しんでいってくださいませ」

私の挨拶の後、順番に要人達が私のもとに挨拶に来る。今日の目玉はこのパーティーにわざわざやってきたという米国国務副長官である。表向きは日本政府との交渉という事だが、その来日日程にわざわざ私のパーティーに出席するぐらいには米国も私を重要視しているらしい。米国大使および在日米軍将官と共に挨拶に来た国務副長官は私と握手する。

「誕生日おめでとう。ミズ桂華院。大統領からバースデーカードを預かっているので、それを後でお渡ししましょう」

「わざわざ米国からありがとうございます。大統領にもよろしくお伝えください」

初《しょ》っ端《ぱな》がこれなので、次からのお客様も各国大使公使がずらりと。その後に財閥や華族が並んで、挨拶だけで三十分もかかるという面倒くささ。

「宴の途中ではございますが、公爵令嬢がお疲れのため一旦下がらせていただきます。皆様にはどうかそのまま宴を楽しんでくださいませ」

司会の渡部さんの挨拶と共に私は一旦退席する。もちろん、控えの部屋で休憩という名目で、いろいろな要人と会うためである。控えの部屋に戻って休んでいた私の所にやってきたのは、さきほどの国務副長官である。橘に、元ＣＩＡのアンジェラ、そのアンジェラ経由でうちに来た現役ＣＩ

A兼メイドのエヴァも交えての生臭い生臭ーいお話である。

「ミズ桂華院。君の情報提供には本当に感謝している。パキスタンとタリバンの繋《つな》がりは把握していたが、ここまで露骨に動いてくるとはこちらは判断していなかった」

この手のお話は虚実入り交じっているので、本当なのか花を持たせているのかいまいちわからない。とはいえ、こういう状況を私は逃すつもりは無かった。

「お役に立ててなによりです。インド西部地震の復興支援名目での物資購入にかこつけたアフガン向け兵器購入の話、パキスタン軍部がかなり強硬みたいで。こちらも民間企業であるので強く出るに出られず。その背景みたいなのはご存じないでしょうか？」

国務副長官は私を黙ってみて目を閉じてため息をついた。

「オフレコで頼むよ。99年、インドとパキスタンの国境線で紛争が発生した。カルギル紛争と呼ばれるものだが、パキスタンはこの紛争で国際社会の圧力によって矛を収めざるを得なかった」

絶句する私。全く知らなかったぞ。そんな事。ちょっと待て。99年って言ったら……

「たしか、その時にはもう核実験やっていますわね……」

「パキスタンの核実験は98年5月だね。実際、核戦争になるかもと水面下で各国が動いた。同時に、パキスタン軍部はこれで強硬に出ざるを得なくなった。彼らが育てたムジャーヒディーン達が納得しないからね」

核兵器というのは脅しに使う時に一番の効果を発揮する。そのため、相互確証破壊が成ったインドとパキスタンは否応《いやおう》なく冷戦構造が成立するのだが、それをムジャーヒディーン達は理解できない。そして、彼らの暴走をパキスタン軍部は制御できないという訳だ。

「国境線上で火が上がればそのまま核戦争になりかねない現在、彼らを投入できるのはアフガニスタンという訳だ。我々はアフガンの武装勢力に対して非難をしているが、その状況は厳しいものがあってね」

ムジャーヒディーン達は湾岸戦争の後から反米に転じ、米国に対するテロ活動を行っていた。そんな彼らを保護していたこの武装勢力は、パキスタン軍部の支援のもと一時期アフガニスタンの国土の95％を制圧するまで勢力を拡大していた。その後残存勢力の反撃にあって後退してはいるが、アフガニスタンの国土の大部分はこの武装勢力が制圧したままである。

「まさかとは思いますが、米国政府はパキスタン政府のみを相手にして、軍部や武装勢力に対してのチャンネルは持っていないなんて事は無いでしょうね？」

「……」

おい。喋《しゃべ》れよ。国務副長官の沈黙が全てを語っていた。

そうだよなぁ。冷戦構造なら、盟主の超大国の命令が届く統制下にあったのだが、冷戦は今や昔。パキスタン政府はパキスタン軍部を統制できず、パキスタン軍部はその下で育成していた武装勢力を統制できない。その認識の違いが、秋の悲劇に繋がってゆく。

「つまり、今日このパーティーに来た理由の一つとして、赤松商事を接点にした彼らとのチャンネル構築をお願いしに来たと」

「聡明《そうめい》な貴方《あなた》ならば、その答えにたどり着くと思っていたよ。お礼については用意するつもりだ」

ため息をついて私はそれを了承した。少なくとも、合衆国と私の利益は今の所同じものだから。

「食料や医薬品を中心とした人道的支援を中心に、武器弾薬についてはお断りする。そして、それの流れは逐一そこのエヴァに報告させる。赤松商事のお断りの理由については米国政府の圧力を受けたと明言させていただきます。それでよろしいですね？」

「公爵令嬢の聡明さに感謝を」

国務副長官のお礼の返事を私は言わない事で貸しにする事にした。もちろん、秋にそれを使うつもりで。

「せっかくですからこれも確認を。インド政府の物資調達、もちろんパキスタンと同じで武器弾薬まで入っているのですが、何でかヒマラヤ山脈の方に送っているみたいなんです。何かご存じありませんよね？」

国務副長官も現役ＣＩＡのエヴァも黙ったまま。つまりそういう事だ。

「ネパールは我が国の友邦。非民主的な手段で体制を転覆させようなんて考えていないですよね？」

王室外交が行えるネパールは、華族の仕事場の一つして重宝していた。そして、インドと共産中国との間に挟まれたネパールは否応なしにバランス外交を迫られていた。

パキスタンがインド国境で火遊びできないように、インドもまたパキスタン国境で火遊びできない。ついでに言うと、対インド絡みでパキスタンと共産中国は仲が良い。大国の思惑に翻弄されるのはともかく、日本も地域大国としての責任がある。

「対共産中国、どこまでお考えで？」

「それこそ、満州の国民が決めることですよ」

満州では2000年に史上初の政権交代が起きて、満州独立の風潮が強くなっていた。おまけに、ロシア経済危機で極東ロシア軍が力を失い、現在は海南島事件で米国が共産中国に対して強硬路線をとっている。格好の独立のチャンスと見えなくもない。

問いただしてもはぐらかされるのが関の山だろう。

「インドについてもパキスタンと同様の処置を行います。よろしいですよね？」

「公爵令嬢の聡明さに感謝を」

貸し二である。米国にとっても、私にとっても高い貸しにならないといいのだが。

次の来客も必然的に政治筋となる。来ていた泉川副総理・渕上《ふちがみ》元総理・岩沢都知事の三人に義父《ちち》上《うえ》こと桂華院清麻呂《きよまろ》の四人は私と国務副長官の会話に頭を抱える。もちろん、この席にもアンジェラとエヴァを座らせている事で筒抜けという形で米国側に配慮している。

「ネパールか。小国と切り捨てる訳にもいかん。あの国は大喪の礼の際に王族を派遣してくださっている」

枢密院側の立場で義父上が発言すると、病気療養から少し痩せた渕上元総理も頭を抱える。事が対共産中国の対策で、その背後でインドや米国が何かするのは基本我が国にとってはプラスなのだ。

「とはいえ、米国の方針に異を唱えるならば、何を代わりにしなければならないかだ。満州独立問題にこれ以上踏み込むのは、外務省が死んでいる今の時点では危険すぎるぞ」

「こうなる事があるから自主独立の方向を作っておけばよかったんだ」

岩沢都知事がぼやくが今更な話である。事が起こった時にこの国は基本米国につくか何もしないかのどちらかしか無い。そして、湾岸戦争時多国籍軍に参加したはいいが、北日本政府が崩壊した結果これ以上の軍事的負担を嫌う風潮があったのも事実である。

「今更それを言っても始まらん。小さな女王様が教えてくれた事に感謝して、打てる手を打つしか無いだろう。ネパール大使に警告と、現地大使館への情報収集を私の名前で命じておく。総理と外務大臣にはこっちから伝えておこう」

初の民間かつ女性外務大臣となった彼女はその組織がスキャンダルで死んでいる以上組織の立て直しに躍起になっており、こんな時の枢密院も流れ弾を食らっている以上危機管理関係を名目に泉川副総理が動くしか無い。

義父上がため息をつく。

「こういう時のために機密費があるのに、これでは使うことすらできん」

機密費の特徴は裏金ではあるが、その裏金を誰にバラ撒《ま》いたのかを分からなくさせる所が最大の武器である。もちろん、表立ってバラ撒けない裏社会の皆様が対象になるのだが、治安が安定していない発展途上国においては彼らに金を落とさない事はそのまま命に関わる。

このスキャンダルで外務省の中は綺麗《きれい》になるだろうが、日本の外交は数年は停滞するだろうと外国のニュースで書かれるゆえんである。私が口を開いた。

「でしたら、皆様に貸しという事で。何人かＮＰＯに出向させてください。それを赤松商事の現地駐在員としてネパールに送り込みましょう」

情報戦では人の移動だけでヒントを与えてしまう。情報収集のために人員を増加させるだけで、こっちが察知した事を相手に知らせてしまう。そういう時のために機密費は使われるのが本来の使い方なのだが、仕方ない。

日本の総合商社が、日本の外部情報機関と呼ばれる仕掛けを使って協力を申し出る。

ドアがノックされて、今日の主役の一人が部屋に入ってくる。

「何かお呼びでしょうか？　ボス」

砂漠の英雄相手に最初から厳しい任務をさせる事になろうとは。

持っててよかったというべきか、初手から切り札を切る現状を嘆くべきか。

「お仕事よ。貴方の鍛えた兵士達を分隊規模でネパールへ送って頂戴。クライアントは非公式だけど日本政府。任務内容はネパールの政変発生の調査を行う人間の護衛と情報収集。ちなみに政変には米国とインド政府が関わっている可能性があるわ。星条旗は撃たなくていいけど、星条旗に泥を塗るような事をするなら止めてあげて。ケツは日本政府というか、そこの泉川のオジサマが拭くそうよ」

元砂漠の英雄はちらりと元現ＣＩＡ二人を眺めて先に来ていた四人と同じようなため息をつく。

ついでに言うと米軍とＣＩＡの仲はあまりよろしくない。

「前の職場でもよく悩まされた任務ですな。あとボス。レディがケツを拭くという言い回しは感心しないですな。了解しました。信頼のできる連中を明日には成田に集めておきます」

私のわざとらしい言い回しに彼が突っ込んでくれて場に笑いが起きるが、元現ＣＩＡの二人は笑いもしない。さらりと流しているが、分隊規模なら明日には飛行機で運べるって。彼らの持ち主ではは有るが何をしたのやら。詳しく聞きたくもないが。

「さて、この商品のお値段。おじさま達はいくらで買い取ってくれるのかしら？」

「身内割引は効くかな？　瑠奈？」

義父上の言い方にまた笑いが起こる。こういう時の代金は金では無くコネの方がありがたい。だから私は代金を告げた。

「新宿新幹線」

私の一言に利害が一致する岩沢都知事が即座に乗る。

「新宿ジオフロントの目玉に据えるのだから、都は即座に賛成しよう。そうなると金よりも国土交通省への建設許可の方だな」

「そっちは私が何とかする。現役を退いて主流派から外れたとはいえ、まだ影響力は残っているはずだ。ゼネコンの方にも声をかけておこう」

そのまま渕上元総理が続ける。財団法人中小企業発展推進財団の汚職事件で捜査線上に上がり、議員を引退し病気静養だった事で逃げ切ったからこうしてこの場に来ているのだが、総裁選まで彼は東京地検特捜部の一番首として目をつけられていたのだ。総裁選が終わったから来れたと言った方が正しい。

「官邸は今の所妨害するつもりはないらしい。参議院選挙の前で巨大公共事業をぶちあげるんだから妨害したら地方が敵に回るからな。それを武器に閣内で根回ししておくさ」

泉川副総理が胸を叩く。かくして新宿新幹線はほぼ建設が確定される。

「私に対する支払いはそれで。改めて確認しますが、米国が進めている対共産中国への包囲網に対してどうします？　ネパールの件はつまる所それで、今来ている国務副長官もそこを総理に聞いてくると思いますよ」

私の再確認にこの内閣の特徴を泉川副総理が端的に言い切った。後の官邸主導を彼はこう言ってのけたのである。

「総理に聞いてくれ」

お仕事が終わったので、そのまま待合室で癒やしタイム。という訳で、いつもの面子《メンツ》を呼んで愚痴タイム。

「絶対小学生がする仕事じゃないと思うのよ」

「それを愚痴られても俺らに何ができる？」

ばっさりとぶった切ってくれる栄一くんの言葉が心地よい。狐《きつね》や狸《たぬき》の会話だと、言葉尻を取られて有利不利が決まるから、会話も疲れる。

「そういえば、今回のパーティーに来客が何人か僕らと同じ年齢の子を連れてきていたけど、顔合わせしなくていいの？」

「今回はパス。政治的縛りが多すぎるから、礼状から繋げる予定」

裕次郎くんの言うこういう場所での挨拶からはじまるコネ繋ぎは、挨拶からその後相手のパーティーへの招待という形になるのだが、政治外交が強すぎるとそれもまずい状況がある。

たとえば敵対している二カ国がそれぞれ大使や公使を送り込んできたケースとか。その場で判断する事自体が角が立つので、『パーティーに来てくれてありがとう』という礼状を送って、その返信でご招待という形にする事でそれを回避するという訳だ。

「愚痴れる内に愚痴っておけ。せいぜい俺達には聞き流す事ぐらいしかできないからな」

「それでも吐き出せる相手がいるだけましよ。ありがとう。光也くん」

待合室にも料理が運ばれて、今のうちにパクパク。パーティーの主役というのは、基本料理が目の前にありながらそれを食べられないきつい役なのだ。

「しかし、そうそうたる方々で羨ましいですわ」

「だったら代わってみます?」

「遠慮させていただきます」

薫さんとの会話も段々慣れてきた。同性の友人というのも悪くはない。特に環境が似通っているところの愚痴の意味まで分かってくれるからありがたい。

「お嬢様。よろしいでしょうか?」

橘の声に私の顔がお嬢様モードに移る。橘がこういう時に声をかけてくるのは、大体緊急の報告だからだ。でも、その緊急の報告は私にとって想定外だった。

「たった今官邸より連絡が。恋住総理がパーティー出席のために、こちらに向かっているそうで」

たしかに、パーティーでオフィシャルともなれば、官邸に招待状の一通ぐらいは送っている。

とはいえ、敵対している財閥令嬢のパーティーに本当に来るとはさすがに思っていなかったみたいで、義父上を含めた桂華院家のスタッフ全員が少しうろたえている。

到着時刻を考えると、パーティーが終わる時刻あたり。最初から来ないで、急に来るあたり恋住総理らしいサプライズである。

「会場の皆様に総理が来ることを伝えるように」

「料理については食べ終わったものは片付けて見苦しくないように」

「時間延長も考えて簡単なツマミを厨房《ちゆうぼう》の方に頼んでおいて！」

「駐車場と周辺道路の警備チェック急いで!!」

裏方は修羅場で、こっちもそれを見て覚悟を決めざるを得ない。

何を言うか？　何を伝えるか？　ここで会う事にどういう意味が付与されるのか？

「ごめん。みんな。ちょっとでいいから私の後ろに居て頂戴」

私の声が少し震えていたのだろう。栄一くんの返事が頼もしく嬉《うれ》しかった。

「安心しろ。瑠奈。後ろでお前の代わりに睨《にら》んでいてやるから」

「宴もたけなわとなりましたが、ここで急遽《きゆうきよ》この方がいらっしゃってくださいました。内閣総理大臣。恋住総一郎《そういちろう》氏のご入場です」

来客もこのサプライズに驚いているが、この場はどちらかと言えば反恋住派のパーティーに近いものがあるからだ。総理が解体を叫ぶ財閥関係者や、現在外務省の官邸機密費で叩いている華族達が多くいるのに、そこに乗り込んでゆく度胸は素直に感心するしかない。

「お誕生日おめでとう。パーティーに間に合ってよかったよ」

「ありがとうございます。総理。来てくださって嬉しいですわ」

総理が私に花束を渡し、私はそれを笑顔で受け取る。皆の視線が突き刺さるように痛い。

「申し訳ないが、あまり長居はできなくてね。また機会があったら今度は最初からお邪魔させてもらうよ」

「あの総理。いくつかお話が……」

折角なので国務副長官からのお話うんぬんを伝えようと別室に誘うつもりだったが、彼は私の頭に手を当てて撫《な》でる。そこからの言葉を私に言わせなかった。

「君が気にすることではないよ。ここからは大人の仕事だ」

私の特異性を知り、それを利用する人やそれを利用する事を謝罪する人は、今まで結構居た。だが、その特異性を嗜め、『子供のままで居なさい』と叱る大人は恋住総理が初めてだったのだ。

その一言に射抜かれた私が居る。

「かなわないなぁ……」

恋住総理が去った後、その言葉は自然と口に出てしまう。政策的には敵対することになるし、彼の方向性の果てに前世の私がひどい目にあった事を含めてすら、この『俳優』恋住総一郎に惹《ひ》かれる自分を自覚せざるを得なかった。

翌日。米国国務副長官との会談で日米同盟の堅持と米国との協調姿勢がニュースに流れる。国務副長官はそのまま満州に飛ぶそうだが、東シナ海と黄海には米海軍の空母群が二個ほど遊弋《ゆうよく》し、呉

から海上自衛隊の機動部隊が一個出撃。極東における緊張状態は北日本政府が崩壊した時と同じぐらい緊張した状況に陥ったが、その後妥協が成立。

捕まっていた米軍パイロットが釈放され、満州政府は独立宣言を出さなかった。結果、最初から米国に全賭けした恋住総理は米国の信頼を得るという外交的勝利を上げ、支持を磐石《ばんじゃく》のものにする。

一方ネパールだが、その杜撰《ずさん》な工作が私の送ったＰＭＣによって暴露されると、米国とインド双方が手を引き未遂という結果に。ネパール政府からの正式抗議に米国はしらばっくれるが、裏でかなり高くついたらしい。

しかも、この仕掛けを作ったのはインド政府で、共産中国に捕まったパイロットを助けたい米国はそれに乗っただけ。おまけにこの事自体が上に報告されていなかった事が発覚するに及んで、醜い責任回避と押し付けあいが発生することになる。

報告してくれたアンジェラの顔がとても良い笑顔だったのは見なかった事にしてあげよう。


【用語解説】
・現実の不良債権の数字……
金融再生法開示債権（大手十六行、２００１年３月時点）：十八兆三百六億円
リスク管理債権（全銀行、２０００年９月時点）：三十一兆八千百九十億円
問題企業向け金融機関融資：百五十兆円
他にも分類債権（全銀行）という数字があって、そっちは六十三兆九千三百五十億円である。

なお、現実では百兆ぐらい不良債権を処理したらしい。
出典：溜池通信・かんべえの不規則発言・2001年6月20日。
http://tameike.net/diary/june01.htm
・瑠奈が披露した曲……新居《あらい》昭乃《あきの》「Campos Neutros」『ワーズワースの冒険』のカップリング曲。
・米国国務副長官……後に彼の名前を冠したレポートを作る知日派大物政治家。
・カルギル紛争……この紛争時でパキスタンは核を撃つ覚悟を固めつつあったらしい。
・ムジャーヒディーン……イスラム聖戦士と訳される事が多い民兵。彼らによって構成されるのがタリバンであり、アルカーイダである。
・ネパール……この年王族殺害事件が発生しネパール王国崩壊の引き金になる。

「要件を聞こうか」

「こちらの写真を見ていただきたい」

「ゆっくりと出せ」

「……チェチェン共和国のスナイパーです。これがターゲットですがもう一枚の写真も見ていただきたい。このスナイパーのターゲットです」

「……この少女はロシアにとっては邪魔になる可能性が高いだろう？　たしか、この少女は対外情報庁の警戒対象と思っていたが？」

「ええ。我が国が日本と領土問題を抱えているのは事実です。ですが、それを燃え上がらせるつもりは無いのです。少し長くなりますが、背景を説明しても？」

「いいだろう」

「元々樺太《からふと》は日露戦争の結果南が日本、北がロシアとなりました。

その後第二次世界大戦で、連合国に降伏した日本は枢軸国に宣戦布告し、敗戦国のはずが多くの権益を保持したまま第二次大戦を乗り切りました。

それを当時の書記長は良くは思わなかったのでしょう。満州戦争に日本が参戦した時、我が国は一気に樺太に侵攻し樺太を占領。北日本民主主義人民共和国を強引に樹立したのです。

満州戦争そのものは西側諸国の勝利に終わったのですが、戦争中に日本領だった南樺太にソ連軍が侵攻して、占領後に北日本政府が建国されます。

この戦争末期にソ連は核実験に成功。満州防衛に成功した米国は樺太に攻め込む事でソ連との全面核戦争を避けると同時に、第二次世界大戦でうまく降伏した日本に対するペナルティーとして北日本政府を黙認しました。これが、樺太問題の始まりです。

南樺太が北日本民主主義人民共和国で、北樺太は北樺太自治区となるのですが、陸続きでかつ北日本へのテコ入れから、その管理を北日本政府に任せてしまい、ベルリンの壁崩壊前には北日本政府の一部と化していました」

「その北日本政府はベルリンの壁崩壊後に政変が起きて日本に帰属する事になったが、北樺太についてはロシアは領有権を主張している。それと、今回の狙撃がどう絡んでくるのだ？」

「チェチェン紛争、第一次チェチェン紛争は94年から2年間続き、一応は我々の勝利となりましたが甚大な被害とイスラムネットワークのゲリラ戦に翻弄されました。その後99年に勃発した第二次チェチェン紛争も現在は我がロシアが優勢に作戦を進めています。

ですが、チェチェンの武装勢力はゲリラ戦を展開し、またイスラムテロ組織が介入しており、彼らはこの状況の打開を考えているとみられています」

「それが極東で火をつける事か？」

「はい。日本とロシアの関係が摩擦状態になれば、沿海州の対岸にある満州国も必然的に緊張する。それに合わせて共産中国が動けば、必然的に米国が動かざるを得ない。そうなると、ＮＡＴＯが動いて欧州も緊張という三方向に軍を展開することになり、我々はチェチェンに全力を注ぐことができなくなります」

「チェチェンの武装勢力の考えにしてはかなり壮大な仕掛けだな」

「湾岸戦争以後イスラム原理主義の勢力が拡大しており、おそらくは彼らの策にチェチェンの武装勢力がスナイパーを貸したと見るべきでしょう。

我々は彼らにアフガニスタンで散々痛い目にあわされ、その脅威を米国に警告していたのです」

「……アフガンに侵攻したソ連軍に対するゲリラ組織の育成をしてきた米国が、その成れの果てであるゲリラ組織にやられる。あげくにその脅威をかつての敵国であるロシアに告げられるなんて認められんか」

「それが国際政治であり、往々にしてあるものです」

「一つ聞きたい。彼女を守る理由は？　イスラムのテロとして無関係を装う事もできるだろう？」

「ロマノフ家の高位継承者である彼女の帰還と即位を望んでいる勢力が国内に多くおり、その勢力が大きすぎるのです。彼女が死んだ場合、今の大統領と激しく対立しているオリガルヒ達《たち》と保守派がどう動くか分かりません。そして……」

「そして？」

「……そして、彼女はロシア金融危機発生後に発行したロシア国債を大量保有しています。彼女と彼女のファンドが買ったという保証が、今のロシア国債の信用を支えているのです。ですから、この狙撃には、我々が彼女を守ったというサインを残して欲しいのです」

「それも、依頼の一つか」

「お願いします。どうかこの依頼、彼女を狙うスナイパーの排除を受けていただきたい。報酬は2百万ドル。スイス銀行に振り込んでおります」

「……わかった。やってみよう」


「管理官。到着しました」

「すまない。この雑誌は捨てておいてくれ」

そう言って管理官と呼ばれた前藤《まえふじ》正一《しょういち》はパトカーを降りる。管理官は警察の役職の一つで事件の捜査指揮を行い、大体キャリアの警視が就く。

「前藤管理官。こちらです」

新宿某所。高層ビルを見上げる裏路地の陰にその死体はあった。所轄の警官の敬礼に返事をしながら前藤管理官は現場に入る。

「で、ガイシャさんは外国人か」

「パパラッチみたいですね。取材証がありましたよ。マークス・ゴードン。43歳。英国人」

前藤管理官の呟《つぶや》きに、ついてきた夏目《なつめ》賢太郎《けんたろう》警部がメモを見ながら報告する。前藤管理官の後輩で彼もキャリア組警察官である。

「パパラッチという事は何かを撮っていたのだろうが、何を撮影していたのだろうな?」

前藤管理官目線の先には落ちていたカメラがあった。壊されており、フィルムも入っていない。

「新宿桂華《けいか》ホテルで桂華院瑠奈《けいかいんるな》公爵令嬢の誕生パーティーをやっていますね。総理も来たみたいで、多分それだと思うのですが？」

ちらりと入り口あたりを二人が見ると、既に報道関係者がカメラをこちらに向けていた。予想より彼らの登場が早いという事は、誰かが漏らした可能性がある。

「それだとしたら不自然だろう？　ここからは新宿桂華ホテルが見えない」

「今、部下を使って新宿桂華ホテルの見える場所を探させています。そこが本当の現場かと」

「よろしい。勉強してきたじゃないか。夏目」

「先輩の無茶を受け続けた結果です」

二人は改めて死体を見る。検死を待たないといけないが、自殺では無い死に方をしていた。

「英国人にしては肌の色が違うな」

「英国大使館より照会きました。彼は生まれはパキスタンで、英国に移住し養子に入り英国籍を得たようです。死因は首の骨を折られてという所でしょうか。結果待ちですが、現場の鑑識はそう言っています」

前藤管理官は車内で読んでいた漫画の事を思い出す。フィクションだと思うが、事件と同時刻に起こっていた政財界のパーティー。事情聴取は必要だろう。

「やだねぇ。ただでさえ桂華院公爵家には、俺の出入りは禁止って言われているのに」

「とはいえ、無視はできませんよ。すでに内調からも報告が欲しいと連絡が」

一人のパパラッチの死亡に諜報《ちょうほう》機関が注目している。彼が何を撮影していたのか？　それだけ桂華院瑠奈という少女は世界を動かしていた。

「すいません！　前藤管理官!!　ちょっとこちらに来てもらえますか？」

死体の前で話していた二人を入り口を塞いでいた所轄の警官が呼ぶ。二人が入り口に戻るとそこには丸の内の外資に勤めている様な外国人が微笑《ほほえ》んで二人を見つめている。

「桂華院瑠奈公爵令嬢付き秘書をさせていただいております。アンジェラ・サリバンと申します。この事件について桂華院家として状況の説明をお願いしたいのですが？」

「警視庁公安部の前藤と申します。日本語お上手ですなぁ」

「前職が米国日本大使館に勤めておりましたので、日本は第二の故郷みたいなものですわ」

マスコミの前でろくな会話もできないので現場内の路地裏で挨拶から始まる会話。二人共笑顔なのだが目がまったく笑っていない。白々しい挨拶もほどほどに本題に入る。

「この件について桂華院家は事件として扱われるのを懸念しております」

「パパラッチがお嬢様を狙って殺された。ワイドショーの格好のネタですな」

真実なんていらない。都合のいい事実こそがこの世界のルールである。

「一応お約束を。殺《や》ってないですよね？」

「もちろんですとも。何でここでパパラッチ一人を殺すリスクを背負わないといけないのですか？」

お約束を終わらせたのに二人ともガンを飛ばしまくっている。その状況に口を挟んだのはついてきた夏目警部だった。

「先輩。思うのですが、あれパパラッチなんですかね？」

「と、申しますと？」

前藤管理官より先にアンジェラが食いつく。夏目警部は死体の方を向いて指摘する。

「パパラッチならばあるものがないのが不思議だなと」

「あるものって何だ？」

「暗視関連。パーティーの時間が分かっているなら、普通準備するでしょう？　それが無いんです」

前藤管理官の質問に夏目警部は即答した。それに前藤管理官だけでなくアンジェラもハッとする。

「あの現場だと新宿桂華ホテルが見えないって言っていたな？　じゃあ、見える場所が現場でそこに落ちているんじゃないか？」

「それはありません。新宿桂華ホテルを中心とした狙撃ポイントには北樺《きたかば》警備保障の警備を置いて警戒させていました。我々は、狙撃ポイント外でおきたこの事件に監視カメラを含めたそれらの画像を提供する用意があります」

アンジェラの協力要請は裏返すと殺人事件に対する裏取引の持ちかけとも言える。犯人がアンジェラを始めとした桂華院家内部の仕事の可能性も含めて、その情報提供は喉から手が出るほど欲しいものだった。時計を見ると日付は既にかわっている。

「夏目。捜査本部に公安要請。外国人の殺人事件の死亡推定時刻、深夜0時頃にしておけ。外国人観光客を狙った物取りの犯行の線で捜査と発表させろ。俺と桂華院家の名前を出せば、向こうも怒るがそれ以上は何も言わん」

「先輩!?」

「前藤管理官の協力に感謝を」

報道機関の発表はパーティーのあった翌日という形で発表される。真実ではなく都合の良い事実が判断を狂わせる。桂華院家を探っていたパパラッチの死は、新宿に来ていた外国人の死にすり替えられる。

「こっちからも少し聞かせてもらおう。そういう事を言ってくるって事は、あんたらが犯人ではないが、犯人が誰か薄々感づいているって事だな?」

「……絶対にお嬢様には内密にお願いします。お嬢様はかつてロシアの某情報機関に誘拐されかかった過去がありますが、今回もその機関が動いた可能性があります。今度はお嬢様を助けるために」

「あー。そっちの話か。了解した。たしかにお嬢様に聞かせるには生臭すぎる」

アンジェラが元職の経験から少しアドバイスをする。裏取引に乗ってくれたお礼とも言う。

この世界はこういうコネが最後に物を言うのを前藤管理官もアンジェラもよく知っていた。

「今から独り言を。被害者の宗教を洗ってください。過激派に繋《つな》がっている可能性があります。それと、英国はロシア移民が多く、工作機関が根を張っています」

つまり、その状況に限りなく近い樺太も勢力は違うがこういう状況になっているという暗示。

おそらくこれからもこういう事件をお嬢様に知らせること無く処理してゆくのだろうと前藤管理

官はアンジェラに尋ねる。

「なぁ。あんたの忠誠はどこにあるんだい？」

「そんなの決まっていますわ。契約が続く限り瑠奈お嬢様です」

アンジェラが去った後、前藤管理官は夏目警部に告げる。

「夏目。お前警護第五係に行かないか？」

「あのお嬢様がらみですね。構わないですけど、何故《なぜ》俺に？」

「言っただろう。俺、桂華院公爵家に嫌われているんだよ」

結局この事件は迷宮入りとなるが、この後被害者の靴底に爆薬が仕込まれていた事から自爆テロ要員と判明。イスラム過激派と接触していた事が判明したのはこの年の秋になってからである。


【用語解説】
・チェチェン紛争……アフガン介入に次ぐソ連とロシアの悪夢。特にチェチェンではアフガン帰りのイスラム戦士等が聖戦として参加したりとテロネットワークの萌芽《ほうが》がちらついている。
・英国の移民事情……英連邦経由でかなりモザイク。特にパキスタンは政治情勢から難民に近い形で逃げた人間が多く、英国内の貧困からイスラム過激派に接触してというケースが多かった。
・漫画……『ゴルゴ13』。さいとう・たかを　小学館。

初等部も高学年になると部活なるものが解禁される。学生生活の華であるが同時に時間を拘束されるとも言う。その部活解禁が五年生なのだが、当然そういう話題になる訳で。

「瑠奈《るな》。お前何か部活入るのか？」

お昼休みの食堂。栄一《えいいち》くんの唐突な前振りに、私はあっさりとそれをばらした。

今日の日替わりランチはハンバーグである。

「ええ。剣道部にでも入ろうかなと」

「え？」

「桂華院《けいかいん》さんが？」

「意外だったな」

一斉に声をあげるみんな。お前ら私を何だと思っている。なお、栄一くんが陸上部で裕次郎《ゆうじろう》くんが剣道部、光也《みつや》くんは帰宅部である。基本家の都合が優先されるので、強制力はあまりなく純粋な部活として初等部の部活動は機能していた。

「てっきり陸上部だと思ったよ」

「お誘いは来ていたわ。手が足りない時、応援に出ることはするけどね」

まぁ、体育祭で派手に活躍していれば、お誘いが来ない方がおかしい。とはいえ、陸上部に行ったら行ったらで主力として扱われるのもちょっと面倒だなと思って、比較的人が少なくて幽霊部員OKの剣道部に入ることにしたのだ。

「しかし桂華院が剣道部か。できるのか？」

「まぁ、家の人にいろいろ教えてもらいましたから」

光也くんの疑問系に私は胸を張って言い切る。これでもチートスペックの悪役令嬢であり、悪役令嬢たるもの、文武両道でなければならない。私はハンバーグをぱくりと口にした後で、ケチャップを拭きながら話す。

「まぁ、一度誘拐されかかったので、自分の身を守れる程度の嗜《たしな》みは持っておこうかと」

そういう理由で稽古をつけてもらったのだが、ロシア系軍事武術の流れを組んだ北日本式剣道は、これがなかなかおもしろい。

「ちなみに、教えてもらっているのがうちのメイドの北雲《きたぐも》さんなんだけど、なかなか面白いわよ。何しろ最初の稽古で剣道全否定」

「は？」

声を出したのは裕次郎くん。彼は家でも剣道をしているから明らかに話に乗ってきた。

「だって元がロシア系武術よ。逃げて逃げて逃げ切って相手が疲れ切った所を叩《たた》くのが国是の国が剣道うんぬんなんて言うものですか」

剣道を含めた武道やスポーツは心技体が大事と教わるのだが、それは勝負等の場合。

お嬢様はまず前提が違いますという前置きをかまして北雲さんは道着姿の私に言い切る。

「お嬢様がこの技を使う状況を想定してください。お嬢様がこの技を使うという事は、まず襲撃を受けている時で、しかもお付きが居ない状況。心技体なんてどうでもいいぐらい不利な場面で使う事になります」

納得した私に北雲さんは話を続ける。剣道ではなく護身術の方に話が行っている気がしないでもないが、この時点の私は気づいていなかった。

「お嬢様の場合、まず使える武器が一つあります。その声です。欧州からお声がかかるその歌声ですが、同時に大声も出せるので『助けて！』と大声で叫んでください。それだけでも相手はお嬢様の声を止めるという事で一手消費します」

納得した私はついでに質問してみる。

「私が誘拐されかかった時は、身内の護衛にスタングレネードで驚かされた後ショックガンで気絶させられたわね」

「それはお嬢様が護衛を一人しか置かなかったからです。この手の警護は、複数置くことで相互監視させて身内の裏切りを防ぐようにしています。最近お嬢様が出る際には必ず複数のメイドがついているでしょう？」

なるほど。運転手にメイドに護衛、近くには橘《たちばな》かアンジェラが居るなと納得する私に北雲さんは話を続ける。

「我々はこの手の状況で戦うために以下のことを徹底的に叩き込まれます。呼吸し続ける。リラックスを維持する。姿勢を正しく保つ。移動し続ける。この辺りができるようになってから、竹刀を持ちましょう」

　ふむふむ。このあたりは元軍人だけあって考え方が合理的だなぁと納得した私に北雲さんは笑顔で告げた。

「そして、この手の武道の前提になるのは体力ですが、その体力づくりは下半身からです。だから走りましょう。もちろん、女らしい美しさを維持したまま筋肉をつける事は可能ですわ」

「はい？」

　その数分後。道着からランニングウェアに着替えて、北雲さん他二人に挟まれて田園調布を走る私の姿があった。……あれ？　最初に道着を着た意味ないじゃん？

「なぁ。瑠奈。思ったんだが……」

　栄一くんの妙にいいにくそうなツッコミを裕次郎くんがめずらしくはっきりと言う。真顔で。

「多分、桂華院さんのやっているの、剣道じゃないと思うな」

　とどめを刺してくれたのは光也くんだった。ＰＨＳのネット検索で調べていたらしい。

「多分ロシアの軍隊格闘術のシステマだと思うな。それ」

　やっぱりか。

「キャー！！！　桂華院さま――――――！」

「桂華院先輩かっこいい!!」

「見て！　また一本取られたわ!!」

　システマが剣道に応用できないといつから思っていた？

なんて脳内でかっこつけながら私は礼をして面を取る。

学校の部活にシステマ部なんて無いのでそのまま剣道部の週一幽霊部員となったが、チートボディは見事に両方を吸収してこうして都の大会優勝と相成った。

なお、翌年の剣道部の新入生の数が凄《すご》いことになったのは言うまでもない。


「そう。姿勢を崩さずにまっすぐに構えて……」

アンジェラの声を聞きながら、私はベレッタ92の引き金を引く。音は、思ったより小さかった。

「お嬢様。バカンスに行きませんか？」

システマ習得中の後、東側武術から向こうに傾倒するのを恐れたのかアンジェラがふとそんな事を言ってきた。こういう時にアンジェラが訳の分からない事を言う人間でもないのは理解していた。

「バカンスってどこに行くのよ？」

「グアム島ですよ。日帰りも大丈夫ですし、気分転換に南国のビーチで泳いでもいいし」

実に胡散臭《うさんくさ》く言ってくるので、そのアンジェラの笑顔が深夜番組のセールスレディに見えてくる。

ここはその流れだとこう返事をするべきだろう。

「おーけー。アンジェラ。で、そのバカンスのメインディッシュはなぁに？」

アンジェラはいい笑顔であっさりとそれを言ってくれた。時々こいつ私が小学生というのを忘れているんじゃなかろうかと思う。そんなメインディッシュだった。

「はい。米軍基地での射撃体験ツアーですわ♪」

「はっきり申しまして、お嬢様は何でも出来すぎるんです」

ビジネスジェット機の機内でアンジェラは私にこう言い切る。まぁ、悪役令嬢のチートボディですしと言える訳もないので、私は黙ってアンジェラの話の続きを聞く。

「大人になるという事は、『可能性を切り捨てる』事でもあります。何にでもなりかねないお嬢様は、それこそ化物にもなりかねません。合衆国が多くの国の要人を受け入れて、文化交流をしている理由の一つに『独裁者の出現の阻止』というのがあります」

「今のままだったら、私がそれになりかねないと？」

「すでにお嬢様は巨万の富を得ており、日本有数の企業グループを支配下におき、学力が高いことはこのアンジェラ存じ上げております。これで軍隊格闘術まで習得されて一人で何でも出来るようになったら、どうして人の意見を聞きましょうか？」

「……」

どうも私はかなりの危険人物に見られているらしい。それについてはひとまず納得するとして、アンジェラに肝心なことを聞いてみる。

「で、それがどうして『銃を撃ちに行きましょう♪』に繋《つな》がる訳？」

前世と今世の知識を確認してもその意味が分からない私はアンジェラの前で盛大に首をかしげた。

そんな私を見て、アンジェラは補足説明をする。

「お嬢様が軍隊格闘術を習得したのは身を守るためですよね？　それでしたら、銃を覚えた方がはるかに容易に身を守ることができます」

「護衛対象者が銃を撃つ時点で駄目だと思うんだけど。私は」

「私もそう思いますわ。だから言ったではないですか。『お嬢様は何でも出来すぎる』って。このままだと、銃を持った襲撃者相手に、お嬢様自ら突っ込んでいきそうなんで怖いんです。そういうのはハリウッドのスクリーンの中だけです！」

やっと私にも理解できるようになってきた。なまじ軍隊格闘術を覚えたから、銃の脅威を軽視しかねないと思った訳だ。で、実際に銃を撃たせて、その脅威を覚えさせると。

「失礼します。まもなく、グアム島、アンダーセン空軍基地に到着いたしますのでシートベルトをつけてください」

当然のようについてきているメイドのエヴァの報告にジト目の私がアンジェラを睨《にら》む。普通のビジネスジェット機は、米軍基地に直で着陸なんてしない。それの意味することは一つだ。

「ねぇ。アンジェラ。私、どれぐらいのレベルで狙われているの？」

アンダーセン空軍基地はなぜかとてもピリピリしており、ずらりと並ぶ軍用機の群れに銃を片手に警戒している兵士達《たち》が私の飛行機を眺めている。

そんな私にアンジェラが呆《あき》れ顔で返事をしてくれた。

「ビジネスジェット機で米軍基地にやってくる無茶ができる時点で察してください」

と。

米国は銃社会である。そのため、銃による犯罪が多発しており、銃規制が話題にのぼっては消えるなんて事がここ最近ずっと繰り返されていた。で、せっかくだからとそのあたりをアンジェラ達に聞いてみると、なかなかおもしろい話が返ってきた。

「我が国は広すぎるんです。事件が発生して警官がやってくるのが二時間とかザラですよ」

「まだ犯罪だったらいい方です。熊とかワニとか話が通じませんよ」

あれ。何か私の知っている米国と違和感が。それを察したアンジェラが苦笑してその違和感を説明してくれる。

「お嬢様がご存じのアメリカは、ニューヨークやカリフォルニア等の海岸側のアメリカでしょうから。都市化が進んで、民主党が強い地区です。メディアなんかで見るアメリカはそんなイメージで世界に発信されています。日本の東京みたいなものですわ」

なるほど。アメリカにも田舎があるというのは案外忘れているものである。私はそのまま話を進めてみる。

「そんな米国で銃規制が進まないのはどうしてかしら？」

「まず警官が信頼できないんです」

「これは背景に人種差別が絡むから、解決できないんですよね」

アンジェラとエヴァの答えに絶句する私。都市部には黒人を始めとした移民が流入するが、治安維持の警察組織は白人が多数派を占めている。このため、犯罪捜査と摘発がそのまま人種差別に発展し、自分の身は自分で守るという救いのない状況が発生する。

当たり前だが、田舎に行けば行くほど白人率は高くなるから、差別の発生率は高くなるし、悪名高いＫＫＫなんてのもその流れの中にある。南北戦争で国内は統一されているが、米国内の南北問題はかなり根深い。

「あと、女性こそ銃を持つべきという考えもあるのですよ」

「へ？」

人種差別だけでなく性差別まで銃が絡んでいるのかと私が唖然《あぜん》とするとアンジェラとエヴァが笑う。彼女達はある意味そんな差別をくぐり抜けてここに居るという訳だ。どれだけの軋轢《あつれき》があったのだろう？

「銃というのが、女性が得た対男性用の武器だからですわ」

「体格や体力では男性には基本勝てませんからね。そんな男性を黙らせる相互確証破壊の武器なんですよ。女性にとっての銃は」

生臭い話だが、米国では暴行の女性被害者が銃を持つ選択をする事があるという。

襲われて己と社会の無力を否応《いやおう》なく知ったからこそ、彼女達は銃を手に取るのだ。

「アンジェラがまさか銃を撃てといってきたのは驚いたわよ。たしか、銃規制反対の連中は共和党に献金してロビー活動しているんでしょ？」

「私も一応銃規制賛成の人間ですわ。だからと言って、身を守る手段としての銃は否定しません」

なんつーか、アンジェラの割り切りというかスタンスの覚悟が凄い。

ついでだから、エヴァにも話を振ってみたら、こんな返事が返ってきた。

「私、テキサスの人間なんで」


「瑠奈。なんか肌が焼けたみたいだけど、何処《どこ》か行ってきたのか？」

翌日。学校で栄一くんが目ざとく指摘したので、私は笑ってごまかした。

ただ銃を撃つだけではもったいないので、残り時間は海で泳いできたのだ。

「ちょっと南国にバカンスに行ってきたのよ♪」


「失礼します。今日の特番のマラソンに参加する桂華院瑠奈と申します。よろしくおねがいします」

楽屋に入って私はペコリと挨拶をする。特番ともなると多くの芸能人のために控室があるのだが、そこに一室ずつ挨拶をしてゆくのだから、かなり時間がかかる。

「よろしく」

「がんばれ」

「あの子どこの事務所？」

大部屋俳優辺りだと、私の事を子役ぐらいにしか見ていないらしい。

これが個室を与えられる俳優だと、私の事を知っているからこんな挨拶になる。

「わざわざスポンサーがこちらに来なくても、こちらから挨拶に行くのに。ありがとうございます」

なお、こう言う連中に限って、向こうから挨拶に来る人間はまずいない。この特番は赤坂の放送局で春と秋に行われており、桂華グループは帝西百貨店がスポンサーとして名前を連ねていた。

「しっかし多いわねー。こんなにタレントが居るならするんじゃなかったわよ」

愚痴を言うが、この手の挨拶は本当に大事なのだ。マスコミの視線がそろそろうるさくなりつつあり、かと言って逆らうのもめんどくさい。

そんな私がこの赤坂五丁目のマラソンに参加する理由は、司会者直々のオファーという事がある。今をときめく司会者からの口説きに負けた風を装いながら、ちゃっかりとコネを構築するという下心も無い訳ではない。

「けどお嬢様が言い出した事でしょうに。控室にいるのがつまらないから、全部挨拶していきましょうって」

メイド姿のアニーシャが淡々と突っ込む。アンジェラは未《いま》だTV局の偉い人とお話し中なのだ。

もちろん話の主題は私に対する風評被害についてだ。

「スポンサーとしてTV局の上の人に圧力をかけちゃえば終わりじゃないんですか？」

「駄目よ。アニーシャ。この国はねトップが権力を持っていないのよ。誰が権力を持っているかというとそれは現場なの」

近い過去では太平洋戦争の日本軍の組織系統なんかがそれだし、このマスコミ業界も同じ問題を抱えている。現場の判断と称して、プロデューサーやニュースキャスター、司会者やコメンテーターが権力者なのだ。実際、ある司会者は「私は内閣を三つ失脚させた」と豪語していた。

そんな彼らに私が狙われている。スポンサーを怒らせて番組打ち切りという手も無い訳ではないが、それをし過ぎると確実に私が悪役として定着する。硬軟織り交ぜた対策が必要だった。

「大変なんですね。私の故郷なんて党の命令で一撃でしたよ」

「これが自由で、これが民主主義ってものよ。叩くのも自由だけど、叩かれるのも自由ってね。さぁ、次に行くわよ」

「はーい」

挨拶も大御所クラスになるとその人が持つオーラみたいなものに圧倒される。

面白いもので、俳優というのは真似事《まねごと》とは言えその役を演じるためにその役を知るから、大御所クラスの役者ともなると下手な政治家や官僚よりもタチが悪い。

「これはこれは。挨拶ありがとうございます」

そして、弟子なり軍団なりを引き連れているので、部屋に入るとその圧にびっくりする。たとえ私が大人だとしても、この深みに届かない。この重さが私には無い。詰まる所、私が舐《な》められて叩かれるのはそこなのだ。

かくして、金に物を言わせたしっぺ返し戦略で、手を出すと噛《か》まれるというのをマスコミをはじめ皆に教える必要があった。

「よくいらっしゃいました。楽にしてくださいな」

私がその楽屋に挨拶に行った時、ちょうどその人と司会者が私の出るマラソン大会について話し合っていた。挨拶をしたら司会者のほうが私にこんな質問をぶつけてきた。

「挨拶をしているのは知っているけど、どうして挨拶を大部屋からしていたんですか？」

「はい。上の人達は私のことを知っていますから。まずは知らない人から挨拶をと思いまして」

ここで可愛《かわい》く猫をかぶってお嬢様アピール。ちらりと話にオチを入れて二人の反応を探ってみる。

「それに知らなくて叱られても、それは子供の無知で済みますから。遠慮なく使わせてもらっています」

「ははは。その年で自らの武器を知っているあたり末恐ろしいですな」

その部屋の主が笑う。基本マラソン大会のルールやハンデはその人に一任されていた。だからこそ、この人の機嫌次第でルールやハンデが私に有利にも不利にもなる。その人は私にこんな事を尋ねてきた。

「ＴＶで一番面白いのは何だと思いますか？」

首をひねる私にその人は断言して言った。

その言葉に重さだけでなく諦めの色が乗っていたのが、その時の私には理解できなかった。

「素人が芸を見せるか、プロが私生活を見せるか。つまり、ＴＶにおいてはドキュメントが一番面白いんですよ」

「さぁ！　やってきました、赤坂五丁目ミニマラソン!!　今回は特別ゲストにお越しいただきました!!　帝西百貨店キャンペーンガール。桂華院瑠奈さんです！！！」

拍手とともに私はスタジオに入る。もちろん、ランニングウェアからシューズに至るまで、スポーツメーカーの特注品なのは言うまでもない。

あ。写真家の先生。解答席からカメラで撮らないでください。お願いですから。

「今回特別ルールとして、彼女に先行してスタートしてもらいます。赤坂五丁目ミニマラソンコース三周ですが、彼女はハンデとして二周です。彼女を追い抜いた参加者には、帝西百貨店より十万円の賞金が提供されます」

女性司会者の説明の後参加者を募り五十人ぐらい運動に自信のある人達が集まる。

クイズには参加せずこのマラソン大会のみの参加だが、小学生という事でハンデをつけた時点でチートボディ持ちの私に敵は無い。

「お嬢様。意気込みみたいなものを一言」

「勝ちます」

ただ一言。カメラに向かってまっすぐ、凛々《りり》しく言い放つ。あとはそれを日本全国に見せつけてやればいい。スタジオに轟《とどろ》く号砲と共に、私は風となった。

「速い！　速い!!　このお嬢様、只者《ただもの》ではない！！！」

大人達や陸上選手の追走を物ともせずに走る。走る。走る。それと同時に視聴率も上がる。上がる。上がる。心臓破りの赤坂の坂をなんなく上り詰めて、先頭でゴールテープを切った時、その大波乱に会場は大いに沸き、この番組の瞬間最高視聴率を叩き出した。

「お嬢様を誰も追い抜けなかったのですが、ここでスポンサーの帝西百貨店より参加者全員に一万円が支給されることが急遽《きゆうきよ》決まりました。皆様おめでとうございます」

アニーシャに万一のために司会者に言うようにと頼んだ仕掛けが役に立ったか。負けた事には悔しいだろうが、参加賞として賞金が出るのならばそっちに目が行くのも芸能人というものなのだ。

そして、上層部だけでなく現場層も私というコンテンツをどう消費するかで考えるだろう。

「優勝インタビューです。お嬢様。今の感想を一言」

「これぐらいたいしたことないですわ♪」

実にわざとらしい悪役令嬢ムーブで言い放ったその一言がその年の流行語大賞になって、私の黒歴史として年末羞恥で震える事になるのを今の私は知らない。


アンジェラ・サリバンの趣味は日本映画鑑賞である。とはいえ、時間が不定期な今の仕事で二時間近い映画を映画館で見るのは苦労する訳で。そんな彼女に科学技術は偉大なる新商品を与えてくれた。ビデオである。

「あれ？　アンジェラ、もしかして映画見るの？」

少し怯《おび》えながら私はアンジェラに確認する。この前一緒に見たのが日本ホラーでトラウマを植え付けられたばかりなので、既に逃げ腰なのは仕方がない事だろう。

「大丈夫です。お嬢様。ホラーじゃありませんから」

そう言って、アンジェラはビデオテープの箱を見せる。ＴＶでも何度も放映されていた、国民的映画だった。

「ＴＶで何度か見ていたはずなんだけど、意外と覚えていないものよねー」

「ここまで作品数が増えると、ストーリーが定型なのでその差異を楽しむんですよ。今回のゲスト、ヒロイン、旅行先、そしていつものように終わる。この映画は日本人にとっての日常の再確認なんでしょうね」

つらつらと解説してくれる米国人のアンジェラ・サリバン。それにうんうんと頷《うなず》く私こと桂華院瑠奈。１／４日本人。

「アンジェラがこの映画が好きなんて知らなかったわよ」

「そうでもないですよ。米国人って『故郷』って言葉に弱いんですよ」

私はグレープジュースをチューチューとストローで飲みつつ、アンジェラはベーコンピザをパクパク手づかみで食べ映画を見ながら話す。目はＴＶの映画から離さず、いつのまにか米国の建国神話に話が移っていた。

「元々米国を作った祖先の人達は故郷を追われた人達でした。だからこそ、新大陸を故郷にせざるを得なかったんです」

「『ピルグリム・ファーザーズ』だっけ?」

「ええ。私達の偉大なるご先祖様です」

かれらの建国神話があのアメリカ合衆国を作ったと言えば分かりやす……ん？

「ご先祖様？」

「はい。私の家のご先祖様の一人がメイフラワー号に乗っていたんですよ」

絶句する私をあざ笑うように、もっていたグレープジュースのグラスの中の氷が音を立てた。

グラスを置いて額に指をあててアンジェラの履歴書を思い出す。

「たしか、東海岸出身だったわよね？」

「ええ。一族の方が代々農場をやっていて、よくパーティーなんかに行きましたよ」

「で、何でそんな才媛が、こんな所で日本の人情映画見ているのよ？」

農場というワードでほぼ確定。ピルグリム・ファーザーズに連なる家で、東海岸に農場持ち。

米国は自由の国ではあるが、それゆえにかかる教育費用も青天井だ。ＣＩＡの情報分析官につく学力とコネがあると暗に言っているようなものだ。だから民主党支持者か。なるほど。アンジェラは米国上流階級出身だ。

「一つは、女性の社会進出運動に乗ったというのがありますね。80年代の米国の社会進出に乗って私はウォール街に席を置きました。その後、主人と知り合って娘ができたんですが」

「結婚していたの!?　アンジェラ！！！」

たまらず叫ぶ私。というか、そういう事はプライベートだから触れないようにしていたので急に振られると実に困る。アンジェラは苦笑して更に衝撃の事実を突きつける。

「まぁ、結婚する前に子供ができたという奴《やつ》で。あの人、ついに帰ってこなかったんですよ」

「……」

　完全に何を言っても地雷になるので黙るしかない私に、アンジェラは淡々と昔話を語る。

　それは過去に踏ん切りをつけた女の顔だった。

「この映画が好きなのは、この主人公ちゃんと帰るじゃないですか。どこかにふらりと出かけても、ある時にふらっと帰って親族や知り合いにその顔を見せてゆく。あの人は、ついに帰ってきませんでしたから」

　黙っているので勝手に頭は推理を進める。そして、そういう可能性を私は自然と口に出した。

　アンジェラがＣＩＡにいる理由、この国にいる理由がそれで説明できるから。

「アンジェラの恋人だった人が行方不明になったのが、この国って事ね？」

「さすがです。お嬢様。ですが、賢すぎる探偵は犯人に殺されるのでほどほどにしておくことをお勧めしますわ」

　すっと目を細めて冷気を飛ばすアンジェラに私は黙って首を縦に振る。雉《きじ》も鳴かずば打たれまい。

「あの時、同盟国だったこの国はバブルで、樺太《からふと》にあった社会主義国家と水面下で激しくぶつかっていました。私と付き合いだした時は、ウォール街のビジネスマンを装っていましてね。姿を消した彼を探そうとしたときに、やっとその正体を知り合い経由で教えてもらって。深く真相を知るためにカンパニーに入って、この国に来てこんな所でこんな映画を見ているという訳です」

　映画は自然と終わっていた。ビデオをビデオデッキから取り出してアンジェラは微笑《ほほえ》む。

「はい。映画の時間はここでおしまいです」

部屋に戻った私は歴史書を確認する。80年代後半の大規模イベントと言ったらあれを外す事はできない。

１９８９年。ベルリンの壁崩壊。

ここから始まる東側諸国の崩壊は多くの人達の人生を変えてしまった。その中でアンジェラの恋人だった人は歴史の闇に消えた。

また、その流れの中に桂華院瑠奈の父である桂華院乙麻呂《おつまろ》の東側内通事件がある。人の繋がりは今だけではない。過去に縁がある事もあるし、今を遡ると過去にもというケースがあるのだ。そんな事を噛みしめながら、私は歴史書を閉じた。


私立学校といえども他校との交流はある訳で、そんな交流の一つが運動部が参加する地区大会である。ガチの連中に負けるのはともかく一回戦負けはしたくないという微妙な背景の結果、初等部においては体育で優秀な成績を残している人間を応援なんて事をするのが慣例になっている。

中等部からは特待生が来るのでそれもないのだが、初等部は本当に良い所のサロンしか入れないからこういう形に収まったとか。ということは、あの三人が招集されるのが確定な訳でして。

三人はサッカーの試合に参加する事になったのだが……

「で、何で私も参加させられるのよ？」

体操服姿の私は、じろりと三人を睨むが三人共知らん顔である。実に憎らしい。

「仕方ないだろう。瑠奈。お前、並の男子生徒より運動神経あるんだから」

「インフルエンザで選手と控えがやられたのが痛い。かといって人数ハンデも背負いたくない。桂華院。すまないが、助けてくれ」

「記録に残らない親善大会で相手側も了解してくれたよ。負けてもいいけど、善戦はしたいんだよ。相手チーム、サッカー部員で揃《そろ》えているみたいでさ」

なんだかんだ言ってカルテットの面子《メンツ》は、私を含めて負けず嫌いである。ついでに言うと体力的に差がないのがこの小学生である。悪役令嬢チートボディで結構色々できるのは内緒だが。

「で、私をどこのポジションに置くつもりなの？」

私の呆れ声に栄一くんはあっさりとそのポジションを告げた。

「キーパーだ」

ワールドカップが国民に受け入れられるようになって、少しずつサッカーが認知されるようになると、サッカーにも変化が出てくる。それはサッカーというものを国民が理解しつつあるという事の裏返しでもある。

何も知らない小学生同士がサッカーをすると、ボールに全選手が集まってわーわーするのだが、知っている人間が入ると役割とゾーンという概念が出てくる。

「なるほど。私をキーパーに持ってきたかった訳だ」

栄一くんがＦＷで前にいるが、なかなか彼にボールが届かない。

裕次郎くんがＭＦで司令塔になっているが、相手側の組織的攻勢に耐えきれない。

「来たぞ！　桂華院！　左は抑える!!」

「とぉぉおう!!」

パンチングでボールを飛ばして何度めかのシュートを防ぐ。ＤＦの光也くんの指示を聞きながら、私は来たボールを弾《はじ》き続ける。キャッチについては取れるもの以外は最初から捨てていた。

「ボールを外に出せ！　リズムを切るんだ!!」

「押し込め！　相手を攻め続けて消耗させせろ!!」

二十分ハーフの試合なのだが、なまじチートスペックを持った私達を分散させた事が裏目に出た。相手のパスサッカーに他の面子が崩され、栄一くんが遊兵化し、裕次郎くんが防戦に回らざるを得ないのでこちらのラインが下がる。

光也くんの守備も自分のいる場所は抑えるけど、相手がサイドなりで迂回《うかい》すると私まで一直線。そして、私も全てを弾く事は不可能だった。私の手の先をボールが駆け抜けてゆく。

後ろのゴールネットに入り相手チームのＦＷがガッツポーズをするのを尻目に、膝をついた私の頬から汗が落ちてゆく。審判の笛が鳴り、初失点を喫する。

前半はなんとかこの一点に抑えたが、後半は更に攻めてくることが目に見えていた。

「このままじゃどうにもならないわね」

私が栄一くんにスポーツドリンクを手渡し、栄一くんはそれに口をつけながら同意した。

なお、私の手は次のスポーツドリンクを裕次郎くんと光也くんに手渡している。

「バランス配置が仇《あだ》になったな。俺が完全に浮いているから後退して中盤を裕次郎と抑える」

タオルで汗を拭きながら栄一くんが応える。

「それだと、こちらの攻撃起点が下がるから、相手は更に攻めかかってくるよ。無駄と分かっていても、カウンターの姿勢は残しておいた方がいい」

のど飴《あめ》をなめながら裕次郎くんが口を開く。防戦の司令塔として声を出し続けた彼は声が枯れかけていた。

「泉川《いずみかわ》の言うとおりだ。カウンターの姿勢は残しておいたほうがいい。とはいえ、帝亜《ていあ》を遊ばせるのももったいないから、帝亜がＭＦになるのがいいだろう。それと桂華院。お前、蹴るだけならどこまで飛ばせる？」

ゲームの攻略キャラになるぐらいだから、私以上にチートな連中達である。即座に相手への対策を急場で組めるのだから凄いというかなんというか。私が言える義理ではないが。

「中央までならぶっ飛ばせるけど？」

「わかった。桂華院。これからゴールキックは全部中央まで蹴り込め。帝亜と泉川が居るから、どっちかが拾えるだろう。それでカウンターを狙うぞ」

「了解」

後半開始。大体こちらの技量を見抜いた相手チームは全面攻勢に移ろうとして、その出鼻をくじかれる。栄一くんがＭＦに下がったことで、裕次郎くんと光也くんの二人が連携して動けるようになり、その間のゾーン突破が格段に難しくなったからだ。

もちろん、サイドからそのゾーンを回避する事はできるが、それは私への進入路が限定される事を意味する。相手のシュートが枠を外す事が多くなった。

「行くわよっ！」

そして、私がゴールキックで高く蹴り上げたボールは中盤の栄一くんに届く。

こうなると彼が前半遊兵化して体力が残っていた事が効いてくる。

「いけぇぇっ！」

栄一くんの初シュートはゴール枠内に入っていたからこそ相手キーパーに弾かれた。ただ、この一撃で相手チームははっきりと認識を切り替える。無理な攻撃をせず、こちらを走らせて体力を消耗させながら、きっちりと勝ち切る戦略に。つまり、相手もやっとこっちを敵と認識したのだ。

こうなると個々の才能ではなく、総合力がものを言ってくる。栄一くんも裕次郎くんと光也くんも、体力まで無限にある訳ではなく、疲労からくる思考のミスを相手は容赦なく突いて更に体力を奪いにくる。その体力消耗の最前線に立たされたのが私だった。

「しまった！」

私が弾き続けたのを相手ＦＷは理解していた。つまり、ボールを弾く動体視力と体力はあるが、私が急に呼ばれた女子であり一対一の経験が無いだろうと踏んだのだ。

防衛ラインが崩され、ＦＷとの一対一。ほぼ詰みだが、私が伸ばした足を彼は軽くかわしてゴールにボールを押し込んだ。これがとどめとなり私達は０―２で負けることになった。

「ナイスセーブ」

「ありがとうございます。それでも止められませんでしたけどね」

試合終了後の握手で、相手FWはいい笑顔で私の手をにぎる。

私も笑顔を作っているとは思うが、悔しさは出ているのだろうなぁ。

「止められ続けたらこっちが困る。これでもジュニアに誘われているんだ。未来のワールドカップ選手のサインいるかい？」

「遠慮しておきますわ。けど、その時には私が杯を渡してあげましょう」

私のことをこの場ではサッカー選手としか見ていないのも何だか好感が持てた。

サッカーをした仲だから友達。小学生らしくて実に分かりやすい。

「いいね。それ。楽しみにしているよ」

私の言葉を冗談と捉えた彼と別れた後、みんなの所に戻る。

負けた悔しさが顔に出ているのは私以外だと三人だけだった。

「悔しいなぁ。もっと上手《うま》くできたと思っちまう」

「だね。僕らはチームに、戦術に負けた。それに勝つにはこちらもそれを用意しないと駄目な訳だ」

「なるほどな。この手の大会に俺達が出るようになった理由はそれか。中等部から特待生が入ってそのあたり、向こうのチームと同じになるからな」

私はぽんと手を打った。サッカーについては少なくとも、底辺層の育成から始まってきちんと層の形成ができつつあった。いずれワールドカップで優勝する逸材と組織ができるかもしれない。

前世の時にはそれを見ることは叶《かな》わなかったが。

「じゃあ、この悔しさを刻んで、サッカーを支援しますか」

あとで橘を呼んでサッカー協会に寄付を用意しておこう。がんばれ。未来のストライカー。

靴は新品のスニーカー。リュックも新品。万一のレインウェア、水筒、コンパスに地図、防水シートにタオル。着替えも二着入れて、ビニール袋に薬とおやつと非常食。

「はい。そのリュック私が持ちますので貸してください」

「いやぁぁぁぁ!!　私が背負うのぉぉぉ!!」

「何やってんだ?　瑠奈の奴?」

「桂華院の奴、今回の登山遠足嬉《うれ》しくてかっこつけて揃えたのはいいが、メイドが粗方持ってくらしいから全部無駄になってという奴らしい」

「なるほど。桂華院さんらしいや」

今日は遠足と言うかハイキングというか、まぁそんなものである。で、ここは高尾山口駅。学校イベント高尾山登山である。時刻は朝の六時。現地集合なので四時起きでここにやってきたという訳だ。ちなみに、この手のイベントでちと他の学校と違うところが有りまして……

「小隊集合!　班ごとに出発しろ!　小隊本部はここ、拠点は山頂に作っているので、チャンネルを確認するように。時間合わせ3・2・1・0!!」

「一班は1号路を先行。二班はケーブルカーで4号路を確認。三班もケーブルカーで3号路を確認。

四班は6号路を確認。五班は稲荷山《いなりやま》コースだ。六班は予備として待機。山頂に七班が居るので、何かあったらそちらにも連絡を。脇道にも警戒を怠るなよ！」

「ねぇ。アニーシャさん。あれ、うちの警備会社よね？」

「そうですよ。お嬢様。まさかお忘れですか？」

私の手の届かない所にリュックを掲げて、今日ついてくれるメイドのアニーシャが平然と言う。うちのメイド連中の中でアニーシャが一番メイドらしいのは、彼女が元ＫＧＢのハニトラ要員としてそっちの修行をしていたという前歴があったり。

まぁ、色仕掛けは諜報《ちょうほう》の基本だからとはいえ、食えないからと本当にメイドになるとは彼女も思っていなかっただろう。彼女の旧友達については私は知らないことにしている。私付き秘書のアンジェラやエヴァとは当然仲が悪い。腰に手を当てて頬を膨らませながら私は、彼らを指さして言う。

「何で来ているの？」

「訓練だそうですよ」

へーそうなんだーとでも言うと思ったか。こいつら、北海道に居た連中じゃねーか。武器は持ってないけど、迷彩服で怖いんですけどぉ！　そんなのを監視しているパトカーから私服の刑事さんが眠たそうな目をこすりながらこっちを見ているんですけどぉ！！！

「自己紹介してもらったわね。夏目《なつめ》警部だって」

「お嬢様のお知り合いの前藤《まえふじ》さんでしたっけ？　彼の後輩だそうですよ」

そうそう。先輩から貧乏くじを押し付けられましたって笑顔で……違う話がそれた。

「明らかに過剰警備なんですけどぉ！」

「あれでも足りないぐらいです。本当ならば全面立入禁止にしたかったんですよ！　ここを!!」

キレた私に冷静に逆ギレをかますアニーシャ。実は私、押されると弱い。たじたじになりながらもアニーシャの愚痴を我慢して聞き流す。

「お嬢様の行動を損ねることはいたしませぬが、お嬢様の立場というものをそろそろご自覚なさって頂けると、このアニーシャも嬉しゅうございます。ただでさえ、お嬢様は桂華院公爵家令嬢として……」

あ。これ長くなる奴だ。慌てて援軍を探すが、すっと私の周囲から人が居なくなっており、私は友情なるものの儚《はかな》さを知ることになった。

高尾山は標高599メートル。私達が今回登るのは1号路で、全長約4キロほどの道を二時間ほどかけて登ることになる。かなりの部分が舗装されているので、よくこの手のイベントに使われている。登山というのは基本ペースをずっと維持できるかで、途中で乱れると大体ろくな事にならないが、そこは私達小学生。あっちにふらふらこっちにふらふらと見事にペースが乱れまくっていた。

「思った以上に進みが遅いわね……」

最後尾を歩きながら私が汗を拭く。歩き出してから三十分経過。集団行動なので最後尾のペースに合わせる。私がこの最後尾に居るのは、クラス委員として最後尾のみんなを拾う役目をしているからだ。

(ぐったり)

「ほら！　蛍《ほたる》ちゃん！　まだ始まったばかりなんだからね!!」

第一発見者は明日香《あすか》ちゃんと蛍ちゃんだった。明日香ちゃんは活発スポーツ系少女なのだが、蛍ちゃんは座敷童子《ざしきわらし》系少女である。運動が似合わないとは思っていたが、イメージどおりらしい。

「で、これ、どうする？」

「これいうなし。ちなみに狸寝入《たぬきねい》りならぬ狸リタイアだから。蛍ちゃんのは」

(!?)

「『あ、バレた』って顔しましたよ。この人」

アニーシャにまでバレるようだと狸リタイアは失敗だろう。一応理由を聞いてみよう。

(つんつん)

「蛍ちゃん。背中つつかないで。今、目の前の蛍ちゃんに狸寝入りの……!?」

(きょとん？)

振り向くと蛍ちゃんが居て、前を向くと狸リタイアの蛍ちゃんが居ない。

「……見なかったことにしましょう」

「賛成」

明日香ちゃんの提案に問答無用で乗った私。なお、蛍ちゃんはトイレに行っている間に出発されたので慌てて追いかけてきたらしい。そんな蛍ちゃんの後ろにオコジョみたいなものがついてきているのだけど見なかったことにする。あれはオコジョ。管狐《くだぎつね》ではない。うん。

「桂華院。確認に来たが、どんな感じだ？」

「今の所脱落者は無し。まだみんなは余裕があるわよ」

「もう少しで金比羅台だ。そこで休憩を取るらしいからがんばってくれ」

確認に来た光也くんがまた先に行く。裕次郎くんあたりから最後尾の確認を頼まれたのだろう。

うちのクラスは良くも悪くも栄一くんが中心だから、彼が今頃ペースメーカーとして前を歩いているはずだ。

なお、私の後ろにはアニーシャと訓練中の警備員さん数人。その後ろを夏目警部ともうひとりの私服警官が汗をかきながらついてきている。おかげで他の登山客からの視線がすげー痛いのですが。

「おー。絶景じゃない♪」

金比羅台到着。ここで軽い小休憩を取る。という訳でおやつタイムである。

「ふふふ。見るがいいわ。疲労回復アイテムをっ♪」

という訳で、リュックから取り出したのは羊羹《ようかん》である。なお、こし餡《あん》。ほどよい疲労感に甘みが実に良い。

「なるほど。その手があったか」

栄一くんが手に持っていたのはゼリー飲料である。あっちもたしかに手軽に栄養を確保できるから悪くはない。

「僕も迷ったけどね、思ったよりかさばるからこっちにしたよ」

裕次郎くんが口に入れたのはバランス栄養食のブロックで、手には水筒から注いだ紅茶が湯気を立てていた。さて最後の光也くんが何を出してくるかと私達三人が注目して見ると……

「あまり見るな」

「くっ」

「なんか負けた気がする」

「うん。これは負けだよね」

お母さんの手作りおにぎりには誰も勝てない。そんなやりとりが終わると休憩終了。という訳で、また登り始めるがまだ登り行程1／4しか来ていない。山登りはここからが大変なのだ。

金比羅台を出ると、山登りも本番に入る。スタートのテンションが高かったお子様達が疲れてペースが落ちてくるのだ。最後尾にいる私は、彼ら彼女らを拾ってリタイヤさせないように歩く。

「ほら。次の高尾山駅までがんばれ♪　がんばれ♪」

汗をタオルで拭きながら地図を確認。まだ出たばかりだから距離があるのは分かっているが、こういうのは自分の現在位置と残りを把握して気力を奮い起こすのが大事なのだ。

ちらりとメイドのアニーシャを見るが、私のリュックを背負って汗一つかいていない。体力を考えたら、くやしいが彼女の判断は正解だったという訳だ。帰ったらお礼を言っておこうと心の中でメモする。

「リタイヤをする人も高尾山駅までは歩くこと」

他のクラスでは早くもギブアップが出たらしく、先生が最後尾の私達に通達してくれる。

登山は基本自己管理が鉄則だが、観光地にもなっている高尾山は途中までケーブルカーが走っていたりする。こういうリタイヤした人を麓に下ろしやすいのもこの山が選ばれる理由なのだろう。

「瑠奈。ちょっといいか？」

ゆっくりと歩いていたら栄一くんが待っていてくれた。あまり私にとって良くない顔をしている。

つまり、何かを思いついたという顔だ。

「何？」

「他のクラスではリタイヤが発生したみたいだが、うちでも出ると思うか？」

「可能性が無い訳ではないけど、大体リタイヤが出る場合って気力と体力のどちらかが回復不能にまで落ちているからなのよ。それを回避できるならば、リタイヤは抑えられるわよ」

私と栄一くんの会話に他の子は割って入らない。既に割って入る気力が無くなっているからだ。

「体力はまだどうとでもなるわ。問題は気力の方ね」

「気力？」

「要するに、こんなきつい目にあってまで山に登りたいかという事よ」

登山はつまる所自分との戦いでしか無い。自分がその理由に納得できないならば、自然は容赦なく叩き落としてゆく。それは半ば観光地となっているこの高尾山においても例外でない。

「よそのクラスが脱落したのにうちは全員完走ってのはモチベーション維持にはきついか？」

「ちょっと弱いわね。とりあえずは、次の休憩でどれぐらいリタイヤ者が他のクラスから出るかよ。で、栄一くんはリタイヤしたい？」

ニヤリと笑う栄一くん。こういう楽しそうに笑う彼は少年ぽさが出てかっこいいと思ってしまう私が居た。

「お前、俺との付き合い長いだろうが。こういうのでリタイヤする俺だと思うか？」

「まさか。ペースは任せたわ。私は最後尾で取りこぼしを拾うわ」

「分かった。適度に裕次郎と光也を送るから何かあったら言ってくれ」

「それよりペースを一定にお願い。全員登頂を狙うなら、少し遅く頼むわ」

私の言葉に頷いて栄一くんは戻ってゆく。そんなやり取りの後、高尾山駅に着いたのは登り始めてから一時間を経過した時だった。

「あら。遅かったわね……ぜぃぜぃ……」

格好をつけたいのだろうが、吐く息が荒くて台無しですよ。リディア先輩。あと汗が凄いことに。

「先輩はここまでですか？」

「ええ。ここは天狗《てんぐ》が住んでいると聞いたけど、私はお呼ばれされなかったみたいね……ぜぃぜぃ……」

そんなものが居たのか。この山。となると蛍ちゃんのあれは……うん。考えないことにしよう。

「瑠奈お姉さま！」

そんなやり取りをしている間に澪《みお》ちゃんがやってくる。見る限りには元気いっぱいそうだ。

「澪ちゃんはまだ元気そうね。このまま登るの？」

「いいえ。みんなリタイアするからここまでです。ケーブルカーで降りてみんなで遊びに行く予定なんですよ♪」

そういう考えもあるか。手を振って友人の所に戻ってゆく澪ちゃんを見送ると、今度は薫《かおる》さん達がやってきた。

「元気そうですね。瑠奈さん」

「まぁ、ジョギングとかで鍛えていますから。薫さん」

薫さんはタオルでおでこの汗を拭う。後ろの待宵《まちよい》さんが栗森《くりもり》さんと高橋《たかはし》さんに抱きかかえられていた。あれではリタイアだろう。

「あれ？　華月《かづき》さんは？」

「お休みだそうですよ。体調を崩されたとかで」

見かけなかった華月さんを捜そうとした私に薫さんが教えてくれる。こういう時の欠席って記憶に残るんだよなぁ。そんな事を考えていたのを察した薫さんが一言。

「会った時にそれとなくフォローしてくださいね」

「もちろん」

そんなやり取りを終えて私は自分のクラスに戻る。そんな私を栄一くんが待っていた。

「半分近くがここで脱落か」

「結構いるわね」

このケーブルカーの始発が午前八時で、それに乗る連中が気を緩めてのんびりと駄弁《だべ》っていた。

なんとなくこのイベントを理解する。山頂まで行く連中は少なく、ほとんどの連中はここで帰るという訳だ。この後学校では授業とかは無いので、ここで帰ればお昼前には家でのんびり。

この誘惑はなかなか逆らえないが、栄一くんはどうやって士気を維持するつもりなのやら。

「よし。とうちゃーく♪」

「休む前に軽く運動をして。それだけで体はずっと楽になるから」

裕次郎くんの指示でうちのクラスは光也くんを中心に整備運動をする。それだけでまだやる気に見えるが、既に何人かがリタイヤを口にしようとタイミングを伺っていた。

栄一くんが機先を制して私に話を振った。

「ところで瑠奈。今日の格好なかなか気合が入っているな」

「わかる～？　絶対に山頂に登るんだっていろいろ用意したのよ♪」

私がファッションショーよろしくその場でくるりと一回転。汗が一緒に舞ったので、タオルで汗を拭きながら一礼する。私を出汁《だし》に使うつもりらしいが、私と栄一くんが登ると決めてそれでもなおリタイヤを考えるクラスメイトはこのクラスには居ない。

同調圧力が強い日本のクラスカーストの頂点の決定はそれだけの重さと責任がある。

「みんなで山頂に登ってみたいわね！」

「いいな！　山頂で記念写真を撮って、思い出にしようぜ！」

さっさと決意表明をした所で、一気に状況を押し流す。まずはみんなへの水分補給だ。

「じゃあ、みんなに飲み物を配るわよ。今からドリンクを買ってくるから……」

「お嬢様」

すっと出されるスポーツドリンクのカップ。出したのはもちろんアニーシャである。

「皆様の分も用意しております。あとクラッカーとジャムもよろしければどうぞ」

そりゃ、小隊規模でこの山登らせてたら、ある程度の余剰物資を用意できるわな。で、こういう事も想定して、私達の分を用意していた訳だ。

「ありがとう。アニーシャ。みんなも遠慮なく頂いて頂戴」

「「「ありがとうございます！　メイドさん!!」」」

「どういたしまして」

お礼が言える礼儀正しいクラスになったのは、私達のおかげだろう。特に私。こうやってメイドにお礼を言い続けたら、そりゃ嫌でもみんなも身につくというもので。うちのクラス限定だが上に立つ華族や財閥子息・子女がこういう人間になったのは、日本にとって良いことだろう。多分。

「あ。それと、その飲み物とクラッカー、ついてきた警官にも差し上げて頂戴」

「かしこまりました。お嬢様」

高尾山駅を出発したのは七時二十分。ここから山登りは更に本格的になってゆく。

高尾山駅を出発してしばらくすると名物の一つであるタコ杉が見えてくる。根っこがタコのようになっている杉で、触ると開運になるとかで触りまくった結果、今では柵で囲われた杉である。なお、樹齢は四百五十年以上なり。

「とりあえず拝んどきましょう」

という訳で、一同皆で手を合わせて出発。こういうイベント特有の名所等がいい感じで皆の気力を回復させてゆく。歩き出すと裕次郎くんがこっちにやってくる。

「ちょっといい？　この先の分かれ道なんだけど……」

地図を見るとたしかにこの先分かれ道が有る。それぞれ、『男坂』と『女坂』と名付けられたそれは、男坂が百八段の階段で、女坂がなだらかな坂道の分少し距離がある。無理をする必要はない。

「女坂でいいでしょう。帰りも有るんだから、男坂は帰りに通ればいいわ」

「了解。栄一くんに伝えておくよ」

裕次郎くんが戻ってゆき、しばらくすると浄心門到着。ここからは薬王院というお寺の境内になる。元々高尾山は山岳信仰の盛んな山で霊地として崇《あが》められていた。今は観光地としての側面も強いが、私達が登ってきた1号路もこの薬王院の参拝路という側面が有る。

門の所では下りてきた人達が門に向かって一礼してから山を下りてゆく姿も見える。そこを越えると、空気が変わった気がした。

「あれ？　ずいぶん蛍ちゃんがはっきり見える気がするんだけど」

（？）

明日香ちゃんの言葉を聞かなかったことにする。あと、明らかに蛍ちゃんになついているオコジョもどきは幻覚という事で私の中では処理されている。

「気になったのだが、桂華院。わざわざこのイベントに来た理由って何だ？」

浄心門を超えてから光也くんがやってきて私に尋ねる。なんとなく三人が私を気にして様子を見に来ているのが嬉しい。

「サボろうと思えばサボれたけど、それじゃあもったいないでしょう？　こんなにも空気が澄んで心地よいのに」

「……たしかに。この空気は都心では味わえないか」

光也くんの後ろでアニーシャが『北海道ならこんな空気いくらでも味わえますけどぉ』なんて顔で見ているので知らないふりをしておこう。

わがままとは理解しているが、この空気をみんなで味わいたいのだ。私はタオルで額の汗を拭く。

「ここから見る景色はきっと忘れないわ。そういうイベントだから、逃したくないのよ」

「半分以上が見なくていいとリタイヤしているのに？」

光也くんも地味に息があがっている。適度に疲れている証拠だろう。

「多分、その景色は知っといて損は無いわよ。特に一人で歩ききった後に見る景色をね」

まぁ、面倒なことは確かだ。帰りも歩けば二時間コースだから、四時間かけての山登り。なんでこんな事をするのかと我に返りたくなる事もある。

「桂華院。すまんが俺にはよく理解できんな」

「だったら、登った後でその質問をもう一回して頂戴。答えが出ると思うわよ♪」

分かれ道で女坂の方を進んで薬王院に無事到着。お寺が作られたのは千二百年前という古さで、正式名称は高尾山薬王院有喜寺という。ここでも小休憩を取るが、その前にちゃんと挨拶としてお参りをしておく。

「瑠奈ってこういう所の挨拶は絶対忘れないよな」

私の参拝を見て栄一くん以下他のクラスメイトやついていたメイドのアニーシャまでお参りして

いる。あ。アニーシャがお寺の人に喜捨として分厚い封筒を手渡している。迷惑料なんだろうなぁ。あれの。ちらちらと見える迷彩服の護衛を見ながら、私はわざとらしくため息をつく。

「そりゃ、郷に入っては郷に従えってね。ほら、私の容姿こんなのだし」

髪をかきあげて金髪をアピール。はたから見れば、外国人観光客に見えなくもないが、基本日本人である。外国でも日本でも少数派というあたり、この桂華院瑠奈というキャラクターの悪意を感じざるを得なかったり。

「それでも人は人と繋がりたいよね。きっと」

ここまで来るとリタイヤしてもゴールして一緒に下りてもあまり変わらない。リタイヤを言いそびれた連中も、諦め半分意地半分下心ちょっとという塩梅《あんばい》で私達についてきてくれた。もちろん下心とは私や栄一くんと仲良くなれるという奴だ。

「足を痛めた人はいませんか？　ストレッチをしながら体に違和感があるようならば報告してください」

先生もみんな残ったのでけっこう狼狽《うろた》えている。よそのクラスと同じく、半分ぐらいが脱落する計算だったのだろうなぁ。

「水分補給は欠かさないように。桂華院さんのメイドさんがスポーツドリンクを提供してくれるそうだから、遠慮なく飲んでだって」

「準備できたか？　ここまで来れば山頂までもう少しだからみんなで登頂しようぜ！」

「よーし！　みんな行くわよ!!」

薬王院で祈った時、こんな事を考えてしまったのだ。

神様。いや、仏様か。

私は何のために居るのでしょうか？

私に与えられた悪役令嬢という役を演じず。

限りなく前世に似たようなこの国で、前世と同じ様な末路を演じず。

私は何処に向かい、何をしようというのでしょうか？

薬王院から階段を登ると、本格的に山道らしくなる。

汗が吹き出る。

息が乱れる。

神様。いや、仏様。

そんな私でも生きていていいのでしょうか？

歴史を変えてしまってもいいのでしょうか？

「ほら！　来てみろ！　瑠奈！　すごい眺めだぞ!!」

最後の一歩。栄一くんが私の手を取って山頂に導く。そこから見える富士山。朝の関東平野と東京の高層ビル群。朝の青空は眩《まぶ》しく、自分が自然の中でいかにちっぽけな存在なのかを思い知る。

「どうした？　瑠奈？　泣いてるぞ？」

「うん。なんか感動しちゃってさ」

「分かる。登ってこれてよかった！」

どこか借り物なのかもしれないと今の生を疑う私が居た。その借り物の生を演じなければと考える私が居た。けど、自然は、世界は、私という存在がいかに小さいものかを教えてくれた。

「なんだ。自由に生きていいんだ……」

ぽつりと声が漏れる。それを栄一くんが笑顔で笑い飛ばす。

「ああ。俺達には自由がある。少なくとも今はこうして笑っていられる程度にはな」

その当たり前の事が嬉しくて。体の疲労感と達成感から妙にテンションが上って。泣きながら笑い、みんなと共にこの小さな達成感を喜んだのだった。

「ねぇ！　みんなで写真撮りましょうよ!!」

明日香ちゃんの言葉に栄一くん・裕次郎くん・光也くんの三人と明日香ちゃんと蛍ちゃんと私の三人が集まる。カメラマンはアニーシャがやってくれた。

「じゃあ撮りますよー！　チーズ！」

パシャッ！

ここで終わればイイハナシダッタノニナー。

山登りには帰りがあるという事を。つまり、今来たルートを戻らないといけないという事を。

「お嬢様。ケーブルカー使いますか?」

アニーシャの誘惑に私だけでなく全員が頷いたのを誰が責められようか。

天音澪《あまね》には三人の姉がいる。血のつながっていない姉だが、『お姉さま』と呼んで慕っているのは小学生になっても変わらない。そんな長姉が桂華院瑠奈。やることが大人げない上に、大人も彼女に頭を下げる『小さな女王様』である。この姉、澪に対してはただ甘で、田園調布の屋敷だけでなく秋に完成する九段下桂華タワーですら顔パスで入れるという超優遇ぶりである。

次姉となるのが春日乃明日香《かすがの》であり、この疑似姉妹のツッコミ役であり、物事を始める導入役が彼女だったりする。政治家の娘として躾《しつ》けられたので人心掌握術は桂華院瑠奈よりあったりするのだが、その人心掌握術は桂華院瑠奈と共にいるのであまり使っていない。密《ひそ》かに桂華院瑠奈を反面教師にしているので、さらに磨きがかかっているというのが澪の見立てである。

そんな彼女達は、田園調布の屋敷にて桂華院瑠奈の料理長が作ってくれた新作みかんパイの最後の一切れを巡って壮絶かつ醜い争いをしていたのだが、日常なので澪は笑って見ているだけ。

末姉になる開法院《かいほういん》蛍は日本人形みたいな容姿なのだが、とにかくしゃべらない。とはいえ、疑似姉妹なんてしていると以心伝心は慣れたもので、なんとなく言わんとする事がわかるから不思議なものである。なお、最近オコジョみたいな謎生物を飼いだしたらしい。

「あ、お茶おかわりですね？」

（こくこく）

最後に残ったパイを漁夫の利でかっさらったのが彼女だったりする。というか、多分三人の姉の中で一番要領が良いのが彼女だろう。

「あ！　また蛍ちゃんにパイ持っていかれてる!!」

「しかも気配隠しているし！　卑怯《ひきょう》よ！」

「瑠奈ちゃん歌うのよ！　歌えば蛍ちゃんは出てくるわ！」

「おっけーまかせなさい！　こんな時のために買ったカラオケマシーンが!!」

なお、パイを巡って争う前までこの四人は宿題をしていた事を先に説明しておこう。で、そういう状況をメイド達が見ていない訳がない訳で。

「な　に　を　し　て　い　る　の　で　す　か　ね　ぇ　？　お　じ　ょ　う　さ　ま　が　た　？」

追加のパイを持ってきたメイドの亜紀《あき》さんに姉二人が渾身《こんしん》の土下座をするのもよくある事である。でも最後はみんなで仲良くパイを食べるのがこの四人なのだ。

「おばけやしき？」

「そうなのよ。帝西百貨店の夏のイベントとしてお化け屋敷をするのだけど、チケットもらっちゃったのよ。行く？」

宿題を終わらせた後そんなノリでチケットをひらひらさせる桂華院瑠奈。四枚あるという事は、この四人で行こうと思い立ったのだろう。春日乃明日香が当たり前のようにつっこむ。

「それ、男子を誘ってというのが定番じゃないの？　『怖い～』ってしがみついたり」

「いや、やってもいいのだけど、私、実はお化けとか苦手なのよ。やる前にガチで逃げたり気絶したりしたらみっともないじゃない？」

ファンタジーはＯＫだけど、ホラーはＮＧな転生者というファンタジー属性持ちな桂華院瑠奈。

そんな秘密を他の三人は知らない。

なお、特に駄目なのが日本系ホラーで、見た後一人で寝れなくなったあげく、夜のトイレにメイドを連れてゆくという屈辱的トラウマを払拭しようというのが実は本当の目的だったり。

「いやまあ、私は別にいいけど。蛍ちゃんも居るし」

謎理由で了解する春日乃明日香に黙って頷く開法院蛍。こうなると澪も断る理由もないし、四人でのお出かけである。

「私も大丈夫ですよ。瑠奈お姉さま」

そんな訳で、四人は週末にお化け屋敷にやってきたのだった。

すでに一名、顔が真っ青になっていたりするがそれは見ないであげるのが妹の優しさだろう。

「大丈夫？　瑠奈ちゃん？」

「だ、だ、だだだ大丈夫よ。これぐらい、どおってことないわ」

よせばいいのに予行練習とばかりに前日にホラー映画を見て耐性をつけるつもりが、トラウマ直撃となって絶賛ガチビビり中。めでたく悪夢まで見て、睡眠不足と恐怖でノックアウト寸前である。

瑠奈と一緒に行く春日乃明日香は、ちらちらととある場所に視線を向ける。

「……あの様なので、お化けは無しの方向で」

「お化け屋敷でお化け無しって色々言いたいことはあるが、こっちは借りている身だ。従うよ」

できる秘書アンジェラがさらりと難易度調整をしていた。余談だが、昨晩のホラー映画を選んだのはアンジェラである。日本滞在が長いので、実は彼女の趣味の一つが日本映画鑑賞である。

「いいいい、いくわよ！　明日香ちゃん!!」

「痛い！　いたい!!　瑠奈ちゃん手を強く握りすぎ！」

澪は思った。あれだと、最初の仕掛けで駄目だろうなと。それは約束された未来として、一分後に実現する。

「きゃぁぁぁぁぁぁぁぁぁぁぁぁぁぁぁ！！！！！」

すごい泣き顔で春日乃明日香を引っ張って桂華院瑠奈が入り口から出《い》でくる。

「ひっく……怖かったの…こわかったのぉぉぉ……」

「だからって、最初の仕掛けで入り口まで戻る？　私、引っ張ったまま！」

秘書のアンジェラにしがみついてガチ泣きの桂華院瑠奈に、引っ張られて入り口まで戻されあきれ顔の春日乃明日香。長姉をあやすアンジェラはアイコンタクトで難易度調整をミスったお化け屋敷スタッフを叱責するが、お化け屋敷スタッフとしても驚かすのが仕事で最初の仕掛けで逃げ出すとは思っていない訳で。こんな状況で次に入る予定だった澪と解法院蛍はどうするか迷う訳で。

（こくっ？）

「『行くの？』って言ってます？　どうしましょう？」

（ぐいっ！　ぐいっ！）

「『行きたい』って事ですね。じゃあ行きましょうか？」

おとなしい顔をしてこの末姉、好奇心旺盛なお茶目さんである。

という訳で、お化け屋敷に入って最初仕掛けの所にやってくる。

「ひっ！」

（！）

薄暗い場所にあった鏡の中にお化けの怖い絵が映るという定番の奴である。もちろん、悲鳴つき。

とはいえ、どこぞの長姉よろしく入り口まで逃げ帰るようなものではない。

二人は驚きながら、お化け屋敷の奥へ奥へ進んでゆく。墓場の火の玉。生暖かい風。骸骨や死体らしい人形達。

「ひっ！」

（！）

最後に出てきたのは定番の白い布をかぶったお化け。上から吊《つ》るしているのだろうか、ふわふわと浮いている。そんなお化けは出口の方を指さす。

「出口ですね。ありがとうございました」

（～♪）

出口前で澪は振り返ったが、もうあのお化けは見えなくなっていた。

そして、二人は無事にお化け屋敷から出てくる。

「澪ちゃん！　怖くなかった？　お化けに泣かされたりしなかった？」

「泣いて逃げ帰った瑠奈ちゃんが言っても何も説得力がないと思うのだけど……」

二人が出てくるのが遅かったので、心配したらしい。そんな長姉と次姉に澪は末姉と共に楽しそうに笑った。

「大丈夫です。最後は親切なお化けさんに案内されて出てこれたんですよ♪」

澪の言葉に首をかしげるお化け屋敷スタッフ。ぽつりとつぶやいた一言を澪の耳はとらえていた。

「あれ？　お嬢様が怖がるからって進路にお化けなんて配置していなかったぞ？」

澪はじっと開法院蛍を見るが、彼女はきょとんとするばかり。事実を皆に伝えてさらに瑠奈お姉さまを怯えさせることもないだろうという訳で、澪はスタッフのつぶやきを聞かなかった事にした。


おまけ。

「瑠奈。お化け屋敷のチケットが……」

「ずぇぇぇぇぇぇぇったいに、いや！！！！！」


【用語解説】
・システマ……ロシアの武術・軍隊格闘術。
・ＫＫＫ……白人至上主義団体で、一昔前は米国南部を中心に勢力を拡大していた。
・テキサスの人間……銃規制に対して強硬に反対している全米ライフル協会は共和党にロビー活動をしており、テキサス州は共和党の金城湯池である。
・瑠奈が泳いだ場所……スターサンドビーチ。アンダーセン空軍基地の裏手にあり、今は使えなくなっている。
・赤坂五丁目ミニマラソン……ＴＢＳ『オールスター感謝祭』の名物イベント。

・二人が見ている映画……『男はつらいよ』。
・ピルグリム・ファーザーズ……米国建国神話に出る、最初のアメリカ人達。
・米国上流階級……『オールドマネー』と呼ばれる代々の資産を相続して暮らす連中。
・がんばれ♪　がんばれ♪……生みの親は伊東《いとう》ライフ先生。曰《いわ》く好きに使っていいらしい。
本来のネタだと♪ではなくハートマーク。

「今日のゲストは桂華《けいか》鉄道代表取締役の橘《たちばな》 隆二《りゅうじ》さんです。今日はご出演いただきありがとうございます。今回は私にコメンテーターをつとめて欲しいとのご指名ですがその意図は何か？」

「たいした意図では無いですよ。ただいつもの方々だと鋭すぎる質問が多くて答えられないかもしれないからね」

（後ろのコメンテーターから声が飛ぶ）

「橘さん。それはないですよ」

「冗談はこれぐらいにして。できうる限り答えられる所は答えていきたいなとは思っています」

「それでしたら最初は軽めの質問から。私は関西出身でして。今、桂華鉄道は日本各地で鉄道を建設しているけど、関西は新大阪駅のホーム拡張以外にもやらないんですか？」

「ははは。それは来ると思っていましたよ。なにわ筋線の事でしょう？　やりたいなとは考えていますが、今日はこれぐらいで勘弁してください」

「関西出身の身からすると橘さんの言葉は嬉《うれ》しいですね。会うたびに聞いてゆくことにしましょう」

「これは口を滑らせたかな？」

（コメンテーターがカメラの方を見て）

「進行しろと言われたので先に進めましょう。桂華鉄道は買収で鉄道事業に参入し、基本第三種鉄道事業者の立場で鉄道建設を推進しています。関西の人ならば神戸三宮の私鉄と言えば分かるのかもしれませんが、要するに線路を他の鉄道会社に貸して鉄道を運営する形ですね」

「元々は新常磐鉄道を買おうと考えていたのです。それで最初に京勝高速鉄道を入手してここでノウハウをためてと考えていたのですが、総合百貨店救済の関係で香川鉄道も手に入れる事になりまして。あとはトントン拍子で四国新幹線と新大阪駅ホーム拡張、そして新宿新幹線です」

(後ろのコメンテーターから声が飛ぶ)

「その新幹線建設で政界に多大な影響力を行使したと言われていますが?」

「そう言われるのは否定しませんが、鉄道事業は千億単位で金が飛ぶ巨大事業です。そこまでかけても総裁選負けましたけどね」

(ギリギリの切り返しに場が静まる)

「今日、来ていただいて一番気になったのがそこなんですよ。桂華グループといえば、ITバブルの波に乗って不良債権処理で次々と企業を買収していったイメージを我々は持っています。言い方は悪いですが、どうしてそんな事業に巨額の資金を投入するのかと?」

「そうですね。こちらも悪い言い方で返しますか。我々は宝くじが当たった状態で、事業としての核が無かった。企業買収でその核を作ると同時に、信用が欲しかった。それが鉄道です」

「たしかに関西の私鉄系財閥は地域密着みたいな形で根付いていますね。それでも、宝くじ以上の現金をそのまま持っておくという選択肢は無かったのですか?」

「ＩＴバブルが始まった95年から２０００年にかけて桂華グループの総資産は十兆を越えました。その急膨張はＩＴ関連株およびロシア国債や原油価格の上昇によってもたらされたのです。株神話が崩壊したのはここに居る皆さんならご理解してもらえると思っています。そのために、我々は手仕舞いを考え、ロシア金融危機を契機に資源に比重を移しました。同時に、鉄道事業に参入し、この国を良くするという事で信用を得ようとした訳です。ＩＴみたいに急上昇はしませんが、十年・二十年後には桂華グループにとって必要となる事業になると思っています」

「あぶく銭を残すというのはなかなか難しいですよ」

「ええ。ですから簡単に消せない鉄道事業に価値が出るのです。桂華鉄道は既に一兆円近い投資を行っており、新宿新幹線の工事費用を合わせると二兆円を超えるでしょう。関西の私鉄各社はバブル崩壊後に兆単位の有利子負債を抱えていますが、未《いま》だ持ちこたえているのは毎日日銭が入ってくるからと、時価会計をまだ導入していないからです。恋住《こいずみ》内閣では時価会計の導入を一部閣僚が目指していると発言なされているみたいですが、今、この段階でそれを導入するとアジアやロシア等で発生した金融危機が我が国にも起こるかもしれませんね」

（後ろのコメンテーターから声が飛ぶ）

「時価会計の導入は株式持ち合いを崩すから、財閥の維持という点から反対しているんじゃないですか？」

「その意見は否定しません。同時に、半分ほど皆様が知らないことがあります。株式を放出、つまり売却するという事は、誰かがその株を買うことになります。誰がその株を買うのでしょうか？

桂華グループだけでも十兆円以上の価値があります。この資金を用意できる所となると欧米のヘッジファンドぐらいしか残っていないでしょう」

「……あの、物言う株主として有名になりつつ有る？」

「国民の皆様にはハゲタカファンドの方が名前は通っていると思いますけど？」

（後ろのコメンテーターから声が飛ぶ）

「桂華グループの中心だった桂華製薬は岩崎《いわざき》製薬と合併を決めましたね。他にもいくつかの企業が岩崎財閥との合併や吸収を選択していますが、桂華鉄道はそのような選択はしないのですか？」

「桂華グループ内部で新陳代謝が起こっている事は否定しません。ですが、桂華鉄道をはじめとして桂華金融ホールディングスや赤松商事と共に桂華グループを支えていけたらと考えております」

（後ろのコメンテーターから声が飛ぶ）

「信頼できる筋によると、桂華グループはＰＭＣを保有し、財閥の私設軍隊保持に賛同していると思われますが、そのあたりはどうなんですか!?」

「おそらく北樺《きたかば》警備保障の事を言っていると思いますが、話題になっているゲーテッド・コミュニティの警護と、警備業法の改正を視野に業務拡張を整えているものです。これも鉄道と絡むのですが、政府では鉄道公安職員を復活させようという動きがあり、警察の下につける事で治安維持要員の確保を……」

「橘さん。今日はどうもありがとうございました。ＣＭの後は、外務省を直撃した官邸機密費スキャンダルについて。華族大使・公使・領事に支払われる不適切な資金の流れを追います」

TVを消してあくびを一つ。時差の先にある東京は相変わらず平和らしい。

窓の外の摩天楼の明かりは朝日に消えることなく輝き続けていた。

ニューヨーク、ウォール街の桂華金融ホールディングスニューヨーク支店。ここはムーンライトファンドの拠点でもあった。

初期ITバブルの波に乗り身代を膨らませたと思ったら、ロシア金融危機の最安値で資源を買いあさり現在巨万の富を吐き出し続けているファンドであり、その富を日本の不良債権処理に注ぎ込んでいるという金の無駄遣いをやり続けているファンドでもある。

ムーンライトファンドの錬金術はこうだ。米国ハイテク株等の利益はドルでくるが、これを保有しているロシア原油会社等からの資源購入代金にする。これはロシア国内だけでなく、国外に持っていた鉱山会社や資源会社等からの購入も含んでいる。

これらはドル決済だからドルはここで消費される。それを日本に持っていって売り、円へ変換。これで円をドルに交換して資源を買う必要が無くなり、円の海外流出を少し防ぐ事で日本企業買収資金を海外に渡さない流れにする。

手に入れた円で不良債権に苦しむ日本企業を買い漁《あさ》って株価の下支えをする。特に元北日本の企業はムーンライトファンドの救済しか活路が無い場合がほとんどで、小さな女王様に必死の眼差《まなざ》しを注いでいる。

あぶく銭は不良債権処理資金調達用の新規発行株式購入代金として、綺麗《きれい》に消費される。不良債権処理の終わった会社の株価は当然上がるので、効率は落ちるが利益は確実に上がり、なおかつ雇用と景気を守ることになる。原油価格をはじめとした資源価格が上げ基調だからこそできる技だ。

更に大きいのが、これら一連の流れをムーンライトファンドの胴元である桂華グループ内部で丸抱えできるのが強い。

資源購入と販売は赤松商事が担当し、資源輸送は桂華商船が担当し、原油の精製は桂華化学工業が担当し、為替決済や保険などは桂華金融ホールディングスが担当するという感じである。

桂華商船と桂華化学工業は岩崎財閥企業との合併が決定しているが、それ込みでもこの仕組みは崩れそうもない。

「お引取りください」

「ぜひともうちのファンドに支援を！」

「必ずもうける事ができます！　ですから話を聞いて……」

「担当の方にあわせて……」

桂華金融ホールディングスニューヨーク支店ではこういうお客様が途絶えること無くやってきて、すごすごと帰ってゆくのが日常風景になっていた。

トレーダーの仕事は米国に進出した日系企業への融資や決済の手伝い、ウォール街での情報収集であり、華やかなトレードとは縁遠い地に足の着いたものである。

ムーンライトファンドは驚異の的中率とは裏腹に、投資についてはかなり王道路線をとっている。

つまり、短期トレードは基本的にせず、安い時に買って長期に保有し続けるという奴《やつ》だ。

桂華証券サイドでは派手なトレードもしてはいるが、それとて本業ではないという事で周りのハゲタカどもに比べれば慎《つつ》ましくリスクの少ないトレードに終始していた。

「インターバンク市場も今の所落ち着いてきましたね。少し前はジャパンプレミアムなんてつけられていたのに」

「今度こそ本気で不良債権処理を終わらせるというのを世界もやっと認めたんだろうよ」

オペレーティングルームのトレーダーの声にも安心感がある。巨額の不良債権処理に苦しんでいた日系銀行が大合併を始めて本格的に不良債権処理を始めたのと、ついに大手金融機関を潰さなかった事がこの安心感に繋《つな》がっていた。

とはいえ、潰さなかっただけで内部は絶賛大リストラ中ではあるのだが。そんな金融機関のリストラ担当人員を大量に雇っているのが桂華金融ホールディングスだったりもする。

CEOの一条進《いちじょうすすむ》は自派閥が弱いことを逆手に取って、ロシア金融危機でリストラされたウォール街の人間を雇って東京に連れてきてリストラの推進をさせていた。

一条進が元々地方銀行の極東銀行出身の上、破綻金融機関救済のために作られた国策銀行の側面が強いこともあって、彼の次のCEOを巡って熾烈《しれつ》な争いをしていたので元からの社員にはリストラを任せられる人員が居なかったのである。

出身元派閥だけでなく外国人まで入れた事で、桂華金融ホールディングスの内部は活性化しており、次のCEOが見えない事で一条CEOの権力を更に強めていた。

同時に、人員を他行に売り飛ばす噂《うわさ》も常に流れているのだが。

「小さな女王陛下さまさまだな。一条CEOに何かあっても、あの御方《おかた》が次を指名して決まりだろうよ」

世界で最も金が舞い、ハゲタカ達《たち》が宴《うたげ》を続けるウォール街に配置される人間が無能な訳がない。

少なくともウォール街の人間は、桂華院《けいかいん》瑠奈《るな》という人間を本人以上に理解しようとしていた。

「今度の大統領就任演説で特等席に呼ばれたからな」

「大口献金だけでなく、フロリダ州にも絡んでいたらしいからな。あの女王陛下」

「正確には公爵令嬢だろう。とはいえ、女王というか王妃に担ぎたい連中がいるのも事実らしいな」

軽口を言いながらも目はモニターから離れず、手はキーボードとマウスを離さない。

桂華金融ホールディングスは、IT投資にもかなりの額をかけてシステムトレードを他の金融機関に先駆けて構築しており、今や全米規模で爆発的に広まったインターネットバンクと共に北米での稼ぎ頭になっていた。

そういう所もあって、桂華金融ホールディングスを狙っているのは日系金融機関だけではない。

「そういえば、カリフォルニア州でやるとか言っていた水ビジネスの話どうなった？」

「ゼネラル・エネルギー・オンラインと組んでするとか言ってた奴か？　全然話が進んでいないいんだよなぁ。ゼネラル・エネルギー・オンラインは乗り気だけど、担当の赤松商事がものすごく慎重姿勢をとっている」

「環境問題のクリアにかなりの時間がかかるのと、あそこはあの会社のお膝元だからな。石橋を叩《たた》いて渡るぐらいなのがいいのさ」

「民主党の方が環境問題には真剣だからな。カリフォルニア州は民主党の地盤だ。彼女は共和党に近すぎる」

「ムーンライトファンドはITがらみを終わらせて資源に舵《かじ》を切っているからな。カリフォルニア州の水ビジネスは主力になった原油の次に大きくなるだろう」

ウォール街からさんざんバカにされた日本の不良債権処理の原資として、ムーンライトファンドはいくつかのIT株を残してそのほとんどを売却していた。

そこから資源にポートフォリオを切り替えた事で、この先に発生するITバブル崩壊を回避したなんて皆が啞然《あぜん》とするのはもう少し先の事。

「そういえばきな臭い話もあるな」

「何だ？」

「さっきの担ぎたい奴の話。女王陛下、ロマノフ家の高位継承者だろ？　彼女を担いで、ロシアで一波乱企てようって動きがある」

「何処《どこ》が仕掛けているんだ？　それ？」

「ロシア内部の右派とオリガルヒ達。前政権で美味《おい》しい蜜を吸い過ぎたので失脚を恐れている。で、日本とは北樺太《からふと》の帰属で揉《も》めている。日本政府はこの動きを一笑に付したらしいが」

「そりゃそうだ。あの女王陛下、渕上《ふちがみ》政権と泉川《いずみかわ》政権、前の林《はやし》政権下でどれだけ働いたと思っている。こっちじゃ『影の金融再生委員長』なんてあだ名がつけられるぐらいだぞ」

この手の話は冗談でも冗談では済まされない。何よりも、なんでも金にするこのウォール街でこんな噂が流れてきている事の意味を彼らはよく理解していた。

「どっちにしろ、きな臭くはなるんだろうな」

そんな会話を聞き流しつつオフィスを出る。適当なカフェに入りモーニングコーヒーを片手にまとめられたニュースを確認する。


『桂華鉄道は京勝高速鉄道線の値下げを発表した。旧京勝高速鉄道は建設費の莫大《ばくだい》な金利負担に収支が赤字だったが、乗客そのものは増加傾向で買収によってその金利負担が解消された事で一気に黒字基調に転換。値下げに踏み切ることになった。一方、現在建設中の新常磐鉄道は東日本帝国鉄道と北千住駅で乗り入れる事が決定。暫定ターミナル駅の秋葉原駅は二面四線の折返し設備を持つホームに工事を変更した上で総武線東京駅ホームに繋げることを目指すとし……』

『四国新幹線岡山―新坂出間《しんさかいで》が暫定開業し、新坂出駅で記念式典が行われた。この四国新幹線は桂華鉄道が全額出資する民間新幹線として初のケースであり、高松までの延伸が計画されているが用地確保が容易だった岡山―新坂出間を暫定開業して実績をあげたい桂華鉄道の意向が働いたと言われている。暫定開業のために新坂出駅は対面乗り換えできるようになり、二年後の高松延伸までは新大阪行きが一時間に二本、岡山止まりが一時間に二本のダイヤで運行される事になる。これに合わせて桂華鉄道は8両編成700系新幹線を三編成購入し、西日本帝国鉄道に委託。新大阪駅ホームの増設後には更に二編成を増やして、新大阪―新神戸―岡山―新坂出―高松の間を走らせるために人材も育成する予定である。ワールドカップに向けての公共事業が次々と終了する中、ワールドカップ関連として大分空港連絡鉄道や新宿新幹線等と同じくワールドカップ後まで建設が延びるのは恋住政権の掲げる構造改革に逆行していると野党から批判が……』

『赤松商事が中央アジアビジネスを加速させている。タジキスタン共和国への水資源ビジネスと電力網整備を受注し、アルミニウム精錬をロシア大手企業と合弁で行うことを発表。ウズベキスタン共和国とは天然ガスを用いた発電事業にロシア大手企業と合弁で行うことを発表。その事業規模は両方合わせて数百億円になると見られている。これらのビジネスはウズベキスタン共和国の首都タシュケントに支社が作られてそこで統括される事が決定しており、人員は既に送り込んで……』

『帝西百貨店が帝国証券取引所に上場し3156円の初値をつけて取引を終了した。帝西百貨店は経営危機時に桂華グループ入りして経営再建を進め、肥前屋や総合百貨店を救済し物流部門の大手として名をはせてきた。今回の上場で、桂華銀行保有分49%の株式を放出し、数千億円の利益を得たと見られている。これらの資金は桂華グループの運転資金に回される予定であり、また、桂華鉄道を核にした桂華ホテルと帝西百貨店の持ち株会社化の話が出て……』

『四洋電機の経営が急速に回復している。集中投資していた小型液晶の需要が携帯電話の爆発的普及で追いつかず、過去最高の売上を上げる模様である。しかし、損失隠し等の過去の負債の一掃を進めるために当期純利益は百数十億円程度に落ち着く予定。四洋電機は小型液晶と電池に集中投資を進めており、有機ＥＬ事業からの撤退、ニッケル電池事業の買収などを行い選択と集中で……』

『九段下桂華タワーが完成し、各フロアに入る企業が次々と引っ越しの準備を進めている。中核テナントは桂華ホテル九段下で、一泊三十万円からするラグジュアリーホテルとして各国のセレブから注目を集めている。大規模ホールも整備されており、桂華歌劇団の常設公演がここで行われる予定だ。また、桂華銀行九段下支店や桂華鉄道本社にムーンライトファンド東京拠点、赤松商事資源管理部がここにオフィスを構え、ＰＭＣとして話題を集めている北樺総合警備保障もここに拠点を構える。実質な桂華グループの迎賓館として使われる予定であり、最上階は一族の桂華院瑠奈公爵令嬢の住居として用いられ、屋上には空中庭園が作られている。一階の喫茶店『ヴェスナー』では、ロシア系メイド達の給仕によるおもてなしが行われる予定になっており、秋葉原で話題のメイドカフェとしても注目を集めている。また、九段下桂華タワーの斜向《はすむ》かいにあった九段下共鳴銀行ビルを買収し、ここも再開発する事が決まって……』

「よろしいですかな？　ミスター岡崎《おかざき》」

「どうぞ」

笑顔の中国人は英語で声をかけて岡崎祐一《ゆういち》の前に座る。貴重な情報屋として裏の情報を提供してもらっている。岡崎は彼の前に封筒を差し出し、彼は目の前でその中身である百ドル札の束を確認する。

「随分景気が良いようで。さすがムーンライトファンド」

「まぁ、その持ち主のお嬢様に悪い手が伸びているのならば調べないとな。で、どうだった？」

「黒ですよ。あの日、ニューヨーク市場で大量のプットオプションが失効されています。複数のファンドを通じているので、元がどこかまでは分かりませんでしたがね」

プットオプションとは空売り契約の事だ。つまり、桂華院瑠奈の誕生パーティーで彼女がテロの凶弾に倒れる事をトリガーに空売りが仕掛けられていたという事を意味する。

「で、その元についても調べているんだろう？　それぐらいの代金は払っているぞ？」

岡崎の追及に相手は薄笑いを浮かべつつ声を潜め英語ではなく広東語《カントン》で告げる。

「元は多分ロンドン。それも経由地で実際はシンガポール。私達とは別の人種で別の宗教。そこまでいえばミスターならお分かりのはずだ」

「ああ。なるほど。シンガポールは華僑《かきょう》の拠点であると同時に東南アジアの拠点でもある。そして、アジア通貨危機で打撃を受けた恨みを忘れていない」

アジア通貨危機で甚大なダメージを受けた国にマレーシアとインドネシアがある。両国ともイスラム教を信仰している。また、シンガポールは英連邦加盟国であり、マレーシアやパキスタンを経由して中東のオイルマネーがシンガポール経由でロンドンに流れ込んでいた。そして、この二カ国はアジア通貨危機でヘッジファンドによって国民が痛い目にあっていた。

「わからないではないが、なんでお嬢様なんだ？」

「貴方《あなた》がそれを言いますか？　ロシアのクーデターを潰した貴方が？」

中国人は少し目を見開いて呆《あき》れたような声を出す。

「あー。そういう事か。わかった」

ロシアの政治体制の混乱は、チェチェン紛争でロシアと激しくやりあっているチェチェンゲリラを利する事になる。そして、チェチェンゲリラはイスラム過激派と繋がっていた。

「で、本題に入るネ」

わざとらしいイントネーションの日本語で中国人は本題に入る。笑顔なのに目は笑っていない。

「あのお嬢様の一件、リハーサルの可能性があるネ」

「何!?」

サラリと出てきた一言に岡崎は驚きを押し込んでコーヒーを飲む。そのカップの中身が震えていたのは相手にバレていないらしい。

「調べていたら大規模なプットオプションがまた仕掛けられていたネ。多分、お嬢様の一件と同じ元だと思うから……」

「そりゃするだろうな。わかった。また何かあったら知らせてくれ」

「こちらこそ。香港《ホンコン》の長老によろしく」

そう言って中国人は去ってゆく。残った岡崎はウェイターを呼んでコーヒーのおかわりを持ってこさせ、あの中国人の言った長老の事を思い出す。

賭け事が好きだった。というより、リスクが好きだった。大学も帝国大学を目指したのはそこがリスクとして最も高かったからだし、松野貿易なんて下位総合商社に入社したのは、ここが潰れそうだったからだ。まさか、生き残って赤松商事になるとは思っていなかったが。

そんな俺だが、賭けに負けても何とかなるだけの自信と才能はあった。

２０００年。マカオ。香港とともに共産中国に返還されたこの街は、カジノの街として投資が集まってゆく最中だった。そんなマカオの闇カジノで、俺は最初の賭けをしようとしていた。

「ブラックジャック」

カードをめくるとスペードのキングとエースが場に現れる。レート無制限の闇カジノで1万ドルからスタートして、このブラックジャックで100万ドルの大台に乗った。カジノの全ての目がこのカードに注がれる。最初の餌としてはこれぐらいでいいだろう。

「換金してくれ。1万ドル分だけでいい」

「え？」

賭け事において、場の空気を支配するのはとても大事だ。既に裏に怖いお兄さんがたが待機しているのに、そのチップを全部持って帰るとしたら別の仕掛けが要る。今日は、そんなチャチな仕掛けをしに来た訳じゃない。

「何だ？　俺がこれ全部換金するとでも思ったのか？　俺はただギャンブルを楽しみに来ただけだ

よ。そうだな。全部いらんというのは失礼だろうから……」

俺は周囲の視線をコントロールしながら、100ドルのチップを一つ手に摘《つま》む。1万1000ドル。それが俺の今日の取り分。

「夕食代くらいはもらっていこう。どこかうまい鳥が食える所はあるかい？」

ここまで露骨な手打ちのサインを出されて、カジノ側が手を出せる訳がない。これで俺が報復でもされたら、負けた上に情けをかけられた相手に手を出したと裏社会で酷評されるからだ。

ディーラーは引きつった笑みを浮かべたまま、ある飯店の場所を教えてくれた。彼が教えてくれた飯店の食事はうまかった。場所が場所だけに広東料理であり、出された鳥の丸焼きを食べていると待っていたガラの悪そうな男達が俺のテーブルを囲む。この飯店があの闇カジノを運営していたマフィアの事務所という訳だ。

「少し待ってくれないか？　うまい鳥なんだ。食べないともったいない」

機先を制した俺の言葉に、男達から兄貴と呼ばれた男が笑う。

「さすが100万ドルをドブに捨てた男だ。何が目的だ？」

ここから先の会話はしくじれば命に関わる。それでも先程のギャンブルより興奮している俺が居た。ポケットからゆっくりと名刺を二枚テーブルに置く。名刺という文化が裏社会に通用するか怪しい所だが、そこに書かれている名前が通用することだけは確信が持てた。

「何だこれは？」

「その名刺をあんたより上のえらいさんに持っていって見せてやりな。そういう名前だよ。それは」

株式会社　赤松商事　代表取締役　藤堂長吉《とうどうながよし》
株式会社　赤松商事　相談役　橘隆二
二人から預けられたものでも、盗み出したものでもない。種は簡単。社の白紙名刺に勝手に印刷しただけである。けれど、住所と電話は社のものであり、その役職は本物である。確認した所で、『カジノで100万ドル奪ったギャンブラーが持ってました』なんて馬鹿正直に言う訳もないから深く突っ込まない。そして、日本の会社の秘書課は基本この手の連中を追い返すのに慣れている。

この二人が在籍している事をアピールしながら要件を聞き出し、折返し電話をするという形に持ってゆくから、この二人がこの赤松商事に在籍しているのは分かってしまう。

そうなれば、後はその名前が仕事をしてくれる。訝《いぶか》しがる男達を前にさらに食事を進めると、品の良い老人がやってくる。男達の空気が変わる。つまり、ボスクラスという訳だ。

「ここの料理はお気に召したようですな」

「ああ。うまい飯を作る人間に悪い奴はいない。俺の教訓さ」

「なるほど」

俺を囲んでいた男達は壁際に並び、老人が俺の向かいに座る。

料理人が飲茶《やむちゃ》を持ってきて、俺達はそれに手をつけた。

「お二人はお元気で？」

「元気にやっているよ。名刺の通り、藤堂社長は日本の総合商社の社長になり、橘さんは主家筋のお嬢様の執事をやっている」

「橘さんがお元気そうで何より」

この二人の名前を香港の表裏のトップが知らない訳がない。共産中国は国共内戦に勝利したものの、そこからの国造りに行き詰まっていた。近代産業の育成には石油が欠かせない。満州を失った彼らは、その入手に四苦八苦していた。

その共産中国に石油を売りつけたのが英国メジャーであり、その取引場所が香港という訳だ。中東からタンカーで運ばれた原油は香港で取引され、上海《シャンハイ》や東京におろされる。そんな極東の原油価格の中心である香港石油市場での伝説的な日本人ディーラーの名前が、藤堂長吉である。

橘隆二の名前もまた、香港裏社会に鳴り響いている。ベトナム戦争当時、米軍を中心に蔓延《まんえん》していた麻薬の管理統制の現場責任者であり、戦争終了時にそのネットワークを香港裏社会に全て渡した『極東の餓狼《がろう》』橘隆二の名前を知らなければ、香港裏社会ではモグリと言われるだろう。

「あの二人が直属の部下を作ろうとしていて、俺はそのテスト中という訳でね。あの二人が喜ぶネタを探さないといけない訳さ」

「ほほう。あの二人ならば、１００万ドルぐらいでは喜ばないでしょうな」

ここで話が本題に入る。上の人間に確認をとりたかったからこそ、こんな仕掛けをしたのだ。

ゾクゾクする。このスリルが、リスクがたまらない。

「ロシアからの武器輸入。滞ってないか？」

気づいたのは、樺太に残された旧北日本軍の武器輸出が高値で動いた事だった。

冷戦終結後に世界の武器規格は西側仕様へと移行が進んでいる。その中で、東側製武器の中でも高品質・高性能で知られる樺太製の武器は、その希少価値もあって値上がりしていたのだが、ここ最近の急騰は少し異常だと市場関係者は見ていた。

東側製武器の大口顧客である共産中国は対峙《たいじ》している満州国民党に対抗するための武器更新に追われており、その取引が行われていた香港へ買い付けに来た共産中国の軍人が狼狽《うろた》えていたほどだ。

ロシア製の武器、特に裏マーケットに流れる武器はほぼロシア軍からの横流しだ。それが意味する所は一つ。横流しができない何かが起こっているという事。

「ここの他にもカジノで遊んでいたんだが、ロシアのサクラが一人派手に負けていたな？」

カジノ側と客が手を組む場合、『負ける』事で資産を隠すことができる。最初から手を組んで100万ドル負けた後に、90万ドルをキャッシュバックするのだ。

カジノ側は労せず10万ドルを得られる楽な仕事だ。そして、隠したい90万ドルの管理も請け負ってくれるので、やばい人間なんかが資産を逃がすための手段の一つになっている。そこで、ロシア人のサクラが派手に負けていた。

つまり、ロシアの金持ちが資産を逃がそうとする何かが起こっている。

「それは、あの二人が知りたがっている事なのですか？」

老人が穏やかに、けど有無を言わさない声音で確認をとる。

ああ。この瞬間、俺は世界を相手にギャンブルをしていると実感できる。

「それは知らんよ。ただ、総合商社は何でも売り買いするんだ。『情報』も立派な商材さ」

老人が茶を口にする。それから彼が口を開くのがとても長く感じられた。

「その胆力と度胸、良い目と博才。貴方、行き場がなくなったら遠慮なくここに来なさい。また美味しい料理をごちそうしましょう」

　こうして俺は、ロシア内部で起こっているクーデターの動きを確認できたのである。

　携帯電話を取り出し、東京に電話をかける。

「もしもし？　藤堂社長。すいません。そっちはもう夜でしたか。ちょっとお耳に入れたい情報が……ええ。さすがに電話で話せないので、そちらに戻って……帰るのはアフガニスタンに寄ってからですが……」

【用語解説】

・香港裏社会……表社会と裏社会の間がとても薄いので、その分離というより共生が一つの特徴だった。これは、香港が国共内戦で共産党支配を逃れてきた人間の集まりという思想的統一性があったからで、香港は広東系に上海系、台湾系等が絡む交点であり、日本の大陸系人脈なんかも香港や上海を交流拠点にしていた。

野党ですが春までは勝っていたんですよ！

1：名無しさん：01/07/29 20:01 ID:lunakeikain
国会終わっての参議院選挙
開票始まったらごらんの有様だよ！
(σ°∀°)σエークセレント!!

2：名無しさん：01/07/29 20:02 ID:???
2げと出遅れた

3：名無しさん：01/07/29 20:03 ID:???
与野党逆転すると思っていたのにまさかの連立与党勝利とか

4：名無しさん：01/07/29 20:04 ID:???
恋住旋風すげぇな

10：名無しさん：01/07/29 20:14 ID:???
>>1
無党派が軒並み与党に入れてやがる。
春予想だと野党過半数確実だったのにどうしてこうなった？

11：名無しさん：01/07/29 20:15 ID:???
>>10
恋住政権自体が立憲政友党の党内野党みたいなものだったからなぁ

15：名無しさん：01/07/29 20:17 ID:???
勝っているのになんで幹事長は苦虫を噛み潰したような表情をしているんだ？

23：名無しさん：01/07/29 20:34 ID:???
今回の選挙幹事長は弁士として動き回って全体指揮は参院幹事長と泉

川副総理がやったからだろ
幹事長という次期総理ポジについたのに党務ができないって露呈しちゃったからじゃね？

29：名無しさん：01/07/29 20:47 ID:???
>>23
しかし、その弁士のおかげで都市無党派が立憲政友党に入れているから悪いとも言えんが、次期総理を狙うと考えれば幹事長はきついだろうな

30：名無しさん：01/07/29 20:50 ID:???
大体の情勢が見えてきた
無党派に支えられた野党の挫折は見事なものがあるな
地に足を着けてどぶ板をしてりゃあこうならなかったのに
総理が露骨に空中戦を仕掛けていた時点で気づけよ
でも野党らしいと言えば野党らしい

32：名無しさん：01/07/29 21:01 ID:???
開票が本格的に始まりだしたな
しかしマスコミ連中バンバン当確打ってやがる
一人区、二人区の情勢は大体決まったかな？

33：名無しさん：01/07/29 21:04 ID:lunakeikain
>>32
開票作業をしている所に記者が行って、遠目からでも票差がわかるぐらい票が集まっているってことでしょ
無党派の力ってすげぇな……

34：名無しさん：01/07/29 21:10 ID:???
このスレおもろいｗ

35：名無しさん：01/07/29 21:12 ID:???
苦虫の幹事長と違って笑顔の泉川副総理のまぁ勝ち誇った顔が
参院幹事長は安堵のため息なんかついてるし、春の情勢考えたらこれ奇跡だよなぁ

36：名無しさん：01/07/29 21:14 ID:lunakeikain
>>35
参議院は元々独立王国だったからね
恋住総理でも力の及ばないあそこは参院のドンの一人が企業発展推進財団の汚職事件で逮捕されて、春先の選挙ではどうにもならないってのがそもそも恋住政権誕生のきっかけだったし
幹事長があの様だから泉川副総理が党務を掌握した形になった上に、どこから金を調達したか知らないけど樺太・東京・千葉・神奈川に無所属新人送り込んできっちり票割りして当選圏に居るんだから
彼ら当確後に立憲政友党入りして泉川派に所属するから祝杯の一つでもあげたくなるわよ

40：名無しさん：01/07/29 21:20 ID:???
野党の選挙本部がお通夜になっているのですが

48：名無しさん：01/07/29 21:26 ID:???
握っていた無党派がこうも綺麗に離れるなんて予想すらしていなかっただろうよ

68：名無しさん：01/07/29 21:59 ID:???
それでも野党は頑張ってるとみるべきだろ
ある程度の複数区は確実に一人通しているし比例も頑張っている

69：名無しさん：01/07/29 22:01 ID:???
これだけ勝っても立憲政友党の単独過半数は厳しいのか

70：名無しさん：01/07/29 22:04 ID:lunakeikain
前回の参議院選挙で大敗したのが響いているのよ
参議院は任期六年で半分を選挙する形だから前回の敗北の穴埋めに届いていないわ
参議院はこれがあるから怖いのよね
完全にリカバーするためには次の参議院選挙も勝たないといけない訳で参院幹事長のあの顔って訳
参院は負けるとリカバーがきついからね
90年代の政権交代の遠因はマドンナブームでの左派大勝利だった訳で

71：名無しさん：01/07/29 22:07 ID:???
>>70
その左派政党の看板が消えているってのが時代を象徴しているよな
昭和は遠くなりにけり……か

72：名無しさん：01/07/29 22:09 ID:???
比例代表を考えると、野党がバラバラなのがかなり足を引っ張っているし
またあいつらくっつくんじゃね？

86：名無しさん：01/07/29 22:33 ID:???
>>72
ははは。まさか
あれだけ大喧嘩して分かれたんだぞ。あいつら

87：名無しさん：01/07/29 22:37 ID:???
連立与党過半数確保速報キターーー!!

88：名無しさん：01/07/29 22:40 ID:???

地方の与党回帰がはっきり見えてきたな
桂華の四国新幹線で地方が誘致合戦をしているって話は本当だったのか
金は桂華が出すから、国は許可だけくれだもんな
東北延長、北海道、九州とそりゃ目の色を変えるわな

89：名無しさん：01/07/29 22:42 ID:???

けど恋住総理「財閥解体」を公約に入れてなかったか？

今回バカ勝ちした泉川派は桂華との縁が深いし、党務を取り仕切っている泉川副総理をここでは切れんだろう

90：名無しさん：01/07/29 22:46 ID:lunakeikain
それは否定しないけど恋住総理だとやりかねんから怖いんだよなぁ……

野党ですが参議院選挙が終わりました
1：名無しさん：01/08/01 22:46 ID:lunakeikain
さぁ、夏休みを堪能しましょう！
（σ°∀°）σエークセレント!!

【用語解説】

・無党派の嵐……小泉《こいずみ》ブームとして表面化したが、この選挙本当に酷《ひど》かった。

春先、GWあたりまではまだ野党勝利（つまり小泉政権が成立する前のGW前の調査）だったが、そこから三ヶ月でオセロのごとくバタバタと倒れるという信じられない惨状が。

この時の一人区は岩手と三重を残して自民勝利という完勝となった。

・空中戦……TVを中心としたマスコミを用いた広告戦の事。

これに対して地上戦は選挙区どぶ板の事を指す事が多い。

TV全盛期では、この空中戦が容赦なく地上戦を覆していく事になる。

・マドンナブーム……89年の参議院選挙で土井《どい》たか子《こ》日本社会党委員長の元で大勝利をした日本社会党女性議員達《たち》の事。

ここで参議院の多数派を失った自民党は、そのまま宮澤《みやざわ》内閣での自民分裂に突入することになる。

パンパン。二礼二拍手一礼。近くの神社に引っ越しのお参りをして、新しい私の家への引っ越しである。九段下桂華《けいか》タワー。私の新しい本拠地で始める最初の仕事は、かなりヘビーなものだった。ビル内部の把握である。

「ふーん。地下二階はこうなっているのか……」

地下鉄九段下駅と繋《つな》がっていると同時に、地下駐車場と主要設備と警備事務所がこの地下二階に収められている。地下駐車場はエレベーターで地上に出るタイプで、全部要警備区画だ。地下駐車場以外は同じ施設が屋上にも用意されていて、どちらかが制圧されても戦闘が続行できるようになっている。なお、屋上の警備事務所は予備兼メイド達《たち》の休憩所にもなっている。

「万一の場合、道路を挟んだ正面の交番から警護課の警官が我々を助けてくれる予定になっています。地下二階へ通じる直通エレベーターもあるので、いざとなったらそちらから逃げて頂くのが最善です」

橘《たちばな》の説明を聞きながら、真新しい地下通路を歩く。何の用途も書かれていない鉄の扉の正体が、九段下交番の地下施設の入り口なんて一般人は知らない。

「向かいの九段下共鳴銀行ビルも買って、とりあえず社員寮および社員宿泊施設にする予定です。こちらも地下で繋げて、増援を送り込めるようにする手はずです」

さらっと言っているが、何を想定してどんな戦闘を行うのかと呆《あき》れていたら、隣にいた秘書のアンジェラが想定戦闘を言ってくれる。

「お嬢様の身柄を害する輩《やから》、分隊規模の襲撃に対処という想定です。警備が交代で常に一個分隊、メイドも常に一個分隊がお嬢様を守る形になると思います。この九段下は、北樺《きたかば》警備保障の東京拠点を兼ねているので、中隊規模の人員を集中させる予定ですわ」

これには理由もあって、法律の改正で買った京勝高速鉄道線の駅構内警備をうちが代行する形になり、その出勤に地下鉄東西線を利用するからだ。なお、現在工事中の新常磐鉄道の出勤は都営新宿線を使って岩本町駅に送って400m徒歩で秋葉原となる。開通に伴う再開発ビルの一つに別施設を作ろうかと考えていたり。

「大げさねぇ。私なんて、精々身代金狙いかロリコンぐらいしか狙わないでしょうに」

「それでも襲われるのは怖いと思いますが？」

アンジェラはセキュリティーに関する限りガチだし、決して曲げない。

そのあたりは腹は立つが筋が通っているので評価せざるを得なかった。

「おーけい。私の非を認めます」

地下二階の警備事務所に入ると、詰めていた警備員が一斉に敬礼する。私は手を振って応じる。

「当ビルの警備を担当します中島淳《なかじまあつし》と申します。お嬢様の御身をお守りするために、精一杯努力する所存です」

たしかこの人は元北日本政府の特殊工作員出身で、その特殊工作部隊の隊長である。

で、その特殊部隊は対テロ・ゲリラのプロである。階級は大尉。

「本当ならば、こちらで武器を確保できるのが一番なのですが」

「そこはこの国の法律を遵守して頂戴。やっぱりあの通路が問題になる？」

法律の改正で、警部以上の警官指揮下で警察に保管された拳銃の携帯と免許を持つ人間による発砲許可を与えられるようになったのはいいが、警部以上の警官が許可を出しても武器が交番の地下武器庫にあるのが問題になる。テロリスト達も馬鹿ではない。

「ですね。万一の時は、こちらから武器確保の人員を走らせる事になります。最短で五分、このロスは初動ではかなり大きいかと」

その五分のために人命と我が身が危険に晒《さら》されるという事なのだが、自ら武装をするというのは近代国家の治安維持を否定するに等しい。このあたりこの世界のこの国のまごうことなき真実を表していた。

「で、これの出番って訳ね」

私が壁に立てかけられている鎧《よろい》みたいなものをコンコンと叩《たた》く。強化装甲骨格。現代に蘇《よみがえ》った鎧なのだが、当初は極寒の地での身体消耗を抑え、爆風等の破片から身を守り、重火器を扱えるようにという意図で北日本軍が開発が進めていたものだという。その後帝都警が安保テロ時過激派との鎮圧に用いていたが、第二次２・２６事件によって帝都警が消えたことで日本での使用は終了。

最後まで使っていた北日本政府崩壊後に歴史の闇に消えた技術だと思われていたが、95年の新興宗教テロ事件をきっかけとした対生物化学兵器に対するゲリラ・テロに適性があった事から、自衛隊および警察の対テロチームを中心に採用されるようになる。

バネ及び電力を使った簡易パワーアシストスーツでもあり、盾として鉾《ほこ》として都市戦闘での活躍が十二分に期待できるこれを用いた特殊部隊の隊長がこの中島大尉という訳だ。

「お嬢様の脱出は以下のケースを想定しています。一番安全なのが、直通エレベータでこの地下二階に来ていただいて、地下から脱出するケース。九段下の交番から武器を確保できるならば、安全に脱出できるはずです。通路は一つですが、その通路さえ乗り切れたら九段下の交番、もしくは向かいの共鳴銀行ビルに逃げてテロの鎮圧を待つことになります」

中島大尉はモニターにビルの地図を映しながら、続きを説明する。

「もう一つは、ヘリで屋上から脱出というケースです。東京へリポートにハインドを常時待機させており、三十分でお嬢様を屋上から脱出させる事ができます」

三十分。武装勢力相手に三十分の籠城。それが可能かどうか顔に出ていたらしい。

「ご安心を。お嬢様。そのために、我々が居るのですから」

そう思っていた時期が私にも有りました。


「核!?」

「はい。北部同盟の将軍は捕虜からの情報としてこうおっしゃっていました。『奴《やつ》らには核がある』と」

わざわざ海外から帰ってきた彼は淡々と私にその衝撃の事実を伝えたのだった。

彼の名前は赤松商事の資源管理部門から来た岡崎祐一《おかざきゆういち》という。

ムーンライトファンドの資源ファンドの実態は少し複雑で、赤松商事の資源管理部門から精鋭を借りる形で運営している。要するに私のメッセンジャーとして振る舞って、資源を市場から買うことのみを考えていたという訳だ。

もちろん、私の火遊びに買収した赤松商事を巻き込まないためでもあったのだが、赤松商事社長となった藤堂長吉《とうどうながよし》は迷うことなく私に全賭けして赤松商事を立て直し一躍時の人になっている。

そんな彼が推薦してくれたのがこの岡崎祐一であり、まだ20代後半の彼が今やムーンライトファンド及び赤松商事の実質的統括を行っている。

「その情報は本当なの？」

九段下桂華タワー内部にあるムーンライトファンド東京本拠。そのディーリングルームの奥にある私の部屋はもちろん掃除済である。事が事だけにわざわざ東京に帰ってきて報告したその情報を聞いたのは、私と橘、アンジェラとエヴァのＣＩＡ組、アニーシャと北雲涼子《きたぐもりようこ》の元東側スパイという裏の連中ばかり。それぞれそのコネを使ってこの重要情報を流す事まで先に了承済みである。

重大情報は一人で抱え込むほどリスクが高くなるからだ。

「ニューヨークで接触してきた情報提供者から告げられて、北部同盟の将軍から直《じか》に聞いた情報です。少なくとも彼はそう思っているという事だけでもお嬢様にお伝えするべき情報だと判断しました」

私の抜擢《ばってき》方法、各所から集まった百人近い精鋭を前に十億の現金を山分けして、それを一週間後増やしてこいと言って散らしたテストで最高に稼ぎ出した彼は笑顔を隠さない。

彼は周りがギャンブルだの相場だのと自滅してゆく中、その手持ちの金で情報を買い、なんと私にその情報を売りつけた剛の者である。その情報が、『ロシア保守派内部でクーデターの動き有り』というもので、私がそりゃ高く買ったのは言うまでもない。もちろん、そんな彼だからこそ、この情報を持ってこれたと言えよう。

「問題なのはこのテロの目的はテロによる市場操作で、核うんぬんは代替が可能という所なのです」

岡崎の台詞《せりふ》に納得する私。思わず口が開く。

「だから、情報提供者がニューヨークなのね。市場混乱の空売りならば、狙うはウォール街か」

私の知識はこの後何が起こるか知っている。それに対して備えていたつもりである。だが、この情報は起こる前ならばこう思っただろう。『映画の見過ぎです』と。

私は確認を米露の元諜《ちょうほう》報関係者に確認する。

「アンジェラ。アニーシャ。この情報、何処《どこ》まで信じられる？」

私の一言にこの二人は態度で露骨に答えを示してくれた。つまり私に目を合わせなかったのだ。

「説明。してくれるわよね？」

語気を強めて説明を求めると、ため息と共に口を開いたのはアニーシャだった。真顔で彼女はろくでもないことを言ってのける。

「冷戦終結後の核削減交渉によって、ロシアは核の廃棄を進めてきました。報告ではそうなっています」

報告では。素晴らしい言葉である。社会主義国の統計と報告ほど当てにならないものはない。

「私が知っている限り、書類と実際の廃棄数に二発の誤差があります。その所在は未《いま》だ摑《つか》めていません」

核の紛失に絶句する私。それに追い打ちをかけるのが北日本政府の工作員出身である北雲涼子である。

「北日本政府崩壊時、かなりの数の科学者が共産中国に逃れました。その結果、共産中国の核技術は飛躍的な進歩を遂げたのですが、その技術がパキスタンに流れています」

つまり、パキスタンの核実験の技術的アドバイザーが共産中国であり、スポンサーがイスラム過激派経由の産油国という訳だ。

イスラム産油国が核を欲しがるのは中東戦争で勝ち続けたイスラエルに対抗するためであり、湾岸戦争で敵となったイラクのためであり、宗教的な敵として対立しているイランのためである。

「パキスタンの核を使って我々を脅すと言うのかしら？」

「そこについては疑問を持っています。パキスタンはカルギル紛争で核を撃つ寸前まで行きましたが、国際社会の圧力もあってついに撃ちませんでした。アフガニスタンを支配するイスラム過激派にとって、撃たない核はただのガラクタに過ぎないでしょう」

北雲涼子は断言する。国家が持つ核というものは威嚇のために使われる。だが、テロ組織の場合は実績として使われるから、撃たないと意味がないのだ。そうなると、北部同盟の将軍の言葉が更に重たくなる。

「奴らには核がある。つまり、それを撃つつもりで何かを狙っているという事ね」

東側サイドの事情は概《おおむ》ね理解できた。今度は西側サイドの話だが、こっちも聞いてて胃が痛くなる話だった。

「合衆国およびその同盟国において核管理は適切な方法でなされています。ただ、いくつか不幸な事故がありまして……」

アンジェラ曰《いわ》くその不幸な事故とは、水爆を積んだ爆撃機が事故で墜落し、水爆を紛失したというもの。分かっているだけで二件起こっており、一件は起爆用爆弾が作動してプルトニウムがばら撒《ま》かれたダーティボム状態になったという特大の事故で、米軍上層部の首が派手に飛んだそうだ。

その一部は未だ回収されていないというから驚きである。

「それはテロ組織が回収できるようなものなの？」

「無理でしょう。墜落したのは極寒のグリーンランドです。かつてのソ連ならともかく、テロ組織にはそれを回収する技術も資金も無いですし、それをしたら我々が気づきます」

にもかかわらずアンジェラの口は重たい。そして、現役ＣＩＡであるエヴァがその理由を話した。

「我々は、東側が紛失した一発の核について所在を捜していました。今、アニーシャが言ったのは二。つまり、我々が知らない核が一発存在していることになります」

エヴァの顔は真っ青だ。無理もない。こんな所で、まさかの情報の差異。おまけにその情報が重大な核の行方と来たのだから。

「失礼ですがアニーシャ。その情報の確認のために、ここで詳しい話を聞いてもよろしいかしら?」

エヴァの言葉に私が頷《うなず》いてみせてアニーシャがその詳細を話す。アンジェラやエヴァもそうだけど、アニーシャもこの手の機密にアクセスできたという事は間違いなくかなり上の人間なのだろう。

「紛失したのはPT－23。NATOコードネームはScalpel。列車搭載型ミサイルで、一編成に一発の核ミサイルが搭載されていました。91年のクーデターの際にクーデター軍が保持していた分で、これは万一のケースを考えてモスクワを狙っていた車両です。このミサイル列車はクーデター時に黒海沿岸に配備され、クーデター失敗後にカザフスタンの方に逃げてその詳細は不明。この列車についてはカザフスタン政府も知らぬ存ぜぬというのが、米国が摑んだ情報だと思います」

アニーシャが口を閉じてアンジェラとエヴァを見て確認するが、二人共頷いた。さて、ここからが核心部分だ。

「問題なのは、この列車が配備されていた基地が、米ソ核削減交渉で削減された基地だった。そして基地には、予備車両としてあと一発PT－23搭載車両が置かれていたはずなんです。ソ連崩壊後の混乱でその基地捜索は後回しにされ、やっとロシア軍が踏み込んだ時には既にもぬけの殻」

アニーシャがパソコンを弄《いじ》りモニターにロシアのとある場所を移す。西を黒海、東をカスピ海という狭い場所は未だ紛争が続いている場所である。

「その秘密基地は、カフカース山脈の麓に作られた地下基地です。その隣、何があると思います?」

アニーシャの笑みに私を含めて誰も笑わなかった。モニターの地図の国境線にはっきりとチェチェン共和国と書かれていたのだから。

岡崎祐一がもたらしてくれた核の存在の報告に米国を始めとした情報機関は揺れた。

厄介なのが、確認されていない核ミサイルは多弾頭型で、一発につき十発の核爆弾が搭載されているという事。この時点で核爆弾の数は最大二十発に増えているのだが、各国は少なくともミサイルが飛んでくるという可能性については除外していた。

「核ミサイルは高度な精密機器です。テロリストにミサイルが整備できるとは思えません」

アンジェラは断言する。だからこそ、今、各国はイスラム過激派のテロの目的地の絞り出しに奔走していた。一方、アニーシャは現在ロシアの旧友に会いに東京を離れて、モスクワの諜報機関に接触しているはずだ。

「各国情報機関で協力して、イスラムテロ組織の予告や兆候を確認しています。その中で可能性が高そうな箇所をピックアップしました」

アンジェラが一枚の紙を差し出す。そこに書かれた都市は軽く二十を超えていた。

「ニューヨーク・ロンドン・東京。とりあえず大都市に落としておけって事かしら？」

「ですね。物流の大拠点にもなっているから各国とも警戒をしていると思います」

アンジェラの言葉に私は顔をしかめる。それでもテロ組織はこちらの予想もつかない手でテロを実行した。なめてはいけない。

「デンバー？　何処だっけ？」

「コロラド州ですね。あと、メリーランド州ボルチモアにもその兆候があるとかで」

私の顔は渋いままだ。私が知っている同時多発テロは飛行機が突っ込んだが、各国諜報機関は核テロに完全にシフトしていた。

核テロは避難だけでも都市機能を停止させるので、各国は否定しつつ隠密裏《おんみつり》に防ぐのがデフォである。まあ、世界に『各国が把握していない核爆弾が二十発ほどあって、そのいくつかがテロリストの手に渡っている』なんて言える訳もなく。

「とりあえず各国の対処は置いておくとして、我が国の対処、東京のテロ警戒ですが……」

アンジェラが私の心配をこの街のテロの危険と勘違いして微笑《ほほえ》んで安心させようとする。

違う。そうじゃないのだが、言っても仕方ないし。

「都心については岩沢《いわさわ》都知事が主導して、大規模な警戒を敷いています。それに政府が乗っかる形で捜査を進めており、近く結果が出るでしょう」

この国は災害についてはとにかく多く、ありがたいと言っては失礼だが、9月1日が防災の日として指定されている。それに合わせて、自衛隊・警察・自治体だけでなく、法律が改正された警備員・探偵・賞金稼ぎまでを含めた大規模防災訓練を計画していた。

あまりに大規模なので、予算の無駄遣いと一部野党から反対意見が出ていたのだが、岩沢都知事と泉川《いずみかわ》副総理が強引に押し切ったという経緯がある。もちろん、その押し切った理由は私がもたらした核テロ計画の情報だ。

7月に行われた参議院選挙の連立与党勝利もこれに貢献した。参議院で過半数を確保し、樺太《からふと》・東京・千葉・神奈川で保守系無所属議員を滑り込ませて追加公認し泉川派に取り込むという離れ業とその資金を供給し、泉川副総理の地位を盤石なものにしたのも大きい。

「この法律改正は本当に良いタイミングでしたね。テロリスト相手に攻める事ができますから」

本来警察というのは犯罪が起こった時に対処する受動組織である。そのために、犯罪が起きないと動けないという欠点があり、ストーカー等の犯罪にうまく対処できないという事を近年言われ続けていた。

これに対して、警備員・探偵・賞金稼ぎというのは、依頼者が金を払うという依頼形式での能動的活動が可能になる。私はムーンライトファンドの資金を使って、この三者を買いきって仕事を割り振らせた。

賞金稼ぎには、米国政府の代行という肩書でイスラム過激派テロ組織に賞金をかけ、探偵には怪しい連中の調査、特に今の探偵業はハッカーとの繋がりがないと仕事ができないからハッカーを雇ってのネット領域の怪しい連中の捜査を任せ、警備員はその存在を誇示させ防犯と相手に諦めてもらうという事で湾岸部や都心部に警備員の巡回を強化させた。

「お嬢様。ちょっといいかい？」

ただ、この手の仕事を統括する人間が居ることが大前提だが。そのため、鉄火場に戻るつもりだった岡崎祐一を留《とど》めて、この核テロ対策の情報統括を命じている。

本来ならばアンジェラが適任ではあるのだが、彼女はまだ米国の色が抜けていない。そういう意味でも、彼は手元に置かざるを得ない人材だった。

「何？」

「多分だが、テロ組織の通信らしいものを摑みました。米国の情報と照会してみてください」

敬意を払いながらも少し年の離れた従兄弟《いとこ》みたいな接し方をする岡崎の距離感がなんとなく心地よい。彼はこういう距離感のとり方が抜群にうまかった。岡崎が手に持った紙を控えていたエヴァが受け取って出てゆく。岡崎は椅子に座って天井を眺めながらため息をついた。

「正直、ここまで多いとは思わなかったですね。本命の核テロの他に陽動のテロにいたずらもあるから、どれが本命かわかりません」

核こそ陽動なのではないか？　己の前世知識がそう囁《ささや》くが、万一核が炸裂《さくれつ》したら犠牲者は前世の数百倍になりかねない。だからこそ、テロの決め打ちができないのがもどかしい。

「核テロは起こると思う？」

「半々ですね。ですが、陽動のテロはあちこちでその動きを摑んでいます。そっちは必ず起きるでしょうな」

天井を見上げていた岡崎はそのまま視線を窓に向ける。防弾ガラスの先には緑に囲まれた皇居が見える。

「核テロの場合、どうやって核を現地に運ぶかが問題になります。あくまで推測ですが、アフガニスタンには核は無いでしょう。カフカスから運んだ場合は三つのルートしかありません」

岡崎はテーブルのリモコンを取って壁の大画面モニターをつけて、そこに地図を映す。

気だるそうな姿勢でも目と手は起きているのが分かる。

「一つは黒海から船で。何処に隠したかはひとまず置いておくとして、これだとニューヨークやロンドンは狙いやすいですね。船で届く距離ですから」

そこで一区切りして岡崎は続きを話す。

「問題は、その船がボスポラス海峡を越えられるかという所でしょうか？　ＮＡＴＯ加盟国のトルコはそのあたり馬鹿じゃない。そして、あの国はクルド人問題を抱えているから、反政府組織に手を貸したらクルド人問題の政策そのものが揺らぎます」

自国でクルド人を弾圧しておきながら、外でイスラムテロ組織に手を貸す。

たしかにその矛盾は国内外に色々問題を発生させるだろう。

「次にカフカースを南下して、トルコなりイラクなりを経由する場合。これも危険が高いですね。両国とも反政府勢力があり、軍と交戦している。そんな中で核の移動なんて出来る訳がない」

岡崎は断言して彼なりの結論を出す。口元に笑みが浮かんでいるのは見なかったことにしておく。

「自分が核を手に入れたテロリストならば、その核を使わずに隠したままにしておきますよ。正直疑問なんですよね。チェチェンの連中はロシア相手に激しく戦っていながら、ついにその核に手を出さなかった。大都市にダーティーボムとしてばら撒くだけでも彼らは目的を達成できるのです。本当にその核はあるのですか？」

かなり危ないことを岡崎が言っているのでアンジェラが口を開こうとするのを私が制する。アニーシャが真実を言っていないとも聞こえるからだ。それに気づいた岡崎が慌てて訂正する。

「アニーシャさんが真実を言っていないという訳ではありません。あの人はかなり上の人で報告を受ける立場の人間だ。という事は、その情報も報告を受けた形のはずです」

岡崎の言わんとする事が分かった。社会主義国の報告ほど当てにならないものはない。つまり、彼女の情報の裏取りができていない時点で、それに全賭けするのはやめろと言っている訳だ。

そうなると当然次の疑問が出てくる。

「貴方《あなた》、確率は半分って言ったじゃない。じゃあ、その確率の根拠となる核はどれなのよ？」

私の質問に、岡崎はカバンから一冊の本を取り出す。どうも古書店から買ってきたものらしい。

タイトルは『核兵器の作り方』。

「私は、こっちの方が本命だと思っています。科学技術の進歩と共に、核爆弾製造の情報もかなり広がってしまいました。この国は旧北日本政府という行政区域が有り、核兵器があった過去があり、その製造施設もまだ解体途中です。そこから核廃棄物を手に入れられるのならば、東京を大混乱に落とすダーティーボムぐらいは容易に作れるでしょうな」

「お嬢様。少し席を外します」

その一言で、元北日本政府工作員だった北雲涼子が冷静に、けど早足で出てゆく。急いで確認を取ろうとしているのだろう。分かってしまった。だからこそ顔が青ざめてしまい、私は壁にかけられた地図を見つめてしまう。

「起爆装置を作るのには精密機器が必要です。そして、それらの精密機器が安価に大量に入手できるのは何処だと思います？」

私は視線の先にある東京の鉄道路線図で桂華鉄道が建設しているターミナル駅を見つめてしまう。

家電の街であり、後にオタクの街になるその駅の名前を秋葉原と言った。

世界が隠密裏に核テロの脅威と戦っていても、世間というものは関係なく平穏そうに動く。

この夏はアニメ映画監督の巨匠の新作が映画館を賑《にぎ》わし、東京湾には新しい遊園地の開園で多くのカップルで賑わっていた。平和である。その平和が破られるという事が理解できないぐらいに平和だった。

「面白かったな。映画」

「そうかな？　あの余韻のぶった切り方は少しもったいないかなと思うけど。ＴＶでやっていた奴なんかはまだその余韻があったし」

「とはいえ、かなりの意欲作だぞ。あれは。民俗学に伝承や風俗まで入れてる。色々解説本を読んでいるが、よくぞあそこまで入れて、まろやかに仕立て上げたものだ」

「ん？　どうした？　瑠奈《るな》？」

「ああ。ごめんなさい。ちょっと色々言えない事絡みで厄介事が持ち上がってね」

久しぶりに息抜きと、休日にカルテットのみんなで映画を見てアヴァンティで駄弁《だべ》っている所を突っ込まれて、私は苦笑しながらグレープジュースを飲む。

私がこの夏色々な事に追われているのは皆知っているので、三人共心配そうな顔になった。

「大丈夫か？　瑠奈。何か手伝えるなら協力するが」

「その気持だけでも十分よ。ちょっとこの話は政府レベルの話でね」

何度でも言うが、私達は小学生である。その時点で政府レベルの話というのがおかしいが、更に輪をかけて話せないトップシークレットである。裕次郎《ゆうじろう》くんも会話に加わるが、さすがに泉川副総理が何に奔走しているかまでは知らされていないらしい。

「防災の日から丸々一月大規模災害訓練計画を都と行うとかで父も走り回っているからね。桂華院《けいかいん》さんもどうせそれがらみでしょう？」

「当たらずとも遠からず。事が事だけに色々と言えないことが多くてね。うちの警備会社も参加するのよ。それに」

「ああ。それはご愁傷様」

光也《みつや》くんが納得そうに頷く。この防災大訓練は史上空前の大動員をかけており、財務省でもその規模とそれに伴う支出に悲鳴をあげていた所だった。

東部方面隊の第一師団と近衛《このえ》師団が動員され、警視庁も95年の新興宗教テロ事件以来の機動隊総動員でこれに対抗。

更に、法律改正で警備員等が警察の下請けをする事になり、彼らとの相互連携の確認を名目にしているから国内大手警備会社は全て、東京に警備員を送ってこの訓練に参加する事になっていた。

「うちなんて北海道の警備会社なのにこっちに出てくる羽目になって、宿が無いからって完成したばかりのフェリーを港につけてそこを拠点にしているのよ。九段下のビルがはやく本格稼働してくれないかしら」

なお、九段下のビルは既に本格稼働しているが、今回の件で北海道にいる主力をこっちに持ってきて対核テロに備える羽目になったのだ。間に合ったと言うか間に合わせたというか、秋就航予定だった『ダイヤモンドアクトレス』号が東京港に横付けされて臨時拠点として大活躍している。

九段下ビルが中隊規模の拠点で、『ダイヤモンドアクトレス』号には三個機械化歩兵中隊が乗り込んでおり、都内で大隊運用ができるようになっていた。

うちですらこれで、自衛隊・警察・消防・同業他社まで入れた総動員人数は軽く十万を越える。

そりゃ野党が『ちょっとした戦時』だの、『戒厳令同然』と騒ぐ訳だ。

それでもこの批判があまり話題にならないのは、この世界のこの日本が地域覇権国家として、戦争に関与して異国の地で血を流しているからに他ならない。

「ああ。そうだ。それで思い出したわ。はい♪」

実にわざとらしい話題変えで私は持っていた鞄《かばん》から招待状を三通出してみんなに手渡す。

もっと前にスケジュールは告知しており、既に家からはOKが出ているのだけどこういうのは気持ちの問題だ。

「九段下桂華タワーの落成記念パーティーの招待状。手書きなのよ」

「ありがとう」

最初に受け取った栄一《えいいち》くんがお礼を言って、みんな受け取った後また雑談をして当たり前の日常を終えた。今の東京は、災害訓練と称して街路に警官や警備員が物々しく立ち私達を見続けている。

「お嬢様。良い報告と、良くない報告と、ものすごく良くない報告がありますがどれからお聞きになりますか？」

「全部聞きたくないというのは駄目？」

リムジンの中で、私は対テロモードに頭を切り替える。私の軽口を無視して、アンジェラは良い報告から口にした。

「まずは良い報告から。都内で爆弾用精密機械を購入していたロシア人を逮捕しました。ソ連崩壊時に元北日本政府に逃れた流民の一人で、反政府活動の経歴がありイスラム過激派に傾倒。警戒は予定通り月末まで続ける予定ですが、全貌解明のために共犯者等を取り調べているそうです」

その報告にため息をつく。少なくとも、東京でのテロについては目立つものは防げそうだ。

ハッカーが情報を調べ、探偵が足で稼ぎ、警備員が原発及び核廃棄施設の警備を強化した結果、核廃棄物質の入手に手間取って足がついた格好となった。

「こっちはなんとか防げそうね。で、良くない話とものすごく良くない話は何なの？」

「モスクワのアニーシャから報告が入りました。紛失した核ミサイルですが、核弾頭は定数を満たしていなかったみたいです。多弾頭ではなくその予備として秘密基地に残っていた５００キロトンの核弾頭が二発。まず間違いがないそうです」

岡崎の読みは外れて核ミサイルそのものはあったが、案の定報告については信用できないものだったらしい。報告の不正確さは社会主義あるあるではあるが、これが悪い報告というのが気になる。

「良くない報告には聞こえないわね。少なくとも最大20から2発に減った。良い報告じゃないの？」

「問題は核弾頭の行方です。ミサイル搭載列車はカザフスタンの方に逃げたのは間違いがないですが、その逃亡資金として核弾頭はその時に既に売却されていたそうです。ルーマニア旧秘密警察に」

あ。たしかにこれは良くないニュースだ。

孤児を抜擢し教育を施した者達で構成されたルーマニア秘密警察は、当時のルーマニア大統領の子供達と恐れられ革命時にも大統領側に立ち、革命後はその組織は解体され弾圧された。その結果、多くの元秘密警察の人間は犯罪組織に身をおとしていると噂《うわさ》されている。

また、バルカン半島は人身売買や武器・麻薬などの欧州ブラックマーケットのメインルートとなっており、ルーマニアに核弾頭が消えたという事はそこに核が流れた可能性が高い。

「黒海からルーマニアに上げられた核弾頭はロマに偽装した秘密警察員の手によって陸路ハンブルクに渡って、そこから海路のどこかに消えたそうです」

ルーマニアからハンガリー、スロバキア、チェコ、ドイツと陸路を通ってときたか。このルートは流石《さすが》に予想していなかった。しかもロマに偽装してという事は欧州のどす黒い闇の所を隠れていった訳だ。

流浪の民である彼らに対して欧州は弾圧の歴史があるがゆえに、ロマ達は迫害されると同時にそのコミュニティーに政府側は強い関与ができない。黒海故にトルコで網を張っていた我々は見事に裏をかかれていた訳だ。

「ブラックマーケットに流れたのに、その情報がこっちに漏れなかったわね？」

「それが、ものすごく良くないニュースに繋がるのですが、ソ連のクーデター軍にスポンサーが居たんです。ソ連軍保守派および、旧ルーマニア秘密警察を使って核を手に入れたがったスポンサーが。核弾頭はそこに運ばれれたと考えています」

アンジェラはそのスポンサーを告げた。出てきた名前は、ある意味納得ができるものだった。

「リビアとイラクです」

ああ。そういう伏線だった訳だ。その後の国際政治を知っているからこそストンと腑《ふ》に落ちる私が居た。

「既に米国ではIAEAに訴える準備を始めています。インテリジェンス・コミュニティーでは、これら二カ国がスポンサーとなってテロ組織を扇動し、テロを起こそうとしていたと判断。東京でのダーティーボムテロ未遂を陽動として、本命が米国及び欧州で起こると警戒を……」

その時、私に衝撃が走る。そう。防いでしまったのだ。核テロを。その結果、誰もが核テロ対策にシフトした隙をテロリストは突く格好になってしまう。

「他の陽動とかはありそうだけど、どうするの？」

ここで飛行機が突っ込むなんて言っても意味がない。もっと大きなリスクが目の前にあるのだから。だから元CIAのアンジェラは私を安心させようと、決定的な一言を私に言い切った。

「たしかに起こる可能性はありますし、未然に防ぐ努力はします。ですが、核テロやダーティーボムが炸裂した場合、その被害は想像もつかないものになります。

そのため、陽動テロについては『コラテラル・ダメージ』として割り切る事もまた必要なのです」

知っていたのに。私はそれを起きないようにと祈る事しかできない。

その日は多くの人にとってごく普通の一日だった。少なくともその日を境に世界が変わるという事を知っている人間は居ないはずである。

……私を除いて。

２００１年9月11日。

この国の人達はいつもより多い警備員や警官に疑問を持ちはすれども日常を演じ、ニュースは他愛のない芸能ニュースで盛り上がり、美味《おい》しいスイーツの話題で時間を消費していた。

会社ではいつもの仕事をいつものように行い、学校では不景気だった経済が少し明るくなりそうなので就職を何にしようかと考えたり、冬の受験に向けて勉強をしたり。恋に遊びに勉強に、日常は変わることなく、それが永遠に続くかのように飽きもせず繰り返されてゆく。

午後になると主婦は掃除や洗濯が終わって晩御飯の献立を考えながら買い物にでかけ、学校の終わった子供達はＴＶゲームに興じる。

そんな当たり前の日常。誰も世界が変わることなんて気付きもしないし、望んでもいなかった。

「周辺の警備はどうなっている？」

「既に警護課の指揮の元で、都内要所に警備員を立たせ、官邸から九段下までのルートは複数確保しているそうです」

「台風がやってきているから、首都圏の警戒は厳重に。災害名目に大動員をかけているんだから、被害を最小限にしろよ」

「ネットの情報で怪しいものは無いか？」

「日本周辺でテロを示唆するものはありませんね」

「色々なコネに当たってみたけど、こっちもそれらしいものは無いみたいです」

都内でダーティーボムのテロを行おうとしたロシア人の捜査だが、そのやり取りがネットを通じて行われたものであり、指示は海外からのアドレスになっていたのが捜査を厄介にさせた。

それでも、このテロ未遂は爆発物製造を行おうとしたという罪で逮捕されたと発表され、世間はこのニュースをほとんど気にしていなかった。

マスコミが気にしているのは、今日の夜に行われる九段下桂華タワー落成パーティーであり、ゲストとして時の人である恋住《こいずみ》総理の動向や私が何を歌うのかぐらいなものだった。

「北部同盟の将軍がテロに襲われたって本当!?」

パーティー会場の準備を放り出して、私はムーンライトファンド東京本拠のトレーディンググルームに飛び込む。情報を統括していた岡崎が苦笑しながら、その報告を私に告げた。

「ご安心を。警告とこちらから護衛を送ったのが功を奏した形になって将軍は無事です。各国の警戒に対する報復テロでしょうな。核テロの情報がどこから情報が漏れたかを考えると、一番現地に近い彼が候補に上がるので狙われたのでしょう」

そこで言葉を区切って苦笑が完全な苦り顔に変わる岡崎。間一髪だったからこそ、その場に彼自身が居ないのがもどかしいのだろう。

「ただ、仕掛けてきたテロリストは自爆。背後関係を洗いたい所ですが、世界中の諜報機関はそれどころではなくて核テロの恐怖に大慌て。正直、東京は一月と期限を区切っての大動員だから良いものの、欧米のその手の筋は終わりの見えない残業で24時間拘束されて他の業務に支障が出だしているみたいです」

少しずつ仕掛けが露《あら》わになってゆく。それでもこのテロの全貌は私にも分からない。少なくとも私が知っている世界では核なんてものは出てこなかった。

「その将軍とのパイプは絶対に確保して頂戴。今後、その将軍がキーマンになるわよ」

「わかりました。お嬢様。少しよろしいですか？」

真顔で岡崎が私を見る。久しぶりに私についている橘に頷いて、私のオフィスに岡崎を招き入れた。

「率直に聞きますが、お嬢様。この事態を予想なさっておられましたね」

聞いていた橘が何か言う前に私が手で制する。打つ手が正し過ぎるから、誰かが感づくだろうとは思っていた。それでも私は無駄だと思いながらもとぼける。

「その根拠は？」

「打つ手が的確過ぎます。そのくせ、起こるかもしれないのに、資産整理に手をつけていない。損が出ることを前提でこのテロの阻止に動いている。そこから考えられる事を納得するのに、酒の力を使う羽目になりましたよ」

私は笑顔のまま岡崎を睨《にら》みつける。それが真実だからこそ、足掻《あが》いて、足掻いて、それでもなお己の手が小さいことを思い知らされる。

「お嬢様。貴方本当に小学生ですか？　このテロの本質が劇場型犯罪であり、テロが目的ではなく手段である事に気づいている。だからこそ、ここでは資産整理をせずに、各国情報機関がお嬢様を疑う事ができないようにした。ここまでした上で、テロで市場が混乱して損まで出したら、少なくとも第一容疑者からお嬢様は外れるでしょうな」

「……起こるなと思ったのは、インド西部地震で人道支援を始めた頃よ。アフガニスタンの過激派がバーミヤンの石仏を破壊した時に私は確信に変わったと言ったら貴方信じる？」

「そういうことにしておきましょう。俺はオカルトは信じないたちなので。ですが、現在狼狽《うろた》えている米国はＴＶドラマじゃないですけど、超常現象を扱う部署がある事をお忘れなく」

そこで私を脅迫でもしてくれたらまだ気が楽なのだが。少なくとも彼は私の味方である事を選択したらしい。つまり、彼と私の契約交渉なのだ。これは。

「で、何時《いつ》から疑っていた訳？」

「そりゃもう最初から」

そう言って岡崎は懐から大事に折り畳まれた一枚の小切手をヒラヒラと見せる。彼がもって来た情報の報酬として渡した私の小切手で金額は未だ書かれていない。お守りだそうだ。

「あの情報にはそれだけの価値があったから払ったのだけど？」

「違いますよ。お嬢様。これを出したことで、お嬢様はロシア大統領に全賭けした。一つの決断が別の側面の影を浮き立たせる。これはそういう事なんですよ。あとは疑念を持って調べれば出るわ出るわ。お嬢様。お嬢様はここぞという時の全賭けが神がかっていますよ。この間の参議院選挙もそうだ」

小切手を懐にしまって岡崎は飴《あめ》を口に加える。

煙草《たばこ》を吸うのだが、私が煙草を嫌うので私のいる場所では飴で我慢しているらしい。

「あれは恋住総理の高支持率を見れば当然じゃない？」

「ええ。そこまではいいですよ。それに乗る形で、東京・神奈川・千葉・樺太、ついでに比例と取れる所を総取りで持っていった。おまけに幹事長が選挙の仕切りができない事をいい事に、副総裁と副総理に権限を集中させて、独立王国と名高い立憲政友党参議院幹事長に貸しを作る始末。完勝で幹事長の面子《メンツ》は丸つぶれ、参議院幹事長は副総裁と副総理に高い借りを作ってこの大規模災害訓練という対テロ行動を賛同させた。その読みは小学生の読みじゃないですよ」

「失礼な」

実にわざとらしく怒るが、ここだけは全力を出したのだ。知っているから。今日という日の意味を知っていたから。だから持てる力の全てを出したが、届かなかった。

あとはもう祈ることしかできない。

「で、そんな貴方に私は何を見返りにすればいいのかしら？　赤松商事の社長？　億万長者？　私以外だったらそれぞれ美女を花束のように用意してもいいわ。大概のものは用意できるわよ♪」

「それを小学生が言うあたりシュールを通り過ぎて何か色々と悟りそうですな。俺が欲しいのはそんなものじゃないですよ」

とてもいい笑顔で岡崎は笑う。これが彼の本性らしい。

「お嬢様。貴方が世界に紡ぐ歴史を特等席で見させてくれ。そのチケット料金として、お嬢様の手足として動く事を約束します」

「橘。これ使えると思う？」

「これでも使わないと、我々は手駒が足りません」

「お嬢様に橘さん。これ呼ばわりはひどいですよ」

岡崎が笑うがこっちはため息をつく。ある意味趣味人であり、組織への忠誠より己の興味を優先。分かりやすい一匹狼《いっぴきおおかみ》だが、こちらは信頼できる人間がとにかく居ない。そして、信頼できる人間で、忠誠を期待できる人間は橘と一条《いちじょう》しか居ない現状、岡崎は手放せない人材だった。

「いいわ。こき使ってあげるから覚悟しなさい♪」

「女王陛下の仰せのままに」

岡崎が頭を下げた所で、岡崎と橘の携帯が鳴る。トレーディングルームからの緊急コールだ。

私は頷いて、二人を連れてトレーディングルームに入ると、アメリカからの緊急電が届いていた。

この部屋に残っていたアンジェラが顔を青ざめさせながら報告した。

「米国からです。コロラド州で核廃棄物を搭載した貨物列車がトレインジャックされ、デンバーに向かっているそうです。ＦＢＩ、州兵、米軍が動いて対処に当たっているそうです」

世界が変わる瞬間。その舞台の幕が上がった。

九段下桂華タワーの落成記念パーティーは少し遅めの21時からにしている。そうすれば、出席者は大体30分前ぐらいからグラスを片手に歓談できるという配慮が一つ。もう一つは、ここに来る政財界の要人達に何か起こった時にリアルタイムで情報を提示するために。

「コロラド州のトレインジャックは犯人を射殺して解決したみたいです。列車は暴走寸前でしたが、脱線させる事で被害を最小限に抑えたとの事。米国政府機関は警戒を続けています」

アンジェラの報告を聞いている私の表情は硬い。またコロラド州というのが憎たらしい。アメリカ中西部の都市だから、警戒はしていても東海岸諸都市はどうしても気を抜いてしまう。

「放射性廃棄物を積んでいたと聞いたけど、そっちの方の被害はどのようなものかしら？」

「そちらの報告は入ってきていませんね」

真面目そうに報告するアンジェラだが、語感に安堵《あんど》が隠せていない。たとえ脱線して放射性廃棄物がばら撒かれたとしてもデンバー壊滅みたいな被害にならないからで、コラテラル・ダメージの許容範囲内と考えているのだろう。

「それよりもお嬢様。今日のパーティーの挨拶の原稿は覚えましたか？」

「めんどうだから、適当じゃ駄目なの？」

「駄目です。今日は、恋住総理に泉川副総理と政府要人がそろっていらっしゃるパーティーの席です。挨拶も政治である事はお嬢様ならば、理解できない訳ではないでしょう？」

「はーい」

私は渋々原稿を暗記する。このあたりチートボディがありがたい。

「そのかわりに、渡部《わたべ》さんと帝亜《てぃあ》国際フィルハーモニーのセッションを堪能してもらいますから」

「あ。渡部さんＯＫしてくれたんだ♪」

今更恥ずかしいと断っていた運転手兼バイオリニストの渡部さんだが、帝亜フィルの方が乗り気でついに折れたらしい。実際、今でも野良演奏をしているが、人が多すぎて帝西百貨店側がホールを提供したとか。

「台風もだいぶ落ち着いてきたわね」

「ええ。きっと夜には晴れると思いますわ」

何事もなくパーティーが終わって欲しい。私は心からそう思った。

「よ。瑠奈。来たぞ」

「落成おめでとう。凄《すご》いビルだね」

「桂華院家の栄華ここに極まれりと言った所かな」

いつもの面子が私にお祝いの言葉を言う。時間は午後6時。

パーティー前だからこその気軽さと軽めの夕食つき歓談室には、桂華院家の身内と親密な方々のみが呼ばれている。

「いいでしょう♪　私のビルよ。一国一城の主《あるじ》になった気分だわ」

「普通それは家の事を指すんだが、高層ビルに使うのが瑠奈らしいよな」

「おまけに長いローンを組んでというのが相場なのに、一括で買っちゃうのが桂華院さんらしいよね」

「これで堂々と言い切れるのが桂華院の凄い所だよな」

軽くサンドイッチと飲み物をつまみながら雑談していると薫《かおる》さんがお姉さんを連れてやってくる。

桜子《さくらこ》さんと仲麻呂《なかまろ》お兄様の婚約もこの席でお披露目されるのだが、この縁組も紆余《うよ》曲折《きょくせつ》を経てやっと表に出せるという事になった。主に私のせいで。

「瑠奈さん。紹介するわ。こちらが姉の桜子」

「こんばんは。朝霧《あさぎり》侯爵家長女の桜子よ。瑠奈さんのお兄さんの仲麻呂さんには色々とお世話になっています」

「桂華院公爵家の瑠奈です。仲麻呂お兄様をどうかよろしくおねがいします」

「おいおい。僕はそんなに信用がないのかい？」

仲麻呂お兄様もこっちに加わって話の輪の中に入る。桂華院家の中では、私の持つ財産とコネから独立するのではという心配から何とか私を抑えようとする動きがあり、この婚約も流れかかった時期がある。

それでもこうしてお披露目までこぎつけたのは、仲麻呂お兄様と桜子さんの努力のおかげだろう。

「今は岩崎《いわざき》銀行の窓口で働いているの。お札を数えるのは、ちょっと得意なのよ♪」

「お姉さまは、本当は大学卒業と同時に婚約だったので卒業後の準備なんてしていなくて、お祖父《じい》様《さま》に泣きついたのですよ」

「「本当に申し訳ない」」

薫さんの暴露に頭を下げる私と仲麻呂お兄様。急成長した桂華グループの吸収と私の企業群の対立、その代理戦争としての桂華院家の家督争いに決着と言うか妥協が成立したのも、このビルが完成して一国一城の主と内外に宣言できた事と企業群が膨大過ぎて仲麻呂お兄様の手を借りた事で桂華院家の統制がある程度行くめどがたった事が大きいのだろう。

なお、桜子さんが泣きついたお祖父様というのが、岩崎銀行頭取の岩崎弥四郎《やしろう》氏である。

「皆様そろそろ移動をお願いします」

橘の声で皆上層階の会場に移動する。通路の要所にメイドが立ち、私達に礼をする。会場は、既に要人達がグラス片手に歓談している。栄一くんや裕次郎くんや光也くんのお父さん達が見える。恋住総理の下には、話をしたいセレブが群がっている。清麻呂義父様《きよまろとうさま》は、私の晴れ舞台なので陰から見守るつもりらしい。ここに飛行機が突っ込んだらこの国終わるなと自嘲する。

来ないはずだ。ここには。そう断言できないから胃が痛い。

「……では開会の挨拶を、桂華院瑠奈公爵令嬢に……」

スポットライトが私を照らす。前世であれほど憧れたこの光が今は、断罪を受けるようで辛《つら》い。

それでも笑顔を作って、私はその時を迎える。

お願いします。どうか何も起きませんように。

何が起きるか知っているでしょう？

私だけは。


結果、私の願いは叶《かな》わず、私の予想は的中した。

「大変です！　モニターを回します!!　ニューヨークがっ！！！」

ドアを開けて大声で叫んだ岡崎より、正面モニターに皆の注目が集まる。

ニューヨークのツインタワー。その片方が盛大に煙を噴いていた。

「何だこれは!?」

「映画じゃないのか!?」

「嘘《うそ》でしょ……」

最初に思ったのは、ずいぶんと出来の良い映画だなだった。この頃のハリウッドはテロ物のアクション映画が人気で、まだ判《わか》るCG技術がフィクションである事の証拠とばかりに……そんなことを前世で思った覚えがある。

「まだハイジャックされた機は十機近くあると……」

モニターのニュースキャスターの声に中央の私はただモニターを見つめたまま。防げなかった。

防ぐ手はあったのに、最善手を打ったつもりだったけど届かなかった。だとしたら、私は何のために生きているのだろう？

二機目が突っ込んだ。私の中で何かが切れた音がした。

「瑠奈っ！」

栄一くんが駆けてくるのが見える。という事は、今、倒れた私を支えているのは誰なのだろう？

「ゆっくり休みなさい。そしてありがとう。ここからは、大人の仕事だ」

そう言って微笑む恋住総理を見て、貴方ならば任せられるなと思いながら私は意識を失った。


9月12日。

目が覚めたのは翌日の昼過ぎだった。その時には既に世界が変わっていたのだが。なんとハイジャックされた機体は最初の報告では十機に及び、その内ツインタワーに突っ込んだ二機以外に更に二機が目標に突っ込んだ。その目標は、ペンタゴンとホワイトハウスで、それぞれの施設から黒煙が上がり米国政府職員の安否、特に大統領の安否が心配されたが幸運にも難を逃れる事ができた。

テロ事件を受けて休暇先からエアフォースワンで帰る途中でこのテロに遭遇し、そのまま上空で待機しながら指示を出し続けたという。問題は残りの6機だが、これらは情報の錯綜《さくそう》からの誤報と分かり、とりあえず関係者は安堵したがなぜこのような報告が上がってきたかについては既に追及が始まっているらしい。

デンバーのトレインジャックの方だが、こっちの方もこのテロと関連付けられ、米国メディアでは米国を狙った核テロまであったのかと大パニックなっているらしい。で、最低最悪のオチはその日の夕方になってもたらされた。

追いかけていた旧ソ連から流出した二発の核爆弾だが、なんと10年前にイスラエルの情報機関が核爆弾を運んでいた船を洋上で急襲し、奪っていたというのだ。事が事だけに米国には報告がされていたが、92年までの共和党から二期8年の民主党を挟み2000年の大統領選で共和党返り咲きという政権交代時のどさくさで関係者は表舞台から去り、その報告は機密書類の中に消え、イスラエル情報機関も明確な海賊行為なだけに再度告げる事もできず、事ここに至って報告した事で米国は大激怒。

既にイスラム過激派が犯行声明を出したというニュースが流れているが、その過激派自体が会見を開いて否定する等、世界は未だ混乱の坩堝《るつぼ》にあった。

一方我が国だが、秋葉原で発見された爆発物製造未遂事件がこの事件と関連しており、しかも核廃棄物を使ったダーティーテロであった事を公表。米国にお悔やみの言葉を送ると同時に『卑劣なテロを許さない』『日本は米国と共に戦う』と声明を出して、英国と同じく真っ先に米国につく事を宣言。世界は混乱と戦争の熱狂に包まれようとしていた。

「お体は大丈夫でしょうか？　お嬢様」

九段下桂華タワーの最上階の私の寝室で私はベッドに寝たまま東京の景色を眺める。今の東京はさらなるハイジャックを防ぐために空路が全面閉鎖されており、移動や物流が大混乱に陥っているらしい。

それ以上に大混乱だったのは市場で、東京・ロンドン市場は見事なまでに大暴落していた。

「とりあえずは大丈夫。体はね」

防げなかった。手を打ち、それでも届かなかった。あげくに四機目がホワイトハウスに突っ込んだか……私は何をしたのだろう？

「もう少し寝るわ」

「かしこまりました。起きられましたら、お食事にしましょう。あと、カウンセリングを用意させています」

橘の声を聞きながらベッドに横になる。そのまま私は意識を手放した。

（お兄様！　どうして瑠奈を置いて逝ってしまったのですか!!

お兄様が居なくなったら、瑠奈は誰を頼ればいいのですか！！！）

ああ。これは夢だ。だって、仲麻呂お兄様はまだ生きているのだから。

（桂華院家もこれでおしまいだな。仲麻呂様が亡くなられた事で、中の統制が完全に崩れた。清麻呂様もめっきりお老けになられた）

（かつての桂華グループも今や昔。多くの企業が潰れるか救済合併されるかでグループは解体。唯一残った桂華製薬も岩崎製薬と合併で主導権は向こうに持っていかれたし、残るは公爵位のみと来たもんだ）

（今更こんな爵位をもらっても役に立つものか。ただでさえ、桂華院家は華族社会のはみ出し者なのだから、このまま朽ちて滅びるのは目に見えている）

好奇の視線、いや、もっとはっきりとした下衆《げす》な視線が葬儀の場の私に注がれる。

もはや、頼るあても力も失った私は、その身しか残っていない。

（義父様。お兄様。瑠奈はやって見せます！　絶対に桂華院家を潰させはしませんとも。そのためならば、悪魔に魂を売りましょうとも……）

駄目！　その手を取っては!!　その悪魔は最後貴方を破滅に誘うのよ！！！

けど、夢の中の私に私の声は届かずに、夢の中の私は深淵《しんえん》に落ちてゆく。

「駄目っ！！！」

叫びながら目が覚める。時計の針は深夜を指しており、カーテンを開けると、未だ綺麗《きれい》な東京の夜景が広がる。その日常が嬉《うれ》しく、その日常が変わったことを否応《いやおう》なく思い知らされたのは、交差点に佇《たたず》む警察官と警備員と自衛隊員の三者の姿だった。

「お嬢様？　どうなさいました？」

ドアの向こうから橘の声が聞こえる。

その声に私は少しだけ深呼吸をして心を落ち着かせる。

「悪い夢を見たわ。今は大丈夫だけど、明日カウンセリングを受けたいから、学校は休みます」

「かしこまりました。お飲み物はいかがでしょうか？　ホットミルクでも用意させますが？」

「頂戴。それとお腹《なか》が空《す》いたから何かつまむものを」

「では、サンドイッチを用意させましょう」

ふと夢を思い出して私は橘に問いかけた。そう。あれは夢だと自分に言い聞かせて。

「橘。仲麻呂お兄様と清麻呂義父様はどうしているのかしら？　はしたない所を見せちゃったわ」

「お二人ともこちらに残られていたのですが、あの情勢でお二人ともお出かけになられています。清麻呂様は枢密院へ、仲麻呂様は茅場町《かやばちょう》の桂華金融ホールディングス本社の方で、ニューヨークの社員安否の確認を行っているはずです。」

橘の報告に安堵のため息をつく。

「では失礼いたします。何かありましたらボタンを押して呼んでくださいませ」

橘の声が遠ざかり、私は再度ベッドに横になる。

灯《あか》りをつけてパソコンをつけると、あのテロの情報で世界が沸騰しているのが分かる。

「お嬢様。サンドイッチをお持ちしました」

ん？　橘とは違う声に戸惑いながら私はドアを開けると、そこに居たのはたしか橘の孫の由香《ゆか》さんだった。

「あら。貴方橘のお孫さんの……」

「はい。由香です。お嬢様にサンドイッチを持っていくようにお祖父様から。お祖父様は今、ムーンライトファンドのディーリングルームの方にいらっしゃいます」

そうか。橘もこの事態に奔走していて、私につきっきりというのは難しいのだろうな。

それでも、私が起きるまで私の側《そば》に居たのだから本当に感謝しか無い。

「由香さん。よかったら少しおしゃべりしない？」

「いいですよ。でしたら、お願いがありまして……」

そう言って、私と由香さんの腹の虫が盛大に鳴る。彼女もこの事態で緊張して、食事が喉を通らなかったのだろう。

「……という訳でして。私もサンドイッチ頂いてよろしいでしょうか？」

恥ずかしそうに告げる由香さんに私はやっと笑みを作ることができた。

彼女の気遣いなのか天然なのか知らないが、そんな当たり前がこんなにも愛《いと》おしい。

「いいわよ。食事は一人で食べるより、二人で食べたほうが絶対に美味しいわ」

この後、本格的に桂華グループ企業を動かす橘に代わって、由香さんが私の側につくようになる。

そんな二人の深夜のサンドイッチは忘れるつもりはない、私達二人の秘密。

私は大事を取ってその週は全部休むことにして静養とカウンセリングを受けつつ、学校に登校したのはその翌週からだった。

「お。瑠奈。もう大丈夫なのか？」

「とりあえずはね」

私は笑って栄一くんに答える。その後で、裕次郎くんと光也くんも私に挨拶する。

「おはよう。桂華院さん。とりあえず元気そうで何より」

「おはよう」

当たり前の日常。それがこんなにも愛しい。だからこそ、私はいつものように挨拶する。

「おはよう。みんな」

世界が変わっているというのにもかかわらず。その変化を止められなかった私は、その日常を受ける資格があるのだろうか？

少なくともあのテロがイスラムの過激派の犯行で、彼らをかくまっているアフガニスタンを討つべしという声はこの時点で米国を始めとした国際世論になりつつあった。

だが、それとは別に頭を抱えたのはその当事者となる軍人達である。

理由はアフガニスタンの地理的要因にある。

「内陸国って事はどこかに拠点をつくらないときついんだろうが……」

放課後の勉強会。栄一くんが新聞と世界地図を見ながら私に話を振る。私は宿題をしながら適当に栄一くんの相手をしていた。裕次郎くんと光也くんはそれぞれ委員会に出ていてここには居ない。

「パキスタンの動向が読めないのよね。あの国の軍部がイスラム過激派と繋がっているから、米国側につきたいけど旗幟《きし》を鮮明にしたら国内でクーデターが起こりかねないの。北部同盟が守りを固めているみたいだけど、激戦になっているみたいね」

あのテロの後、連動するかのようにアフガニスタン内部では北部同盟に対する攻勢が強化され、北部同盟が防戦に追われていた。北部同盟の将軍を狙ったテロ未遂もあったので、それが成功していたら北部同盟が瓦解していた可能性もあっただろう。

これに、米国は機敏に反応した。北部同盟側の国境に接しているタジキスタン・ウズベキスタン両国と交渉し基地を置く傍らで、ＰＭＣを介して北部同盟の支援を開始したのだ。

まだアフガニスタン国境を越えていないが、この両国に派遣された連隊規模の兵力はＰＭＣの皮をかぶった元米軍なのは言うまでもない。というか、両国の兵力派遣が外交的に正式に決まれば、彼らは制服の隠蔽用テープを剥がして星条旗を見せるのだから今や隠す素振りすら見せていない。

この両国への派遣をサポートしたのが我が国というかたちである。同盟国があれだけやられて、自国でもテロ未遂をやってくれた奴らに容赦はないとばかりに、恋住総理承認の元で自衛隊派遣の前準備とばかりにうちのＰＭＣが出動準備していたら米国から待ったがかかったのである。

「頼む。奴らを最初にぶん殴るのは俺達にさせてくれ」

という交渉があったとか無かったとか私は詳しくは知らないが、タジキスタン・ウズベキスタン両国のパイプと拠点は米国がお買い上げとなり、こちらが用意していたＰＭＣは第二陣以降に回ったという訳だ。

一方、武器弾薬の提供も躊躇《ためら》う事なくやっている。ソ連によるアフガン侵攻からかの地の武装勢力は東側製武器を扱い慣れており、これ幸いと北日本政府製の武器弾薬を在庫処分価格で政府がうちに押し付けたのだ。

目玉はＴ－72戦車30両で、自衛隊から払い下げられたこの戦車を赤松商事が買い、それをタジキスタン政府が買うという名目でロシアの航空会社からチャーターしたＡｎ－１２４がひっきりなしに運ぶあたり、ロシアもこの件で敵に回るつもりはないらしい。

この目玉商品を買ったのもタジキスタンが雇ったという米……げふんげふん。ＰＭＣで、もちろん北部同盟に渡すために国境を越える訳でして。ええ。戦車の他に対戦車ロケット等の武器弾薬に食料・医療品等の物資が山程積まれたトラックも一緒に国境を越えることになる。

きっと、今あの二カ国にいるＰＭＣは、表に出せないけど米軍特殊部隊という肩書ばかりの人達なのだろうなぁ。

「米軍自慢の空爆もパキスタン領内を通らないとできない訳で、どこもパキスタンがどう動くかに注目しているわ」

「で、そんな時にこれか……」

栄一くんが新聞の国際面を見ながらため息をつく。インド国会議事堂でイスラムテロリストが銃を乱射し死傷者が出たニュースがでかでかと載っており、インドは準戦時体制に移行。パキスタンも戦時体制に入り、今や一触即発の状態になろうとしていた。

「テロリストの目的がこの混乱なのだとしたら、現状テロリストの方が一枚上手なんだろうな」

「冷戦終結と湾岸戦争のツケがここで出ているのよ。ある意味ツケを払っているとも言えるわね」

少なくともここでインドとパキスタンが戦争なんておっぱじめたら、アフガニスタンは脇に置くしかなくなる。

軍隊を展開するにも維持するにも拠点は必要で、その拠点として一番効率の良い港はパキスタンのカラチ港なのだから。パキスタンをテロ勢力に走らせないようにする事ができるかどうかは、その後の戦いの展開に関わってくる。

（そして、テロリストが核を持っているかどうかがわからない……）

私は黙って懸念点を考える。彼らはネットを通じてテロの成功と、核の脅迫を宣言したのである。

「我々の事は我々が決める。それを欧米は力で我々を従わせようとしている！　我々はもう欧米の力に怯《おび》えない!!　なぜならば、我々も欧米の力を手に入れたからだ！！！」

ここであえて核というワードを言っていないのがポイント。散々この核に振り回されたあげくに今回のテロという醜態を晒しているのだから、今更無視する訳にもいかない。

その上テロが成功した事で、中東諸国の原理主義勢力が騒ぎ出し、米国についた政府を激しく非難していた。世界はまるで第三次世界大戦の前夜のように見えていた。

「瑠奈。無理をするな」

私の耳に不意に全く脈絡無く栄一くんの言葉が届く。気づいてみたら栄一くんは真顔で私を見つめている。宿題をしていた手が止まる。その言葉に固まった私に、栄一くんは再度ゆっくりと言った。

「泣いていいんだ」

ああ。そうか。私は泣く事すら忘れていたのか。その感情に気づいてしまった私の視野が涙でぼやけた。

「しばらく席を外す。誰も来ないようにするから」

その声に我慢ができなかった。栄一くんが出ていって扉が閉まると涙を流し、大声で私はやっと泣けた。栄一くんは私が泣くのを邪魔しなかった。

「ありがとう。取り乱しちゃって」

しばらくして、泣いて泣いて泣きじゃくった後、栄一くんがハンカチを差し出す。私を元気づけようと笑顔で。

「いいよ。瑠奈も俺達と同じ子供なんだってわかったから」

どくん。その笑顔に私の心臓が鳴った。

「なにそれ？」

「さあな。そろそろ行こうか。裕次郎と光也が待ってる」

気づいてはいけない。そんな事をする余裕もない。

「ええ。行きましょう」

けど、栄一くんの笑顔と温かさは忘れたくは無かった。泣き濡《ぬ》らしたハンカチをポケットに入れて、私は栄一くんの後を追う。そんな私は我儘《わがまま》なのだろうか？


【用語解説】
・強化装甲骨格……『ケルベロス・サーガ』
・掃除……部屋を綺麗に……ではなく盗聴等の危険がないという隠語。
・北部同盟……アフガニスタンにおける武装勢力の一つ。同時多発テロ時に指導者の将軍が暗殺されるが、その後のアフガン空爆に合わせてタリバン掃討に協力する。
・水爆を積んだ爆撃機が事故で墜落……『チューレ空軍基地米軍機墜落事故』や『パロマレス米軍機墜落事故』の事。
・ＰＴ－23……英語表記だとＲＴ－23。列車搭載型ＩＣＢＭ。鉄道網を使って移動するからその補足はとても困難。
・デンバーとボルチモア……『アトミックトレイン』と『トータル・フィアーズ』。
・アニメ映画監督の巨匠の新作……『千と千尋の神隠し』。
・新しい遊園地の開園……『東京ディズニーシー』。
・TVドラマじゃないですけど、超常現象を扱う部署……『X‐ファイル』。
・内陸国のジレンマ……空母からアフガンを空爆する場合、イランかパキスタンの領空を通過せねばならず、現実ではパキスタンもイランも米軍機を見なかったことにして通した。
・パキスタン政府……政府よりも軍が強く、クーデターで参謀総長が大統領に就任している。その軍内部でも力を持っているのが情報局で、イスラム原理主義勢力の実質的後ろ盾になっているだけでなく、核開発を主導した部署でもある。
・インド国会議事堂襲撃事件……現実にはこの年の12月に発生しており、アフガンがひとまず片付いた後だったのでタイミングを逃した形に。この物語では最良のタイミングで仕掛けたために、インドとパキスタン間が開戦前夜の雰囲気に。

『そうですね。あの時の記憶ですか。私は宿泊先のフェリーの部屋、ええ。大部屋で休んでいた時に、あのニュースを見たんですよ。誰もがテレビから離れませんでしたね。しばらくして、船内放送で全員待機の指令が来て、上の連中が慌てて何処《どこ》かと連絡をとっていたのを覚えています。

ちょうど台風が来て、明日にはその災害派遣に出向く予定だったので、急遽《きゅうきょ》私達《たち》に出動がかかるなんて思っていたのですが、行き先は都内の警備でした。つまり、警察や自衛隊が別の事に駆り出されていると否応《いやおう》なく感じましたよ。どれぐらいだったかな……たしかツインタワーが崩れた後だったと思いますが、警視庁の警部がやってきてその指揮下に入る事と武装許可の命令が出たのは。

私は元々北日本の兵士で、武器については一通り扱えますが、指揮をする警部さんの方が顔が青白くなって見るに堪えない姿だったのを覚えています。

軍に居た時は、党のエリートの士官なんかが同じ姿をよく晒《さら》していましたからね。

「大丈夫です。めったに敵なんて来ませんよ」と励ましたのを覚えています。それに、今回の敵は飛行機です。空の上だし、来た時には死んでいますよなんて言う冗談は口にしませんでしたが』

――ある警備会社警備員の述懐

『あの時、羽田空港に居たんですよ。新千《しんち》歳《とせ》空港行きの最終に乗ろうと思ってね。で、ターミナルで待っていたら、行き先案内板が一斉に消えて、次々と飛行機が見合わせになっていったんです。館内放送で「現在全ての出発便を見合わせています」なんて言っていましたが、誰もが言わなくても待合室に置かれていたテレビが全てを物語っていましたよ。煙を上げているツインタワーが。どれぐらい経《た》ったのかな？　たしかツインタワーが崩れて、政府が発表をしたから日を跨《また》いだあたりかな？　続々と警察官と警備員と自衛隊員の車両が空港にやってきて、空港の警備についていくんです。

自衛隊なんて銃を担いでじっと立っているんですよ。彼らが空港職員と共に毛布や携帯食料を分けてくれたので、すごくありがたかったのを覚えています。ですが、その光景にものすごく違和感を覚えたのを思い出しましたよ。

結局、空港は翌日には閉鎖。自衛隊や警察や警備員の見ている中待合室で夜を明かして、新幹線で帰りましたよ。まだ八戸《はちのへ》までができていなかったので、盛岡からが大変でしたよ』

――ある旅行者の述懐

『あの映像をトレーディングルームで見ていたのですが、何が起こっているのか理解したくなかったですね。ただ、誰が言ったのか思い出せないのですが「これはとんでもないことになるぞ」と言った言葉が耳に残りました。

米国市場はＩＴバブルが崩壊して下落基調でしたから、大暴落はあるなと思っていたのです。

結局、ニューヨーク市場はその日休日となったのですが、損失覚悟で全ポジションを寄り付きで決済するという上の方針に反対なんてできませんでした。ところが、ファンド側でおいてあった取引判定用コンピューターが暴落途中から「買え」と指示を出してきたのですよ。

この大暴落中にですよ!?　うちのボスはＴＶ見てぶっ倒れたらしくて指示が出せない状況で、現場はそのまま損失覚悟で全部売り払いました。

結果？　ええ。コンピューターが正しかったんですよ。我らがボスはこの時出た百数十億円の損失を笑って許してくれましたけど、今でもニューヨーク市場のあの大暴落は思い出したくないですね。

あの後、ゼネラル・エネルギー・オンラインの破綻もあって、散々な結果でしたよ。

それでもこうして語れるだけ私はましな方でしょうね』

——あるトレーダーの述懐

『あの後しばらくして飛行機が再開したのですが、そりゃもうガラガラで。あんな事があったから乗りたくないんでしょうな。その分、新幹線と船は超満員で、政府も八戸への新幹線延伸の大工事を大急ぎでするだけでなく、鉄道も夜行列車の大増発に踏み切る事に。東北新幹線は、上越・長野・山形・秋田と各新幹線が東京に乗り入れる形になるので、とにかく終着駅の上野と東京のホーム容量が足りなくなって、慌てて新宿新幹線を作る始末。かわりに上野発の臨時夜行列車なんて贅《ぜい》沢《たく》なものに乗れて……失礼。話がそれましたね。

乗ったのは羽田—新千歳行きのＡＩＲＨＯ便なんですが、ボーイング７３７−７００は約１００

席ばかりあるのだけど私が乗った時はあの直後だったから30人も乗っていなかった気がするなぁ。
あの航空会社は客室乗務員さんがロシア人メイドで可愛《かわい》いと評判だったのですが、この時ばかりは可愛いではなく凜々《りり》しいと思ってしまいましたよ。後で知ったのですが、この航空会社の客室乗務員は元北日本政府の女性軍人だったらしく、対テロ・ハイジャック訓練を受けて万一に備えていたそうですよ。
あれが起こった米国ではスカイ・マーシャルでしたっけ？　あんなものを乗せて飛ぶらしいですが、時代が変わったという事なんでしょうね』
――ある旅行ライターの述懐

『私が彼女に出会ったのは、たしか百貨店の仕事で写真を撮る最初の打ち合わせだったかな？

こっちも仕事だが、向こうも経営が苦しくて何かイメージがちぐはぐで揉《も》めたのを覚えているわ。

で、そういう時はとりあえず私は現場に出る事にしているの。百貨店なんてそれこそ人相手の商売だからね。そんな時に彼女を見つけた。ああ。きっと私は彼女を撮るためにこの仕事をしてきたのだとその時に思ったわ。

そりゃもう強引に口説き落とした。後で百貨店側から正体を聞かされて自重を求められたけど、知ったことではないしそれが芸術家という人種だからね。

彼女の瞬間を写真という永遠に留《とど》め、それを歴史に残す。

だから、彼女絡みの仕事だったら強引に割り込んだし、彼女もそれを苦笑しながら許してくれたからこそあの写真が撮れたと思う。あの瞬間、ツインタワーの飛行機テロを見て崩れ落ちる彼女を支えた時の宰相の写真をね。私の最高の仕事の一枚だと思うわ。

あとは彼女のヌードを撮れば私はこの仕事は辞めてもいいと思っているのだけど、さすがにガードが固くてね。君、何か良い案は無いかしら?』

——ある写真家の述懐

『国土交通省は洋上都市法の制定を前提に、関係各所への働きかけを加速する事になった。ゲーテッド・コミュニティの一環として、一条《いちじょう》民間委員から経済財政諮問会議で出されたこの提案は同時多発テロ後に議論が進展し、洋上都市法として秋の臨時国会で成立する運びとなった。これはテロ後に起こった治安改善問題の一環として、犯人及び支援グループが東京湾のボートハウスを拠点にしていた事が警視庁の調べで分かった事が大きい。都心の地価はバブル期の価格から半値以下に下がったとはいえ一般市民に手が出せる価格ではなく、3K職についている二級市民の生活の場としてのボートハウスは犯罪の温床として危険視されていた経緯がある。この法律は東京湾に急増しているボートハウス対策の核として用いられる予定で、木更津に実験都市の名目で老朽化した30万トンタンカー数隻を使って上層部に居住区を下層部に上下水及び発電などのインフラを整備した人口一万人程度の都市を用意する予定だ。予算規模は二百億を予定し、タンカー数隻をつなぎ合わせた人口一万ほどの都市ができる事によって、都内で居住地を探すのが難しい二級市民上層階級の人間が既に移住を希望しており……』

『桂華《けいか》グループはカード事業を大規模に再編する。これまで、桂華金融ホールディングスのカード事業と帝西百貨店のカード事業が別々に展開されていたのだが、これを統合。東日本帝国鉄道が発行する予定のICカード規格に合わせる事でキャッシュカード・クレジットカードとしての機能も付与。桂華グループの社員証もこの規格にする事で、一気にカード普及を加速する狙いがある。更に、都庁および北海道庁及び樺太《からふと》道庁と提携して身分証としての機能を持たせる事を合意。住所に携帯の番号と証明写真を登録させる事で公的身分証として扱い、未《いま》だ身分登録すらしていない二級市民に対して法の保護をかける事を目的にしている。同時多発テロ後にこの手の身分証明を持たない二級市民達が就学や就職を断られたりするケースが頻発。政府が対処に動いていた所だが、先に自治体と民間企業が公的身分を保証する事で自社社員を守る形となった。カードにはいくつかの種類があり、発行に委託金を払う身分証明用のレッドカードから、鉄道利用時の現金チャージ機能つきのオレンジカード、それにキャッシュカード機能がついたイエローカードに、クレジットカード機能がついたグリーンカード等がある。そこから先は華族や財閥関係者等のセレブ用カードとなり、最上位のウルトラ・ヴァイオレットカード保持者は現状の所一人しか登録されていないと桂華グループ広報は発表している。野党は政府の動きの遅さに批判を……』

『赤松商事子会社の人材派遣企業シビュラが現在注目を集めている。この企業は世界一のスーパーコンピューター「シビュラ」を用いた雇用動向をインターネットで常に提示する事で失業率の改善を図ろうとしている点だ。全国の求人企業及びハローワークと業務提携し求人広告を毎日登録更新。市町村単位でどの業種に募集がかかっているかを可視化させるだけでなく、携帯GPS機能を使って表示させる。それだけでなく、その職につくための資格や資格取得の資金及び日数の提示とその資格取得の自治体補助の有り無しまで見せることで、テロ後に悪化しつつある雇用率の改善を図る。シビュラによって全国自治体レベルの雇用状況が可視化された結果、都市部の職は3Kを中心に未だ募集があり、二級市民と一般市民がその職を奪い合っている構図が……』

『アフガニスタン内戦が激しさを増している。北部同盟に対するイスラム原理主義武装勢力の総攻撃は失敗に終わり、北部同盟はアフガニスタン北部の要衝マザーリシャリーフ奪還の動きを見せているが武装勢力側は大量破壊兵器による脅しを行っており予断を許さない。現在のマザーリシャリーフにはイスラム武装勢力が旅団規模で守備についているとみられ、北部同盟側は各地での武装勢力の攻勢に晒された結果、攻撃する戦力の抽出に苦労しているという。その一方で、隣国ウズベキスタンやタジキスタンからは北部同盟を支援する義勇兵が送られており、大隊規模の戦車が国境を越えたという報告に武装勢力側は「内政干渉」と非難声明を出している。これら義勇兵の支援の陰には先のテロで攻撃を受けた米国がいる。米国議会が正式にアフガニスタンに対する武力行使を承認する間北部同盟が崩壊しないように……』

『ミッションの概要を説明します。依頼主はペーパーカンパニーのフリーダムフォース。

依頼内容は、サラン峠を占拠している敵ゲリラ勢力の排除です。

サラン峠はアフガニスタン首都カブールを守る最後の砦《とりで》で、敵ゲリラ勢力は連隊規模の戦力を置いて守備についています。この峠にはトンネルが掘られており、このトンネルは絶対に確保してください。支援は多国籍軍の航空支援が受けられます。

彼らとの交信チャンネルは……確実なミッション遂行を期待しています』

『作戦を説明する。雇い主はＩＳＩ。

目標は、カイバル峠のゲリラの補給施設の完全なる破壊だ。

現在パキスタンは同時多発テロを起こしたイスラム武装組織を非難しているが、国内には賛同者も多く義勇兵という形で敵ゲリラ勢力を支援している。某国の特殊部隊が殲滅《せんめつ》作戦を行う予定だが、その前に殲滅して欲しい。危険な仕事だが、その分報酬は高いし、皆殺しにして構わない。

作戦に当たり、Ｍｉ－24を三機用意している。

連絡を待っている』

『作戦を説明する。依頼主は赤松商事子会社の北樺《きたかば》警備保障。

小さな女王陛下のエスコート・ガードと言った方があんたらには分かりやすいかな？

任務内容は北部同盟軍への軍事アドバイザーだ。

北部同盟軍は多国籍軍の支援の元サラン峠の突破を狙っているが、北部同盟軍は寄せ集めのため、訓練と軍事アドバイザーが必要になる。特に、フリーダムフォースから北部同盟に譲渡したT－72戦車30両の戦力化はサラン峠突破後の首都カブール攻略に必要になる。これは極秘情報だが、赤松商事は北部同盟に更に戦車部隊を譲渡する用意があるらしい。つまり、この軍事アドバイザーはかなりの長期ミッションになり、北樺警備保障及び赤松商事との繋《つな》がりを強くする好機という訳だ。

そちらにとっても悪い話では無いだろうと思うから、良い返事を期待している』

『この作戦は、革命防衛隊の非公式ミッションである。

作戦目的はアフガニスタン第三の都市ヘラートの占拠および防衛だ。

現在ヘラートは武装組織が占拠しているが、北部同盟軍が奪還のため部隊を送っている。この部隊より先にヘラートを落とし、北部同盟軍をヘラートに入れさせない事がこのミッションの目的である。諸君らがヘラートを占拠後、北部同盟軍と対峙《たいじ》した時点で、「武装勢力掃討と解放軍救援」を名目に革命防衛隊が国境を越える手はずになっている。その性質上多国籍軍の空爆の対象になるが我々はそれについて関与できない。多額の報酬を用意している。

命知らずは連絡してくれ』

『RAWからの非公式ミッションの依頼だ。

パキスタン内部に潜入し、その核管理について調査をする事がミッションの目的だ。

現在、アフガニスタンでは多国籍軍が介入、インド・パキスタン国境ではインド国会議事堂襲撃事件を受けて、戦時体制に移行して対峙している。ここで問題になるのがＩＳＩの影響下にあるアフガン武装勢力で、ＲＡＷは武装勢力に核が譲渡、もしくはＩＳＩがアフガンに向けて核を撃つ可能性を排除できていない。この調査は、モサドが支援してくれる事になっている。

良い返事を待っている』

『依頼主は東京湾洋上都市建設機構。

今国会で成立した洋上都市法に則《のっと》って木更津沖に洋上都市建設を進めているが、この建設現場の警備と同時多発テロ後に起こっている二級市民排斥運動の排除が目的となる。

二級市民は犯罪組織との癒着が噂《うわさ》されており、機構はこの建設を成田闘争の二の舞にしたくないらしい。

自治体内部に敵の内通者が居るため、この任務はあくまで極秘ミッションとなっている。

報酬は前払いで……悪い話ではないと思うがどうだ？』

『依頼主は秘密だが、その分報酬はでかいやばい話だ。

狙いは、新宿ジオフロント。その調査と破壊だ。

同時多発テロで世界はその脅威を目にしたが、それを防いだ日本に対してその脅威を教えるのが目的だ。現地過激派が協力を約束しているから、彼らと接触してくれ。

また、世界を革命したいなら依頼主を教えよう。良い返事を期待している』

アフガニスタン内戦が、有志連合軍の介入によって北部同盟の勝利となったのまではいい。

問題はその後で、行政機構の未成熟に対米感情の反感、そしてパキスタンからの義勇兵をもって、アフガニスタン南部を拠点に武装勢力の反攻が始まった。

その一方で、武装勢力を首都から追い払った米軍は次のイラクに向けて戦力を再編し、このアフガンの治安を担うのは、有志連合が資金を出し、国連が作った暫定行政機構がお墨付きを与えたPMCだった。そのPMCの中心になったのは、ロシア、北日本、インド出身者から成る元軍人達《たち》で、ロシアと北日本は食うために、インドはカシミール問題と国会議事堂テロの復讐《ふくしゅう》を兼ねての参加である。

だが、米軍が航空戦力を残してアフガンから撤退する意向を見せた結果、新生アフガン政府設立から外れた形となったアフガンの最大民族で、武装勢力の母体だったパシュトゥン人を中心にアフガン南部で蜂起が勃発。これと時を同じくして隣国パキスタンから義勇兵が流れ込み、首都奪還の動きを見せたのである。

これは、PMC側にとっては予想された、というより誘っていた動きだった。特にインド人傭兵《ようへい》は元インド軍だけあってアフガンの事情をまったく斟酌《しんしゃく》するつもりはなく、ロシア人も過去の因縁から喜んでその復讐に手を貸した。

後に、カンダハールの虐殺と呼ばれる、アフガニスタン南部全域の化学兵器および大量虐殺兵器使用はこのような状況で行われた。

もちろん国際社会はこれを形だけは非難したが、その非難も崩れ落ちるツインタワーと、炭疽菌《たんそきん》でパニックになった米国の混乱がメディアに流れ続けた事で、お互い様の同情しか得られなかったことが、この悲劇を黙認した。

毒ガスおよび、クラスター弾頭の無差別攻撃によって、公式に発表された民間人を含めた犠牲者数は三十万人に及ぶ。そして、この悲劇の滑稽な所は、誰にとっても正当化されたという一点につきる。

米国は自国兵士が行った訳ではないこの虐殺を表向きは非難しつつ、同時多発テロの復讐として米国民は喝采をあげたのである。昔、アフガンで痛い目を見たロシアも、この間テロで痛い目を見たインドも似たようなものである。

アフガン少数民族が多数派だったアフガン暫定行政機構は、ここで最大民族のパシュトゥン人が被害を受ける事で政府内の勢力争いを有利にしようとし、被害者であるパシュトゥン人ですら被害者をアピールしてイスラム聖戦士達からの支援を求め、パシュトゥン人が多く住み国内過激派の処遇に困っていたパキスタンは、喜んで彼らをアフガニスタンに義勇兵として送り出すことで国内統制を引き締めようとした。

そして、米国の次の目標であるイラクは、この暴挙を見て、対抗するだけの大量破壊兵器がなければならないと決意し、大量破壊兵器の確保に動こうとする。開戦の口実が欲しかった米国の諜報《ちようほう》網《もう》の真ん前で。

『我らが民を殺した米国とその仲間達に復讐を！　同胞よ、我らの怒りを晴らし給《たま》え!!』

死者の街と化したカンダハールの壁に書かれた落書きの写真は一躍有名となった。それ以上にこの写真が有名になったのは、誰が書いたか知らない、おそらくはＰＭＣの兵士が付け足して書いた次の落書きによる。

『その同胞も核数発で消える』

後にアフガニスタンで核を使わなかったのは、核を使う目標が無かったからだと言われるようになるが、その指摘はある一面でとても正しかった。

そして、激怒した米国が核を使うならばと国際社会が考えた時、その国はうかつにもというかやむを得ずと言うか、悪事の痕跡を残してしまった。

後のイラク戦争の大義名分となり、その正当性について今でも議論がされるその理由はこうして提示された。

なお、この虐殺に参加した部隊だが、その資料の大半が機密となっており、未《いま》だ多くを知る事は出来ない。とはいえ、大量破壊兵器の運用は国家でないとできないから、米国が提供したそれをインド軍が使用したのではないかと推測されている。

そんな彼らが所属していた部隊も機密の中に守られており、その名義を貸したと噂《うわさ》されるＰＭＣの一つが北樺《きたかば》総合警備と言われているが、公式には否定されている。

【用語解説】

・洋上都市……九竜城や軍艦島みたいなもの。ちなみに、ボートハウスは戦後結構な時期まで残っていた。

・カード事業のカードの色……ＴＲＰＧ『パラノイア』

・マザーリシャリーフ……当時のニュースでも焦点になった町でここの陥落が武装勢力の崩壊のきっかけとなった。

・ＩＳＩ……パキスタン情報局。実質的パキスタン軍の中枢で、国政に多大な影響力を持っている組織。

・エスコート・ガード……ボードゲーム『エスコート・フリート』。

・革命防衛隊……イスラム革命防衛隊。イラン正規軍とは別組織の部隊で、陸海空だけでなく民兵から系列企業まで持っている軍事組織。反米傾向が強い上に、政府の統制が中々利かない。イラン政府はアフガンにおいては中立および米国よりの態度をとっている。

・ＲＡＷ……インド内閣官房の研究・分析局で、インドにおける最強の特務機関。

マザーリシャリーフ空軍基地。アフガンに介入した米軍の拠点であり、滑走路にはひっきりなしに輸送機がおりては兵士と物資を降ろしてゆく。

北部同盟軍は二手に分かれ、一軍は西部の要衝ヘラートを目指し、もう一軍は首都カブールを窺《うかが》っていた。身分を隠さなくてもよくなった特殊部隊の方々は遠慮なく星条旗の下に戻り、それまでの身分偽装に使っていた武器や装備一式は『ほぼ』全部北部同盟に譲渡された。

ほぼ、である。目玉の戦車大隊すら手放したのに彼らが手放さなかったもの、他の米軍にも渡さずにいたのは……食料である。というか、レトルトカレーとカップ麺である。もちろん日本製。

最初にタジキスタンとウズベキスタンに拠点を構築していた日本の商社が自前のＰＭＣに食わせる分を、兵器ともども米軍がまとめて買い上げたのだ。アフガン戦の先陣をきった特殊部隊の皆様はこの日本の狡猾《こうかつ》な罠《わな》に見事にハマった。

「うめぇ」

それを誰が咎《とが》められようか。レーションばかりで飽きるのに、お湯さえ確保できるならばこんなにも美味《おい》しい食事が用意されるのだ。とくにカレーは日々配給の食事にかけるだけであら不思議。豪華なディナーにと大評判だった。おまけに、甘口・中辛・辛口と辛さが三種類も別れているのが憎たらしい。カップ麺にカレーを入れるという悪魔的発明は多くの兵の魂を奪い去った。

カップ麺も負けてはいない。

「ひもじい。寒い。もう死にたい。不幸はこの順番にやってくる」

カップ麺を生み出した土地に残る言葉らしいが、温かい食事というのはどれほどモラルを回復するかの一例と言えよう。

実際、山岳乾燥地帯であるアフガニスタンは温度差が激しく、夜は本当に寒いのだ。そんな中で温かい食事が食べられるという事がどれほど兵にとってありがたい事か。

かくして、レーションの日々にレトルトカレーやカップ麺という楽しみが加わった。それを後から来た米軍兵士が羨ましがらない訳がない。この手の携帯食は、タバコや酒と同じくある種の通貨になるのだ。かくしてあとから来た米軍もハマった。

「うめぇ」

そんな折に、タジキスタンとウズベキスタンに物資を集めていた日本の商社の担当から、お買い上げになった特殊部隊の兵站《へいたん》担当にメールが届く。後にそのメールを受け取った人物は、『麻薬の売人でも真似《まね》できないそのタイミングに脱帽した』と語っている。

「私物購入扱いなら送るけどどうよ？」

「ＯＫ！」

もちろんバレて壮絶に揉《も》めた。『何でお前だけいいもの食べているんだよ！』は戦場では下手すれば殺し合いに発展しかねないからだ。実際、カレーの奪い合いから喧嘩《けんか》が発生し、その原因となったカレーを食べた憲兵《ＭＰ》が残した言葉が全てを物語っていた。

「うめぇ」

日本という国の食に対する情熱を舐《な》めていた一例と言えよう。

若かりし頃ベトナムを経験していた米軍上層部は事情を知って、あまりのヤバさに頭を抱える。不味《まず》くてワンパターンな食事がどれだけ士気を蝕《むしば》むか、自分達《たち》が一番良く知っているからだ。

で、解決手段を取ることにした。つまり、その商社にカレーとカップ麺を大量発注したのである。

担当が九段下桂華《けいか》タワーの自分の部屋でほくそ笑んだのは言うまでもない。ただ一つ、この担当の誤算があるとすれば、早々に上司の上の人間に抜擢《ばってき》されてしまい、これ以上の功績を立てなくて良くなったことなのだが。

「……？　ねぇ。橘《たちばな》。何で帝西フードサービスの売上が急上昇しているの？」

「たしか、赤松商事が大量発注して海外に輸出していますね」

「ふーん。日本食ブームでも起こっているのかしら？」

カップ麺とレトルトカレー。それは日本の誇る戦略物資の一つであり、各地の戦場で多くの将兵達がこの言葉を呪文のように唱えているという。

「うめぇ」

と。

そんな事をやってのけていた岡崎祐一《おかざきゆういち》はトレーディングルームでタバコをふかす。

モニターが並び世界中の情報が集まるここは九段下桂華タワーにあるムーンライトファンド東京本拠の中枢であるが、その主《あるじ》たる桂華院瑠奈《けいかいんるな》はめったに入らない。あまりにもタバコ臭いからだ。

お嬢様への報告は、『謁見の間』と冗談で呼ばれるお嬢様の専用室で大体行われる。

「アフガンはどうやら峠を越えたな……」

アフガニスタン北部の要衝マザーリシャリーフが北部同盟によって奪還されるというニュースがモニターに映っていたからだ。

「ヒヤヒヤしたわよ。いつ米軍が核で吹き飛ばされるのかって。とりあえずこれでパシュトゥン人武装勢力は核を持って無いと判断していいのかしら？」

秘書姿ではあるが岡崎と同じくタバコをふかしているアンジェラが厳しい視線でモニターを見ている。お嬢様が帰るまでにはシャワーを浴びてきっちりとタバコ臭さを消してみせるあたり、プロ意識は凄《すご》いものがある。

今回のマザーリシャリーフ奪還作戦は、米軍の空爆という支援の下で北部同盟が自主的に奪還作戦をおこなったというプロパカンダが既に流れている。その実態は、義勇兵という皮をかぶった連隊規模の米軍特殊部隊による強襲であり、米国大統領は核の脅しに対してただ一言「ＧＯ！ ａｈｅａｄ！」と言い放ち、核に屈しない米国の姿勢をこれ以上無く明確に見せつける事になった。

「可能性があるとするならば、首都カブールだろうがここで核を爆発させると完全に民心を失う。守るべき首都の直近で核を爆発させたんじゃ首都を自らの手で潰すのと同義だからな。問題はパキスタンだ。はねっかえりが核を持ち込むとかの可能性は悪夢だし、無くてもパキスタン正規軍の兵力は脅威だ。必死に抑えてはいるが、かなりの数の義勇兵がアフガンに入っている。首都攻略戦はかなりきつくなるだろうな」

北部同盟の将軍は戦力を温存し首都攻略に向けて準備を進めている。また、トルコに亡命していた別の将軍が他国の支援を元に帰国の準備を進めており、流れは完全に北部同盟に移っていた。

とはいえ、パキスタンの動き次第ではインドが反応せざるを得ず、そうなったらアフガニスタンどころかインド・パキスタンまで巻き込む大戦争に発展しかねない。

「パキスタン軍内部の怪しい連中をアフガンの方に送り込んだという事でしょう。パキスタンの外交筋からは非公式ながら『彼らは義勇兵である』というコメントをもらっています」

現役CIAのエヴァがメイド姿で淡々と言い放つ。要するに、ゲリラとして処理してくれと暗に言っているに等しい。

それぐらい、パキスタン内部の政情は不安定化しており、米国は彼らを吹き飛ばすためにもアフガン領内に航空基地を作る必要があった。その最重要候補地こそが、マザーリシャリーフである。

「やっぱりするの？」

「むしろしないほうがおかしいと思いますよ」

岡崎はわざとぼかしてアンジェラに質問し、アンジェラははっきりと言い切った。

二人の見ていたモニターに映っている地図の国名はイラクといった。

「我々には敵が必要なんです。ツインタワーを吹き飛ばし、ホワイトハウスやペンタゴンにまで攻撃をしかけた悪の正体がこんな砂漠の民では合衆国の市民が納得する訳無いじゃないですか！」

アフガニスタンはあくまで前座。本命はイラク、いや、湾岸戦争のやり残しの清算こそが米国の意思。それぐらい米国は激怒していた。

「まぁ、真珠湾であんたらを激怒させてえらい目にあった国の人間として、何も言わないでおくよ。で、アフガンで核を撃つの？」

米国に払う血の代償のデカさを察して岡崎の口も重たくなる。彼らを怒らせた代償に日本は第二次世界大戦だけでなく満州戦争やベトナム戦争や湾岸戦争で血を流し、北日本政府なんていう民族分裂の悲劇まで味わっているのだから。

やられたらやり返すのが国家の面子《メンツ》というものである。ベトナムでの敗北で失った米国の面子は、結局湾岸での勝利まで回復しなかった。

「撃ちたいのですが、撃つものが無いんですよ」

エヴァがかなり危ない発言をする。同時多発テロに炭疽菌《たんそきん》テロという非対称の攻撃に対して、核を始めとした大量破壊兵器を米国がアフガンで使用しかけていたと暴露しているからだ。

それが結局見送られる事になったのは実に簡単な理由で、核でぶっとばす価値のあるものがアフガンには無かったからである。

「米国は、この国がベトナムで行ったような『ナガシマ・ドクトリン』は使用できないんですよ」

織田信長《おだのぶなが》の長島本願寺攻めを手本にした『ナガシマ・ドクトリン』の戦略は至ってシンプルだ。敵及び現地住民までを海岸近くに密集させて逃げられないようにした上で、戦艦の主砲で全部吹き飛ばすのだ。

テト攻勢時、派遣された自衛隊の受け持ちエリアでベトコンが壊滅して被害が殆《ほとん》ど出なかった代わりに、テト攻勢の政治的打撃の一つとして野党から猛烈な批判を浴びて内閣が吹っ飛んだこれは米国では対ゲリラ戦の切り札として研究が続けられ、湾岸戦争ではその作戦が大いに効果をあげる事になるがそれは別の話。

「それもイラクでやるつもりという訳だ。前座だからこそ、ここにかまけてはいられないか」

岡崎がため息をつく。アフガン戦争で米軍は未《いま》だ空軍と特殊部隊しか派遣していないが、陸軍の派遣準備は進んでいた。問題はその陸軍の集結拠点が、バーレーンという事を除けば。

島国バーレーンは隣国サウジアラビアと橋で繋《つな》がっており、サウジアラビアの隣がイラクである。当然PMCの集結地もバーレーンであり、既に米国PMC企業の皮をかぶった米軍が、『ダイアモンドアクトレス』号と『ダイヤモンドプリマドンナ』号の長期レンタルを申し込んでいた。

彼らはこの超高速フェリーが何を意味するのか、理解していたのである。

「あの船、東京と北海道の航路を結ぶ奴《やつ》だろう？　代替どうするんだか……」

岡崎のボヤキに返事をしたのは北雲涼子《きたぐもりょうこ》。警備部門との連絡係である。

「現在使っている船を延命して使うしか無いですね」

『古い船舶を大切に末永く使いましょう計画』の発動である。なお、現在の船は14000トンぐらいの船で、四隻運航していたものを二倍の大きさの船で二隻運航に替える事を計画していたのだがめでたく白紙に戻ることになる。

「やるならば早く。ユーロが力を持つ前にです」

アンジェラの一言が岡崎にとって容赦ない説得力となって耳に届く。

ドルが金との兌換《だかん》を停止しても未だハードカレンシーたりえたのは、石油取引決済がドルを中心にして行われていたからである。ところが、来年にはＥＵという巨大市場を背景にしたユーロが誕生する。

既にイラク・リビアを始めとした反米国家では石油取引のユーロ決済を宣言しており、それは基軸通貨ドルの信用を揺るがしかねないものだった。

そんな時に米国の面子が潰れていては通貨の主導権争いで勝てるものも負ける。なんとしても手ごわい敵に勝利して面子を回復させる必要があった。

なお、リビアは同時多発テロ後から融和姿勢を見せているが、イラクは相変わらずだった。

「やるなら、うちが見つけた核関連のネタ？」

岡崎のツッコミにアンジェラはただニコリと微笑《ほほえ》んだ。

今回の同時多発テロの背後に核を購入しようとしたイラクというわかりやすい敵を用意する。それで米国の正義は迷う事無くイラクに向けられるだろう。

なお、イラクが湾岸戦争時に使ったロジックであるパレスチナ問題を封じるために米国はパレスチナ解放機構と接触しており、この騒動で米国の機嫌を損ねたイスラエルは大幅な譲歩を迫られる事になったのは言うまでもない。

「そのために国際社会の合意形成は大事っと。ただいま♪」

有給をとって実家に里帰りしていたという名目でロシアに行っていたメイド姿のアニーシャがこの部屋に入ってくる。

岡崎はお嬢様が目をつけた男という事もあって、諜報《ちようほう》機関出身の女達からすればハニトラ対象で

もあるのでちやほやもする。もっとも、それに靡《なび》くが決定的な尻尾を掴《つか》ませない所が岡崎という男の有能さでもあった。

「おかえり。アニーシャちゃん。何か土産話はあるかい？」

「そうね。反大統領のオリガルヒの殆どが大統領に尻尾を振ったわ。これに伴って、軍部の掌握もほぼ終了したみたいね」

岡崎が抜擢された最大の理由である、ロシア内部のクーデターの動きの詳細はこうだった。

去年、ロシアの原子力潜水艦が北極海で事故を起こしてそのまま沈没。この責任を問われてロシアの国防相が更迭される事になったのだが、その国防相に連なる将軍達も失脚する事になるので、生き残りをかけてクーデターを起こそうとしていたらしい。

で、それに資金を出していたのが、反大統領派のオリガルヒでメディア王でもあるロシア政界の黒幕と呼ばれる人物。それがバレて将軍達は失脚しメディア王は国外逃亡。

これがロシア国内のクーデター未遂の顛末《てんまつ》である。なお、そのメディア王が新政権の神輿《みこし》に使いたがっていたのが、桂華院瑠奈だった。

「今や大統領に逆らえる人間は居ない。居るとすれば、ロシアで何故《なぜ》か『最後のオリガルヒ』って呼ばれているうちのお嬢様ぐらいよ。という訳で、日露政府レベルで北樺太《からふと》問題の解決に向けて話し合いがしたいらしいわ。現在我が国の外務省があのざまだから、うちのチャンネルにも振ってきたのでしょうけどね。向こうの最初の要求は唯《ただ》一つ。

『お嬢様をロシアおよび近隣国家の元首にしない事』。

それさえ飲めるならば、柔軟な話し合いをする用意があるそうよ」

アニーシャの話に岡崎が眉をひそめる。この話が出るのも、先のイラク戦を見据えた動きからだ。アフガンとは比べ物にならない中東での火種に備えて、極東方面の緊張を緩和したいのだろう。核紛失やチェチェンゲリラの蠢動《しゅんどう》など、ロシア内部は未だ盤石とはいい切れなかったのである。

「……後で橘さんを呼んで、お嬢様に話す事と伏せておく事を決めておかないとな……」

「ちょっと！　何よこれ!?」

岡崎が声をだしたアンジェラの方を見ると、アンジェラはあるニュースに目をひん剝《む》くばかりに驚愕《きょうがく》していた。米国の権威ある経済誌が、ゼネラル・エネルギー・オンラインの不正会計疑惑を速報で流していた。

（……赤松商事が水事業をカリフォルニア州でゼネラル・エネルギー・オンラインと合弁で行う奴、お嬢様のワガママで止めていたんだっけな。という事は、あのお嬢様これ知っていたって事かよ……怖ぇ……）

岡崎は内心を声に出さず、代わりに出した声はこんなのだった。

「様子を見ながらだけど、しばらくは原油を買い漁《あさ》りましょう。イラク戦争が起こるならば、原油価格はいやでも上がりますよ」

と。

【用語解説】
・カレー……ジャパニーズカレーは在日米軍を魅了する悪魔の食品。
・ひもじい。寒い。もう死にたい。不幸はこの順番にやってくる。……『じゃりン子チエ』。
・アフガンは前座……2002年1月の『悪の枢軸』発言を考えてタイムスケジュールを逆算すると、テロ直後時点でイラクまで視野に入れた人がそれぞ米国政権中枢にかなり居たのだろう。なお現実のイラク攻撃は2003年3月20日勃発。
・ナガシマ・ドクトリン……元ネタは『征途』。佐藤大輔《さとうだいすけ》 徳間書店
・古い船舶を大切に末永く使いましょう計画……ニコニコ動画の『迷列車で行こうシリーズ』。魔改造ネタで一気に有名になった。
・ユーロ……2002年1月1日から本格流通開始。イラク戦争陰謀論の一つに、ドル防衛のためのイラク攻撃というのがあって、この頃から原油相場はWTIだけでなく北海ブレントというワードを商品先物で頻繁に聞くようになる。
・ロシアの原子力潜水艦……クルスク沈没事故。このあたりのネタ元は『ゴルゴ13』。
・ロシアのメディア王……ちょうどこのタイミングで失脚している。

東京駅。新幹線ホームに制服姿の私達《たち》の姿があった。

「修学旅行は京都か。まぁ、行けるだけましという所だろうな」

「というか、桂華院《けいかいん》さんが強引に押したんでしょ？　無茶をするなぁ……」

「企画から資金提供まで全部やったんだろう？　感謝はするが大丈夫なのか？　桂華院よ？」

いつもの面子《メンツ》からのツッコミにえへんと胸をはる。このあたりは悪役令嬢のお約束でもある。

「もーっと私を褒めてくれてもいいのよ♪　修学旅行が無くなるのはやっぱり嫌じゃない」

同時多発テロのおかげで治安関係を気にした結果、修学旅行が中止になりかかったのだ。

で、全部丸抱えする事で強引に修学旅行を復活させたのである。

何しろ、治安リスクの最大要因が私だったのだから。しかたない。

「もっとも、ここまで大げさになるとは私も思っていなかったんだけどね……」

京都に決定した理由は新幹線が使えるからで、その新幹線を私が抑えていたというのが大きい。

新幹線を借りきれたのだ。とはいえ、借りたのは四国新幹線の東海道直通分の八両のみで、西日本分の八両は通常運行である。

帝都学習館のクラスは三つで児童が百人に先生が十人。それに護衛が三十人にメイドが十人。ついてくる警察の護衛官が三人の計百五十三人。これで八両の独占である。快適な旅なのは間違いがない。

「みんな整列して乗れー」

先生の声にしたがって乗車。みんなで楽しむため指定席乗車であり、グリーン車およびラグジュアリークラスは利用していない。こうして修学旅行は始まった。

なお、カエルをバラ撒《ま》いてくれる車内販売員のおねーさんは当然居ないし、私達も親書を運ぶミッションを受けてはいない。

「はいお菓子とオレンジ。何考えているの？　瑠奈《るな》ちゃん」

「ありがと。明日香《あすか》ちゃん。無事に修学旅行に行けてよかったなぁと」

「一時はどうなるかと思ったもんねー。蛍《ほたる》ちゃん」

私にお菓子とみかんをくれた明日香ちゃんが更に隣の蛍ちゃんに話を振り、彼女はこくんと頭を縦に振った。

新幹線は定刻どおりに東京駅を出発。京都まで約三時間ほどの旅である。これが思ったより暇なので、皆それぞれに暇つぶしをしだす訳で。私は東京駅で買ってきた経済新聞を読み、明日香ちゃんはMDプレイヤーで音楽を聞き、蛍ちゃんは読書と言った感じ。

「桂華院さん。何か面白い記事はありまして？」

座席の向こうから声をかけきてたのが、高橋鑑子《たかはしあきこ》さん。

「何も。世間は色々あるけども、世は全てこともなしですわ♪」

その新聞の一面ぶち抜きが、『古川通信社長へ圧力！　足尾財閥離脱の背景に銀行団……』なんてでかでかと書かれているが、追い込んでいるのはうちというか私だったりする。古川通信は携帯事業の過当競争が激しくなっており、消耗戦で崩壊するならばと経営再建した四洋電機とくっつけてしまおうという下心だったり。

政府の経済財政諮問会議で次の標的と目されていた会社なので先んじて抑える形になったが、もうしばらくしたら古川通信と四洋電機の業務提携が発表されるだろう。

ついでだが、民事再生法を申請した大阪の池目鉄工を救済し、越後重工と合併させる事もこの新聞に乗っているが、こっちは隅っこである。

「そういえば、京都についてからのコースはどうなっていたかしら？」

私は新聞を畳んで修学旅行のしおりを確認する。三泊四日の修学旅行は京都到着後にそのまま駅前の京都桂華ホテルに入って昼食。その後、三十三間堂・清水寺・銀閣寺を観光して一日目は終了。

二日目は、朝食を食べた後電車で稲荷《いなり》駅まで行って伏見稲荷神社の千本鳥居を見て電車で戻ってホテルで昼食。午後からは、二条城・金閣寺・龍安寺《りょうあんじ》・仁和寺《にんなじ》・嵐山と巡って終了。

三日目は自由行動だけど、嵐山観光や鉄道博物館見学なんかができる。で、四日目に東京に帰るという感じになっている。

「桂華院さんは自由行動は何をする予定なのですか？」

高橋さんの隣にいた栗森《くりもり》さんが私に声をかける。

「まだ何も決めていないのよ。どうせ誰かからお誘いは来ると思うけど」

いつもの面々とつるんでなにかするのだろうと思ったのはこの場の全員の認識だが、そこは女子。

口に出さないのがマナーである。そんな感じで、私達の乗った新幹線は京都に向かう。

京都駅到着。そのまま歩いて京都桂華ホテルに向かう。目の前にあるホテルも当然貸し切りである。で、昼食。

「……」

「……」

「……？」

「ん？　みんな食べないの？」

蕎麦《そば》である。立ち食い蕎麦である。うどんもあるよ。

という訳で、立ち食いスタイルで蕎麦をすすりながら私は講釈を垂れる。

「麺汁が薄いでしょ。これは薄口醤《じょうゆ》油を使っているからで、関東では濃口醤油を使っているから汁が黒いのよ。これにオプションとして色々入れてゆくという訳。この蕎麦出汁《だし》に合うものを用意しているわ。あと、足りない人はおにぎりといなり寿《ず》司《し》も用意しているからそっちをつまんで頂戴」

私のお椀《わん》には生卵がいい感じに白くなっており、その横にはじゃこ天が汁の海に鎮座している。青葱《あおねぎ》の輪切りが魚のように泳ぐなかにコロッケを入れて、それぞれパクリ。

そのなれた手つきに一同唖《あ》然《ぜん》とするばかり。

「うまい♪　こんな生活していると、無性にこういうのが食べたくなるのよ！」

それを見て興味津々で食べだす一同。もちろん、形式が立ち食い蕎麦スタイルなだけであって、蕎麦もオプションも桂華ホテルの誇る腕の良い料理人作だからまずい訳がない。

皆が黙ってズルズルと麺をするのはそんなに時間がかからなかった。

「こちら、三十三間堂の正式名称は蓮華王院《れんげおういん》と言い、後白河上皇が離宮として建て……」

ガイドさんの説明を聞きながら無駄に並ぶ仏像の群れに圧倒される。なお、この仏像の数は1001体あるらしい。そんな仏像ワンダーランドで皆の感想は……

「なんか目が回ってきた」

「同感」

多すぎるのもなんとやらである。

続いて清水寺に到着。飛び降りる事で有名な清水の舞台から見る晩秋の京都は実に美しく、日が傾きつつある秋の空には雁《かり》の群れが飛んでいる。

「いいわね〜。こういう風景を見れただけでも、来たかいがあったものね」

そのまま近くの茶店で梅昆布茶と生八ツ橋をパクパク。

なお、お土産店あるあるの芸能人のグッズなんかもあって、結構買っている人が居たりする。

「瑠奈さんは何か買わないのですか？」

隣に座っているのは薫《かおる》さんで、ちょこちょこと何かを買ったらしくお土産袋を抱えている。

それをちらりと見ながら、私は梅昆布茶を味わう。

「大概のものは手に入るしね。こういう風景を楽しむのも旅の醍醐味《だいごみ》ってものよ」

「旅の醍醐味……ですか」

薫さんが言わなかったのは、周囲にちらちらとついている護衛とかメイドの事だろう。すでに十人以上の観光客から『写真を撮っていい？』と聞かれ、彼らが丁寧にお断りしたばかりである。

「……」

私以上に座敷童子《ざしきわらし》よろしく黙って茶を堪能している蛍ちゃんもいるのだが、彼女は黙っていても空気でなんとなく意思疎通をするらしく、蛍ちゃんの近くに居る私と薫さんにはほんわかオーラがやってきていたり。そのため、話は私と薫さんの間で進む。

「私はこの後の銀閣寺が楽しみなんですけどね？」

「たしか特別公開中だったけどお目当ては？」

「東求堂《とうぐどう》。茶を嗜《たしな》んでいるならば、ひと目見ておきたいと思いまして」

「なるほど」

四畳半茶室のはじまりと言われるのが銀閣寺東求堂内にある同仁斎《どうじんさい》である。公家《くげ》系華族のたしなみとして、私も最低限の茶道の心得は持っているが、薫さんはもっと深く茶の道を極めているらしい。他にも香道もやっているとか。

「なーにそんな所でお茶飲んでいるのよ！　音羽の滝のお水飲みに行きましょうよ!!」

まったり空間にやってきたのは明日香ちゃん。後ろに高橋さんと栗森さんが居て、大量のお土産袋が戦果を物語っていた。

「じゃあ、みんなで音羽の滝に行きましょうか」

「「「「おー!!!!」」」」

こういう時も蛍ちゃんは声は出さないけど、ちゃんと皆と一緒に手を上に上げる女子である。

なお、何の滝の水を飲んだかは内緒。

銀閣寺。これも正式名称は慈照《じしょう》寺。足利義政《あしかがよしまさ》が金閣寺を模して建てた寺だが、この時期資料の見直しによる再定義が進みつつあった。

「かつては、応仁《おうにん》の乱は将軍家のお家争いに各大名のお家争いが絡まって、当時の有力者である細川家と山名家が……」

ガイドの説明を聞いていると、栄一《えいいち》くんがぽつりとつぶやく。

「つまり、応仁の乱の原因って何なんだ？」

限りなくそのあたりに詳しくないといけない裕次郎《ゆうじろう》くんが即座に反応する。

このあたり、下手なガイドより説明が面白いのが困る。

「幕府そのものが乱の原因なんだよ。お家争い自体はきっかけに過ぎなくて、もっと過去に原因があるんだ」

「って、何処《どこ》まで遡ればいいんだ？」

今度は光也《みつや》くんが茶化す。

「応仁の乱を知るには室町幕府を知らねばならず、室町幕府を知るには南北朝を知らねばならず、南北朝を知るには鎌倉幕府を知らねばならず、鎌倉幕府を知るには源平合戦を知らねばならず……」

そこから先を私が引き継いだ。つまる所、歴史とは過去の連鎖なのだ。

「源平合戦を知るには荘園《しょうえん》を知らねばならず……多分行き着く最果ては白村江《はくすきのえ》の戦いね」

そんな事を話しながら、特別公開されている東求堂を眺める。殺し殺されの末法の果てに彼らはこのような建物を残した。その末裔《まつえい》たる我々は世界に誇る経済大国の地位に座っている。我々は何を残すのだろう？　そんな事を考えながら、修学旅行の一日目は終わった。

夕食はもちろん京懐石にしゃぶしゃぶ。食後のアイスまでついて大満足の下、私達は眠りについた。


朝6時起床。着替えてロビーでまったりと寛《くつろ》ぐ。私がグレープジュースが好きなのは公言しているので、全国の桂華ホテルではオレンジジュースだけでなくグレープジュースのサーバーも用意されており私的に他のホテルと比べてポイントが高い。

ＴＶは経済ニュース専門チャンネル。朝から芸能人のスキャンダルだの殺人事件だのを見るよりもまだこっちの方がましである。問題は、もっと生々しい経済なる化物を見ているという現実なのだが、それには触れないように。

『米国市場はハイテク株を中心に動揺が収まっていません。ゼネラル・エネルギー・オンラインの不正会計は次々とスキャンダルが出てきており、カリフォルニア州の大停電では停電を長引かせるような会話が公開されたことで有権者の怒りが爆発。同業他社への売却交渉も難航しており……』

分かってはいたが見たくないニュースが最初から炸裂《さくれつ》している。で、その次がこれだから芸能人のスキャンダルと殺人事件のニュースの方が良かったのかもしれない。

『アフガニスタン情勢は首都カブールを巡る攻防に移り、最後の砦《とりで》であるサラン峠にて北部同盟軍と武装勢力が激しく交戦しており、多国籍軍は空爆によって北部同盟軍を支援しています。

多国籍軍の広報官の発表では、北部同盟軍はアフガニスタン第三の都市であるヘラートを解放しており、武装勢力の生命線であるカイバル峠の連絡線遮断を目的とした空爆の強化を……』

アフガンは放置してももう大丈夫だ。だからこそ、もう一つの方の事を考えて、軽く頭を振った後に隣に控えているアンジェラに話しかける。

「アンジェラ。米国での時価会計とその規制を調べておいて。おそらくこれを機会に何らかの法が日本で通るだろうから」

「かしこまりました」

不良債権処理過程でグローバル化に逆らって抵抗した結果、時価会計を遅らせるだけ遅らせたがIT業界を中心に時価会計導入を主張する一派の発言力が大きくなっていた。そんな彼らが頼りにしていたのが武永《たけなが》大臣であり、ITバブルが崩壊した今その圧力は強まっていたのである。

「質問だけど、時価会計うんぬんって何？　おはよう。瑠奈ちゃん」

ぺたぺたスリッパの音をたててロビーに現れたのは明日香ちゃんだが、低血圧なのか寝不足なのか実に眠たそうだ。まぁ聞かれてまずい会話でも無いのだろうが。

「現金を用意せずに金儲《かねもう》けができる新しい手段」

「何それ？　信じられないわよ」

冗談と思った明日香ちゃんが笑うが、本当なんだがなぁ。世の小学生は時価会計について頭を悩めたりはしない。

「こうやって話してみていつも思うのだけど、瑠奈ちゃん普通じゃないわ、天才ね。友達として鼻が高いわ。けど、もっと普通の女の子してもいいのよ」

「私を何だと思っていたのよ？」

明日香ちゃんの冗談に私が付き合う。とはいえ、彼女もハイソサエティークラスの人間。一般人ではないそれ相応の背景がちゃんとあったりする。

「うちのお父さんなんて瑠奈ちゃんが泉川《いずみかわ》くんと友達になった事で泉川副総理に伝手《つて》ができたと大喜び。永田町ってろくな所じゃないわよ」

「あー。明日香ちゃんのお父さん、大臣適齢期かぁ」

「正解。うちのお父さんは二世議員だからねー。スタートは早いけど、実績づくりで地元から急《せ》かされているみたい。桂華院さんが作ってくれた四国新幹線には本当に感謝しているんだから」

「で、あの柑橘《かんきつ》類大量プレゼントって訳ね」

瀬戸内海の温暖な地区が選挙区の彼女の地元はこの時期になると有り余るほどとれるみかんを始

めとした柑橘類を容赦なく振る舞うことから、『オレンジ明日香』なんてあだ名がつけられている。

その結果、彼女のクラスメイトでみかんを食べていない人間はまずいない。

「じゃあ、その四国新幹線の延伸がネタ？」

「だと思うけどねー。『だったら、桂華院さんに頼めば？』と言っておいたから、土下座しに来るんじゃない？」

明日香ちゃんは笑って言うけど、その言葉には蔑みは無い。地元のために土下座ができる父を尊敬しているのだ。こういう親子関係は嫌いではない。

「♪」

「っ!!」

ふいに肩を叩《たた》かれて私と明日香ちゃんがびっくりするが、振り向くと蛍ちゃんがいて、にこにこ顔が『おはよう』と言っていた。相変わらず話さずとも言いたいことがわかる子である。

控えていたアンジェラもびっくりしている。気づかなかったのか……

「あ。もう朝食の時間だって。桂華院さん。食堂に行きましょう♪」

「ええ。行きましょうか」

食堂に向かう際にアンジェラが私の耳元でささやく。

彼女の視線は私の前を歩く蛍ちゃんから離していない。

「お嬢様。あのお方、人間ですわよね？」

「足ついているでしょう？　元ＣＩＡが警戒している中ふっと現れたとでも言うの!?」

私達の二人のこそこそ話、前を歩く蛍ちゃんは多分絶対に気づいていると思うぞ。

朝食はバイキング形式で和食洋食両方用意されている。

私はご飯にアサリのお味噌汁《みそしる》、焼《や》き鮭《ざけ》の切り身に梅干しと千枚漬けと海苔《のり》という和食を箸でぱくぱく。皆の視線が実に痛い。

「まぁ、見た目どう見ても外国人の瑠奈がここまで綺麗《きれい》に和食を食べるのは……なぁ」

栄一くんのフォローというかツッコミというかよくわからない言葉にまぁそんなものかと苦笑するしか無い。見た目だけはどうにも変えられないものだし、こうやって栄一くんをはじめとした人達は見た目よりその中身に興味がある人達ばかりだからだ。なお、栄一くんの朝食は、トーストにベーコンエッグとサラダ、モーニングコーヒーである。私は食後の緑茶をすすりながら、みなと一緒に手を合わせた。

「ごちそうさまでした」


伏見稲荷神社に向かう際には、京都駅から奈良線を使う。とはいえ、臨時便とか出せないので、通常運行の列車に三組に別れて出発するという形をとっている。

アンジェラが安全上一番嫌がった所で私が押し切った形になったのは、京都府警の警護係の全面支援を約束できたからだ。という訳で、最後の組である私達がホテルを出発……何、蛍ちゃん。何か笹包《ささづつみ》を私に渡してくる。持っていけと顔で言っているので、その笹包を手に持ちホテルから出発。

後で聞いたがホテルの厨房《ちゆうぼう》に頼んで作ってもらったいなり寿司だそうで、これから向かう先にぴったりのアイテムである。

「桂華院さんはお山巡りはなされるのですか？」

栗森さんが私に声をかける。大体女子面子で集まる場合、栗森さんが会話の口火を切ることが多い。会話とは個人のパーソナル情報暴露の最たるものだから、媚《こ》びたい栗森さんからすれば話すことで私の情報を得ようという所なのだろう。

そんな栗森さんの実家である栗森財閥は、新潟県沿岸の都市で江戸時代から続く商家から始まり米相場で財を成して海運と農林業および漁業と事業を広げ、バブルに踊って大火傷《おおやけど》という地方財閥あるあるの崩壊過程を辿《たど》っていたが、一条《いちじょう》曰《いわ》く、

「火傷は致命傷でないですね。漁業から始まった食品加工業は業界中堅とはいえ堅実な経営ですし、日本海でとれる新鮮な魚介類を安定的に供給できるのは魅力です。ここは不動産への過剰投資が経営を圧迫しているので、そっちを処理すれば経営は立て直せますよ」

という事で、帝西百貨店への魚介類および加工食品の独占供給を餌に、救済した経緯がある。

このあたりも史実よりバブルが致命傷になっていなかったのが大きく、私も栗森財閥にも助け舟がだせる余力があったというのが大きい。そんな経緯もあって栗森さんは私に頭が上がらないのだが、私からすれば同年代の友人としてもっと気さくな仲になってくれないかなぁと思っていたり。

「まあね。そのために、伏見稲荷だけで午前中を全部使うようにプランを組んだのですもの」

京都駅中央口から入って、奈良線ホームまでゾロゾロと歩く。目的地に向かう列車は一時間に四

本のペースで走っているから、今頃先発した組はもう伏見稲荷参拝を始めた頃だろう。

「あっ！　快速が出てしまうけど急がなくていいの!?」

鑑子さんが掲示板を見て叫ぶが、実は急がなくていい。というか、目的地である稲荷駅は快速が停《と》まらない駅なのだ。この快速列車を入れると奈良線は一時間に六本出ている。

そんな説明を聞いて鑑子さんの顔がみるみる真っ赤に。あわてんぼうのうっかりさんではあるが、だからこそ皆のマスコットみたいに会話の中心になっていたり。

「東京暮らしが長いけど、未《いま》だこの常に列車が走っている光景が信じられないわ」

明日香ちゃんの地元の駅の列車は一時間に一本。まぁ、単線特急街道というのもあるのだが、普通列車は一両もしくは二両がのんびりと駅に停まるらしい。最初に東京に来た時にまず、駅に列車が連なるという事が信じられなかったとか。

そんなこんなで京都駅を出発し、稲荷駅に到着。乗客が結構乗っていた列車だが、トラブルも何もなく降りることができ私達も伏見稲荷に到着する。

「という訳で、まずは本殿にお参りした後で集合写真を撮ります」

「……」

お参り後の集合写真を取る際に私は無言でアンジェラを呼び寄せる。

呼ばれる理由がわかっていたアンジェラが先に弁明した。

「私は、ちゃんと、地元の写真屋に頼みました！」

「じゃあ、何であれがここに居るのよ！」

もはやあれ呼ばわりの写真家の先生である。写真を撮った後に問い詰め……げふんげふん。尋ねた結果、こんな美味《おい》しいチャンスを見逃す訳無いだろう。常識的に考えてと力説されて強引に割り込んだらしい。

地元の写真屋さんはあの先生のファンだったらしく、嬉々《きき》として手伝ってやがる。うん。見なかったことにしよう。

伏見稲荷大社の歴史は古く、奈良時代にまで遡ることができる。全国の稲荷信仰の総本山であり、商売繁盛の神であり、願掛けと成就のお礼から始まった千本鳥居が今や一大観光スポットになっており実に壮観である。この境内全体を覆う稲荷山全体をお参りする事をお山巡りというのだが、二時間ほどはかかるので午前の予定は全部ここに当てるという力の入れよう。それぐらい私的には楽しみにしていた場所だったりする。

「あれ？」

ふと気づくと私は千本鳥居の中で一人で立っている。みんなは？　護衛は？　とりあえず思い出してみよう。たしか、冴ヶ池《こだまがいけ》の前にある熊鷹社《くまたかしゃ》でみんなでお参りして、こだまが聞こえたような気がして振り向いたらここに居たと。

何このファンタジー？

まぁ、乙女ゲーム世界に転生している私が言うのもかなりおかしい気がしないでもないが。

こうなると少し楽しくなってくる自分がいる。考えてみると、いつも誰かを連れて歩いていたので、一人でこうして歩くのは久しぶりだったのだ。千本鳥居の中を軽く鼻歌を歌いながら歩く。そんな中、青空なのに顔に雨粒が当たる。天気雨だ。別名を狐の嫁入《きつね》り。見ると、山頂に向かって歩く白無垢《しろむく》姿の花嫁が居た。狐のお面をつけて、私の前まで来るとそのお面を外す。

その姿は大人になった私だった。ウェディングドレスじゃなくて、白無垢なのかというのが素直な感想で、大人になった白無垢な私がそんな小学生の私を見て微笑《ほほえ》んで私の横を通り過ぎた。

唐突に気づく。彼女の先に花婿が居るという事を。それが誰なのか振り向こうとして、体が動かない事に気づく。

「瑠奈っ!?」

栄一くんの声で我に返ると、さっきまで居た千本鳥居ではなく、私が立っていたのは山頂の一ノ峰だった。栄一くんが私に近寄りみんなに知らせると、慌ててかけつけるアンジェラと護衛曰く、皆が目を逸した瞬間にふっと消えたらしい。

「どうやら、ここのお狐様にご招待されたみたい」

私の安堵《あんど》の声に日本人は一斉に真っ青になり、

「ああ。ここならありえるよなぁ」

「よくぞご無事で……」

「ナンマンダブナンマンダブ……」

「いやそれ違くね?」

というオカルト肯定にその場はとりあえず収まった。もちろん収まらない人達もいる。

「オカルトなんて信じないわよ。もう21世紀にもなったというのに……けど、どうやってお嬢様を

誘拐させてあそこまで持っていったの？　催眠ガス？……」

伏見稲荷を出るまでアンジェラのブツブツは止まることは無かった。そんな彼女を見て制服のポケットに違和感。触ると、そこに入れていた笹の包みが丸い何かに変化していた。

取り出してみると、透き通った宝珠が一つ。

「ね。持っていって良かったでしょ♪」

え？　蛍ちゃん、声聞くの久しぶりなんだけど。


昼食は湯豆腐を始めとした精進料理を用意。食べざかりの小学生には少し物足りないだろうが、そこはおやつタイムで我慢してもらおうという事で。二日目午後の最初の目的地である二条城なのだが、ここは皆の反応が微妙に鈍い。特に華族連中。

「当たり前じゃないですか。幕末の中心地で、敵味方に別れて争った末裔なのですよ。私達」

薫さんのツッコミに私は手を叩いて納得する。華族は明治維新の元勲だけでなく、武家華族や公家華族も入っているから、その出身をたどると嫌でもこの京都で敵味方に分かれる事になる。

なお、桂華院家は昭和元勲として作られた新興華族という表向きの家ではあるが、血で言うと維新元勲系の家なので大名系華族とは微妙な過去になる。人は親を選べないとはよく言ったものだ。

公家華族ゆえに、その血を欲した岩崎《いわざき》財閥の支援によって成り立っている朝霧《あさぎり》侯爵家もある意味勝ち組ではあるが、多くの公家華族は基本貧乏である。

「？」

「なんでもないわよ。蛍ちゃん」

そんな公家華族の中でも貧乏である開法院《かいほういん》家だが、なんだかんだでお家を維持しているのは、この家が陰陽師の系譜の家だからという理由がある。維新後の廃仏毀釈で一応神道系になったらしいが、それまでは神仏習合の物《もの》の怪《け》払いを家業にしていたといういわくつきの家。

幼稚園の時のかくれんぼといい今回のことといい謎が多い人だ。

それよりも……

「開法院さんの声久しぶりに聞いた」

「あら、桂華院さん運がいいわね。あの人が話す所を聞くと、今日一日幸運がやってくるそうですわよ」

高橋さんが説明してくれる。私が言える義理ではないのですが、なんかおかしな伝説が生まれてるし。明日香ちゃんも微妙な顔である。

金閣寺も正式名称があり、その名前は鹿苑寺《ろくおんじ》と言う。室町幕府三代将軍足利義満《あしかがよしみつ》によって作られたこの絢爛豪華《けんらんごうか》な寺は昭和初期に焼かれた。それが文学となって我々の手元に残っている。

「何で金閣寺は焼かれたのかしら？」

金閣寺を眺めながらそんな事を呟《つぶや》いていたら、光也くんが話に付き合ってくれる。その金閣寺は私達の前にその黄金色の姿を永遠のように晒《さら》し続けている。

「その永遠に当てられたからじゃないか？」

なんとなしに分かるある文学作品を絡めた隠喩。傑作ではあるのだが、小学生が読むには早いあの作品を知っているからこそ、お互い隠喩で話し続ける。

「この世は変化し続ける。そのくせ正義も悪も美も醜も万物流転ときたものだ。けど、この瞬間の目の前に映るこの寺だけは永遠を感じさせてくれる。そう思ったからこそ、彼はあの寺を焼いたのだろう」

「なんとなく分かるような気がするけど、私はあれを読んで思ったこと。煙草《たばこ》が吸いたくなった」

「おい小学生。けど、わかる」

「でしょう♪」

私と光也くんは二人して笑う。それは二人だけの秘密として、私達は次の目的地に行くためにこの地を後にした。

龍安寺の石庭を眺めながら、私はガイドの説明を聞く。

「ですから、この石庭の石はどこから見ても一つは見ることができない……」

腕を組んで考えている裕次郎くんが何を考えているのか知りたくて尋ねてみたら、こんな答えが帰ってきた。

「『足るを知る』。じゃあ、何を持って足るなのか？」

見えない石を考えながら、そんな事を裕次郎くんは口にする。私は裕次郎くんから少し離れる。

すると、私の目には裕次郎くんからは見えない石が露《あら》わになる。

「とりあえず、一人で見えないならば、二人で見ましょうってのは駄目？」

私の言葉に裕次郎くんは笑い出す。めずらしく大声で。

「あはははははは。桂華院さんらしいや。その発想は、僕には出てこないよ」

そんな裕次郎くんを見て私も笑う。ついでに指をさして裕次郎くんに見えない石の位置を教えると、裕次郎くんも私が見えない石の位置を指さしてくれた。

仁和寺には御室《おむろ》八十八ヶ所霊場なるものがある。四国八十八ヶ所霊場に行けない人のために作られたもので、この手の霊場は全国各地に点在しているから、お遍路参りがいかにブームだったのかが分かる。

「そういえば瑠奈は八十八ヶ所参りはしたんだっけ？」

「一番霊場から八十八番霊場まで回ったわよ」

栄一くんにドヤ顔で答えるが、嘘《うそ》は言っていない。一番札所の霊山寺《りょうせんじ》を参って、そのまま八十八番札所の大窪寺《おおくぼじ》を参ったというだけなのだが。とりあえず、東京─高松の深夜バスにやられその二寺でもう気力が無くなったのである。その後で食べたうどんのうまかった事と言ったら……話がそれた。参拝と納経まで含めて真面目に全部回ると、十日から半月、無理ないスケジュールだと一ヶ月はかかる。

「さすがに、ここの走破は無理だけどね。二時間ぐらいかかるって」

「それは無理だな」

他にも仁和寺には見所があり、御室桜などは名所に指定されている。季節がずれているのが本当に残念だ。

「ここは、御室流華道でも有名なのよね」

「瑠奈は華道もやっていたのか？」

「茶道と同じくかじった程度だけどね」

御影堂から中門を通り、二王門の方に戻る。傾きつつある日が、五重塔を照らして実に趣がある。

「そういえば、ここ四つ葉のクローバーを使ったお守りがあるらしい。瑠奈は買っておいた方がいいんじゃないか？」

「どうして？」

話を振られた私が首をかしげると、栄一くんは実にわざとらしくため息をついて肩をすくめた。

「伏見稲荷の一件、もう忘れたのか？」

「……あー」

あれ、イベント的には良いイベントなのだがなんて言っても無駄だろう。実際にふいに連れ去られたのは事実だし、その間アンジェラや栄一くん達が心配して捜し回っていただろうからだ。

「そうね。買っておくわ♪」

お土産物屋で四つ葉のクローバーのお守りを二つ買い、一つを栄一くんに渡す。

「はい。心配してくれたお礼♪」

「……さんきゅ」

照れくさかったのか、ちょっと横を向いて栄一くんは私のお守りを受け取った。

私と同じくそのお守りはＰＨＳのストラップとして揺れる事になる。

「あのぉ、桂華院瑠奈さんですか？　良かったらサインをお願いします!!」

清水寺と並ぶ大観光地である嵐山だが、誤算があるとしたら清水寺より広範囲にスポットが広がっている事があげられる。つまり、他の修学旅行生や観光客とバッティングする確率が高く、回避と拒絶が難しいのだ。

おまけに、帝西百貨店のキャンペーンガールや、オペラデビューをしている事もあって、そこそこ有名人だったりする。結果、アンジェラや護衛の目をかいくぐった、同年代の女子の侵入を許して、私の前にサイン色紙が。

「イヤァ、ワタシヒトチガイ……」

片言の日本語でごまかそうとした私の努力は、よりにもよって嵐山の土産物屋に置かれている、肖像権無視の私のお土産グッズによって完膚なきまでに粉砕されることになった。

アンジェラが激怒したのは言うまでもないが、その激怒もゲーセンのＵＦＯキャッチャーに私のグッズがあるというその女子の報告に啞然として崩れる事になった。

「なにわの商売人はたくましいですからなぁ」

余計な一言で、アンジェラの詰問を受ける羽目になった土産物屋のおっちゃんに合掌。で、私は仕方なくサインを書く羽目に。そういう事をすると、わらわらとサインをねだるのが日本人であり、結局百人ばかりの同年代の女子にサインを書く羽目になった。

「気づいてなかったの？　貴方《あなた》、同年代のファッションリーダーとして見られているの。そろそろ、モデルデビューも視野よね」

なんて写真を撮りながら解説してくれる写真家がとてつもなくうざかった。

後日談になるが、私の無許可グッズは全国各地のゲーセンから容赦なく撤去され、作った馬鹿をアンジェラが説教したのは言うまでもない。

修学旅行三日目は自由行動。とはいえ、一人でフラフラというのは基本的にせず、皆集まってのオプショナルツアーを申し込んでいる。

やはり人気なのはここから南に下って、平等院鳳凰堂《ほうおうどう》、薬師寺、東大寺と見物する奈良コースと、映画村や鉄道博物館見学、少し遠いが宝塚歌劇観劇なんてコースも有る。また、買い物は四条河原町や京都駅前等選ぶことも出来る。

「瑠奈。お前はどれにするんだ?」

二日目の夜、栄一くんが私に声をかけたので、私は明日の予定を告げることにする。

少なくとも、行き先を聞いて栄一くんが『?』を浮かべたのが分かる。

「万博記念公園から関西国際空港を経由して、神戸中華街で夕食」

で、三日目当日。私の謎ツアー参加者は結構居た。いつものカルテットメンバーに、薫さん、栗森さんに、華月《かづき》詩織《しおり》さんと待宵《まちよい》早苗《さなえ》さんである。

まずは京都駅で新幹線に乗り、新大阪駅へ。新大阪駅から用意された車で万博記念公園という行程である。車でそのまま万博記念公園というのも考えたが、京都は高速に乗るまでが大変なのだ。

「しかし、あの映画の影響かぁ……」

光也くんが苦笑するが私は気にせず映画の感想を言う。

「あの組織と思想って私大好きなのよ」

アニメ映画のくせに一緒に行った大人がポロポロ泣いたと評判の映画で、前日に上映会をしたら先生のほうが泣いたというい わくつきの映画の元になった場所である。だからこそ、見ておきたかったのだ。

「じゃあ、あの組織の元になった歌と歌手も?」

裕次郎くんの質問に私はえへんと胸を張る。なお、乗っている新幹線は新坂出《しんさかいで》行きの奴でラクジュアリークラスである。

「もちろん大好きよ♪　歌も覚えたぐらいなんだから」

「それはすばらしいですわ」

追随してくる栗森さんの横で冷ややかに私を見ているのが華月詩織さんで彼女が口を開く。

「万博記念公園はわかりますけど、どうして関西国際空港に?」

万博記念公園からまた車で新大阪駅に戻り、空港特急に乗って関西国際空港に向かうのだが、大阪には映画スタジオもあるし水族館もある。繁華街もあれば大阪城や通天閣というのもある中で、たしかに関西国際空港というのは分からないだろう。

「これはちょっと仕事も入っているのよ。うちが持っている航空会社のキャンペーンに出席するの」

一応それらしいイベントを用意したが本当は違う。

ゲームで破滅した時、私はこの関西国際空港からどこかに旅立つ一枚絵が表示されるのだ。

多分外国なのだろうが、成田でなく羽田でもなく関西国際空港である。意味はないのだろうが、ふと見てみたくなったのだ。それだけである。

新大阪駅到着時、ずらりと駅の偉い人達が出迎えたのにはびっくりしたが、ふとホームを見て気づく。ここ、うちのホームだった。

「瑠奈さんって、不思議なぐらい過去にこだわることがありますわよね」

万博記念公園から次の関西国際空港に向かう空港特急のグリーン車の中、薫さんが何気なしに私に話を振る。座席の前のテーブルにはたこ焼きとお好み焼きが湯気を立てているがグリーン車貸切なので気にする必要はない。たこ焼きをおいしくいただきながら、私は何気なしに返事をする。

「そうかな？」

「ええ。万博記念公園で歌いだした時はどうしようかと思いましたわよ。あまりに歌がすご過ぎて、鳥が寄ってきたときはどうしようかと」

歌が歌なのである意味正しいのだが、あの写真家の先生にまたおいしい写真を献上してしまったと思うとなんか腹が立つ。そんな怒りをあつあつのたこ焼きとともに飲み込む。ぱくり。

「桂華院さんの歌は知っていましたけど、本当に素敵ですのね。感動を歌で昇華なさっているのですよね。将来は歌姫として世界に出るのですか？」

薫さんの友人である待宵早苗さんが羨ましそうに私達の会話に加わる。彼女だけは私の不意の歌が理解できていた。

「さぁ？　欧州からお誘いが来ているのは否定しませんが」

「素敵ですわ♪　桂華院さんなら、きっと素敵な歌姫になられますわ♪」

返事をしようとしたら、聞き捨てならない声が聞こえてきた。

「あ！　光也!!　全部にマヨネーズをかけるんじゃねぇ!!」

「帝亜《てぃあ》。この手の食べ物はこれが至高なのだ。食え」

おーけー。その言葉私への宣戦布告と理解した。

「ちょっと待った！　かつおぶしと青のりこそが究極ぅ!!」

こんな馬鹿話で一時間少しはあっさりとつぶれる。なお、『少し』が増えたのは列車が遅れたからである。うん。阪和線だから仕方ないね。


その一枚絵を今でも鮮烈に覚えている。関空国際線出発ロビーに一人佇《たたず》む後姿の少女。鞄《かばん》はひとつで、チェックインカウンターに並んでいたのが印象的だった。彼女は結局何処に行ったのだろうか？

「瑠奈？」

「ん？　なぁに？　栄一くん？」

現実に引き戻された私は栄一くんに振り向く。うまく笑顔が作れたと思う。そんな私に栄一くんは不審そうな顔を見せた。

「なんか今日の瑠奈変だぞ」

「そうかな？　旅行で少しセンチメンタルになっているのかもしれないわよ」

「瑠奈に限ってそれは無い」

「おーけーわかった。戦争だな。戦争がしたいんだな？」

私がぐーを作って手を振り上げると栄一くんがさっさと降参して笑う。少しだけ楽しそうに。

「やっといつもの瑠奈に戻った」

「はいはい。ありがと。さてと、イベントにちょっと出てくるわ」

なお、このイベントとはお遍路のキャンペーンのため、お遍路衣装を着る金髪少女という実に似合わない格好に写真家先生が大爆笑。腹が立ったので、全員お遍路衣装を着ろと用意させて、四国でもないのにお遍路写真を空港で撮ることになった。そのうち四国に呼ばれるかもしれないな……

関西国際空港から神戸までは高速船を使う。すでに日も落ちだしており、神戸に着いたら中華街で夕食後、新神戸から新幹線で京都に帰るという予定。埋め立てが続く大阪湾にひときわめずらしい異物が建造されつつある。

「箱舟都市。本格的に作り出しているわね」

「箱舟都市？」

私のつぶやきに薫さんが尋ね返す。この世界は、少しずつ変わろうとしている。そんな変化がこここ大阪湾にもはっきりと現れていた。

「旧北日本人の住む洋上プラットホーム。北日本の人達って内地で住むのを断られたりトラブルが多かったから、彼らの街を作ろうって訳。埋立地でなく、タンカーを並べた洋上プラットホームなのは動かせるから。いざとなったら動かしてしまおうって訳」

ここに住む二級市民達は二級市民の中でも上層階級。彼らが更に内地に移れるためのステップとしての場所がこの箱舟都市である。洋上のボートハウスやスラムから、箱舟都市下層、箱舟都市上層を経て内地新興住宅地へというのが北日本人同化のマスタープランである。

そんな事を考えたくないから、私は何気なく歌を口すさんだ。

「～♪」

それに聞き入るみんな。歌い終わった時に自然と拍手が起こった。

「やっぱり瑠奈って過去を凄《すご》く切なそうに歌うな。そこがいいけど。この曲、なんて曲だったっけ？」

私は微笑みながら、昨日見たアニメ映画の秘密結社の名前を上げたのだった。なお、夕食は、マーボー豆腐（あまり辛くない）、シュウマイ、チャーハン、ラーメンというメニューだった。


【用語解説】
・もーっと私を褒めてくれてもいいのよ♪……『艦隊これくしょん』
・カエルをバラ撒《ま》いてくれる車内販売員のおねーさんと親書を運ぶミッション……『魔法先生ネギま！』赤松健《あかまつけん》　講談社
・立ち食い蕎麦……青春18きっぷの旅で関西風出汁《だし》と関東風出汁の境目を探した結果、米原—大垣間に境目がある事がわかった。

・香道……香りを鑑賞する芸道で、香りを『嗅ぐ』や『匂う』のではなく『聞く』と表現する。
・音羽の滝……ご利益は『学業成就』『恋愛成就』『長寿延命』で、飲めるのは一つのみ。
・カリフォルニア州の大停電……2000年夏の話だが、エンロン破綻の遠因の一つとなる。
・時価会計の規制……SOX法。正式名称は、サーベンス・オクスリー法。米国は法律に議員の名前をつける事から、法律が議員の実績という一面を持っている。不正会計の防止策なのだが、これでもリーマンは防げなかった。
・大臣適齢期……日本の与党では衆議院では五回当選すると大臣適齢期と言われ、大臣に成ると地元で箔《はく》が付くので選挙に有利という風潮もあった。小選挙区においては、その大臣の看板もあまり効いていないみたいだが、現職大臣の落選はやはり政権にダメージになるので、身体検査と同時に地盤のチェックも行われているとかなんとか。
・宝珠……伏見稲荷大社の狛狐《こまぎつね》がくわえているものは、稲穂、巻物、鍵、宝珠の四種類。
稲穂：五穀豊穣《ほうじよう》
巻物：知恵
鍵：御霊《みたま》を身に着けようという願望　蔵の鍵から転じて金運
宝珠：稲荷神の霊徳の象徴
・三島由紀夫《みしまゆきお》『金閣寺』……小学生が読むにはちとハード過ぎるが、三島由紀夫の最高傑作と名高い一冊。
・八十八ヶ所霊場……四国八十八ヶ所巡礼にちなんで地域地域に八十八ヶ所が作られることに。

メジャーからマイナーまであちこちにあるのでこの信仰がどれだけ広がったかが分かる。
・肖像権無視のグッズ……この手の商売でこういう事をする連中は大体ヤのつく自由業の方が絡んでいる可能性が高い。
・アニメ映画……『クレヨンしんちゃん　嵐を呼ぶ　モーレツ！　オトナ帝国の逆襲』クレヨンしんちゃんの映画の最高傑作の一つと名高い作品。
・この話の瑠奈の歌……カーペンターズ『イエスタデイ・ワンス・モア』『クロストゥユー』。
・阪和線だから仕方ない……『また阪和線か！』という言葉ができるぐらい遅延で有名。最近は改善しつつある。

とある学校……というか、とあるお嬢様が修学旅行に行ったその時、東京はあのテロ以来の緊張に包まれていた。

「警視庁より通達。本日0700をもって、新宿ジオフロントテロ未遂事件の一斉捜査を行う。関係各所は警戒を続けるように」

九段下交番は別にこれとは関係がないように見えるが、交番職員の警戒も凄《すご》いものがあった。

交番所長の小野《おの》健一《けんいち》警部はあくびをしながらその報告を聞いていた。

「警部。向こうからの差し入れですよ」

「おう。いつものようにちゃんとお断りして、もらっておけ」

公務員に差し入れをすると色々問題があるので、こうやってお断りをするのが決まりである。

とはいえ、向こうこと北樺《きたかば》警備保障はみなし公務員になった訳で、そのあたりの法解釈がまだ追いついていない。向こうもそんな事で叩《たた》かれたくはないのでこの手の差し入れは缶コーヒー等であり、こちら側もお断りした上で『持って帰るのも重たいでしょう、そちらに捨てておいてください』と言ってもらうのが日常となっている。

「で、向こうさんの方はピリピリしていたかい?」

「そりゃもう。お嬢様が神隠しにあったのですから、警護体制の見直しを進めているらしいですよ。

夏目《なつめ》警部も初の始末書を書かされたそうで」

「そりゃかわいそうに」

部下の巡査と話しながら小野警部は苦笑する。ノンキャリアの叩き上げで、警部補のまま退職というコースが変わったのは、この九段下前にできた高層ビルの主《あるじ》と今年改正された法律のおかげである。警備員・賞金稼ぎ・探偵等が警察の下請けになった結果、それを指揮する警部が大量に必要になったのだ。それを知っていた彼はダメ元で試験を申し込み、合格してこの九段下交番の主としてこんな所で差し入れられたコーヒーの缶を開ける事に。

これも、以前組んでからウマが合って、未《いま》だ酒飲み友達である前藤正一《まえふじしょういち》管理官のおかげだろう。で、そんな前藤正一管理官のコネの結果、交番の前の高層ビル――九段下桂華《けいか》タワー――の主である桂華院瑠奈《けいかいんるな》の警護で大量にやってきた北樺警備保障は基本彼の指揮下に入る。ビル警護だけで四個分隊が交代で警備しており、武装メイドまで入れたら小隊規模、北樺警備保障の東京支社でもあるから集まっている連中は中隊規模という大規模人員を握る彼の存在感は大きい。

多分無事に務められるならば、退職前に警視に昇進して副署長でゴール。真面目に働くならば、署長も夢ではないがそこまで無理して働くつもりは小野警部にはなかった。

「さてと、仕事をしよう。俺達《たち》の管轄ではこの捜査に絡むものは無いが、テロ阻止を名目に各所に立って警戒。見回りの回数も増やしておけ。おそらく向こうから提案が来るから、それをありがたく受けておこう」

新宿ジオフロントに対するテロ計画が発覚し、それを名目とした大規模捜査が可能になったのも大量に増えたマンパワーによるものが大きい。

特に、探偵名目でハッカーを警備会社が雇い、反政府組織に対してのネット情報収集がこのテロ計画発覚につながった。もちろん、ハッキング等も行われたらしく野党が騒いでいるが、世界はテロに対して厳しい視線を向けていた。

（しかし、今回の捜査は前藤が絡んでいるらしいが、お嬢ちゃんが居ない間にする事を選んだか。あのお嬢ちゃん、よほどの大物なんだろうなぁ……）

彼女の経歴は仕事上表裏とも知っているが、そこまで大物であるという感覚にいまいちピンとこない。何しろ、差し入れを最初に持ってきてしょぼんと帰っていたのがそのお嬢ちゃんである。

なお、持ってきたのは引っ越し挨拶の蕎麦《そば》だった。何かがずれているが、そんなお嬢ちゃんを見守るのが彼の仕事である。

「警戒対象として、今回のテロを計画した反政府組織、極左暴力集団、右翼、新興宗教過激派等の動きは常時情報をチェックしておけ。それと、この捜査に連動して暴力団関連にも捜査の手が入る。獲物はかなり大掛かりになるから、駅に立つ連中に獲物の写真の配布を忘れるな」

（案外、この捜査はこっちの方が本命かもしれんな……）

現場一筋だった小野警部の嗅覚は、そんな臭いを嗅ぎとっていた。

この時期、バブルの後始末として特別背任で訴えられた経営者達の判決が出だし、バブルの闇の紳士達の存在が見え隠れしていた。

大体、洋上都市なんて面倒な物を作らなくても、破綻したリゾートなりニュータウンなりを利用すればもっと安くできるはずだった。にもかかわらず政府は洋上都市を選択した。

（あのお嬢ちゃんが金をぶちこんでいる鉄道事業こそ、土地が密接に絡む伏魔殿だ。テロ未遂が起こった新宿ジオフロントの中核は桂華鉄道が推進する新宿新幹線。桂華金融ホールディングスは、多額の不良債権を切り離して救済されたが、その不良債権は地上げされた土地で、暴力団が絡んだ物も多い。政商桂華が嬢ちゃんに継がせるために、後ろ暗いのを掃除したかもな）

小野警部の嗅覚はかなり当たっていた。この捜査で、桂華金融ホールディングスはマネーロンダリングの情報を提供し、桂華鉄道は新宿ジオフロントに絡む地上げで被害届を提出していた。なお、修学旅行中のお嬢ちゃんこと桂華院瑠奈には何も知らされていない。

「あと……」

小野警部は一旦そこで言葉を区切る。彼がまだ巡査だった頃の苦々しい思い出を振り切って、彼は言葉を続けた。

「第二次２・２６事件を起こした帝都警とその残党が蜂起しかねん。奴《やつ》らは俺達の獲物だ。二度と自衛隊に獲物を持って行かれるなよ！」

第二次２・２６事件は自衛隊の治安出動まで引き起こした警察最大の汚点である。

95年の新興宗教によるテロ事件を始めとして、警察側も対テロ部隊の編成を急いでいたが、警備会社という名のＰＭＣを手に入れた事で警察側にジレンマが生まれる。

彼らが第二の帝都警になるのではないのか？　独特の治外法権を有している華族連中あたりの動きは警戒しなければならず、その先に居るのがお嬢ちゃんこと桂華院瑠奈だった。

また、この捜査には自衛隊も密《ひそ》かに協力していた。秋に発生したテロ未遂事件でテロ組織の拠点が湾岸地区のボートハウスだった事から、今回の捜査は湾岸地区を大規模に捜査する事になっており、船で東京湾から逃れる連中を捕まえるために護衛艦が一隻羽田空港沖合で遊弋《ゆうよく》することになっている。

警察として、協力に感謝はするが、手柄を横どりされたくないと思うのは仕方ないことだろう。

「警視庁より通達。湾岸地区の捜査を開始。都内数カ所の捜査を開始し、公務執行妨害で逮捕者が発生……」

「この大捕物に現場に出なくて椅子に座っていられるとは。俺も偉くなったもんだ」

小野警部の自虐ともとれるぼやきを聞いている者は居なかった。

この捜査で、暴力団十数人、右翼および極左暴力集団、新興宗教過激派が別件逮捕され、密輸品だの麻薬だのが大量に押収されたが、マスコミに公開された一番の映像は倉庫外にあった大量の東側の武器弾薬だった。

それを隠していたと目される反政府組織を捕まえられなかった事で警察は非難を受けたが、都内浄化作戦と称してこれからもこの手の広域捜査を続けてゆくと発表された。それと同時に、都市部の開発規制が緩和され、二級市民向け住宅問題が政治の話題に入ることになる。

【用語解説】

・差し入れ等……警察などにお礼をする場合、一番いいのは実は警察あての手紙である。この手の手紙は署内で公表され、ちゃんと査定に入るらしい。

・警部の壁……刑事ドラマや探偵ものでよく聞く警部だが、ここが一番の壁でその分権限も大きいが、合格者の人数は上のポスト数の退職者と比較して決められているので、この話のように警部が大量に必要な際の試験などでは合格ラインが緩くなる。

「なんか栄一《えいいち》くんのお父さん大変な目にあっているわね」

「そりゃ、お前の所の一条《いちじょう》ＣＥＯも同じだろうが」

放課後の図書館で栄一くんとのんびりとしていたらそんな話になる。話題は新聞紙上を賑《にぎ》わせている経済財政諮問会議の事だ。その話題の中心は武永《たけなが》大臣が提唱した『骨太の方針』。

これまでは予算前提で政策が後につく形だから、大蔵もとい財務省が強かった。

だが、経済財政諮問会議で先に政策を決めて、その後で予算をつける事になったので、脇に追いやったとほくそ笑んでいた財務官僚はこの骨太の方針でいっきに逆転される事になった。

これを主導して財務省に一泡吹かせたのが経済産業省なのだが、ひとまずこの話はここまでにしておこう。

「結局これでお前の新幹線通ったんだろう？」

「ええ。喜んでいいのか悲しんでいいのか」

最初から予算私持ちを公言している新宿新幹線はこの骨太の方針の俎上《そじょう》に載せられ、武永大臣および恋住《こいずみ》政権の政治的得点に変えられた。

美味《おい》しい所だけ持っていきやがってという声もあるし、それを許容してもこんなにあっさりと許可がおりるなんてと喜ぶ声もある。

とにかくこの政権は話題作りが上手《うま》い。

「で、次のネタがこれかぁ……」

「おかげで業界全体がざわついているよ」

私が新聞をトントンとつつく。その記事には『岩崎《いわざき》自動車リコール隠し！』なんて書かれていた。

「しかし、リコール隠しなんて危ないわよね。トラックのタイヤが飛んだりしたら危ないってもんじゃないわよ」

「えっ？　タイヤ？」

「えっ？　違うの？」

記事にはリコール隠しが発覚しただけで何のリコールかは書かれていなかった。だから私は前世で知っているリコールだと口を滑らせたのだ。栄一くんが立ち上がって、私に壁ドンする。

ちっともうれしくない。

「瑠奈《るな》。俺達《たち》友達だよな」

「ええ。だから壁に追い詰めないでほしいなぁ」

「うん。お前が知っている事話してくれたら解放するから、全部話してくれ。俺も全部話す。このリコール隠し、岩崎自動車の乗用車のドアとかブレーキのリコール隠しでな。トラックのタイヤって初耳なんだ」

そっかー。あの会社そっちも隠していたのかー。目がマジだった栄一くんのイケメン顔についついゲロってしまう私をどうして責められようか。聞き終わった栄一くんが頭を抱える。

「つまりなんだ。岩崎自動車全部クロって事かよ」

「ええ。内部に二重帳簿を作ってデータを管理してってのが今回の問題だけど、これをおそらく全部門でやっている可能性が高い上に、そのデータが膨大だから上層部が把握できていない。多分、岩崎自動車が吹っ飛ぶわよ。けど、どうして栄一くんが岩崎自動車の事を気にするのよ？」

「親父《おやじ》が愚痴っていた。岩崎自動車を解体する事で財閥解体の功績にすると同時に、うちに岩崎自動車を押し付けたいみたいだと」

ようするに恋住政権としては、財閥解体の功績として岩崎自動車を潰したいが、国内基幹産業である自動車を潰せば雇用に直撃する。そのため、岩崎自動車を岩崎財閥から切り離して、テイア自動車にくっつける事を画策しているらしい。

それだと鮎河《あゆかわ》自動車が一番だと思うのだが、外資に身売りともなると批判を浴びかねないという事らしい。

「間が悪いことに、メインバンクが合併のせいで救済資金が用意できない。岩崎自動車を食べる際の救済資金を調達すると、二木財閥から外されかねない」

テイア自動車のメインバンクが二木淀屋橋《よどやばし》銀行なのだが、主導権を握った旧淀屋橋銀行というのが『逃げの淀屋橋』と呼ばれる超合理的経営でかつて経営危機時のテイア自動車に融資打ち切りの上に債権回収までやって未《いま》だその恨みをテイア自動車は忘れていなかった。

バブル崩壊と金融ビッグバンで二木淀屋橋銀行となった今でもテイア自動車にお詫《わ》び行脚中で、テイア自動車としては巨額の資金を借りたくはないという状況だった。

じゃあ、地場金融機関の大手だった五和尾三銀行はといえば、現在旧尾三銀行の人間を粛清中でチャンネルそのものが崩壊していた。

それでもテイア自動車が揺るがずに経営できているのは、過去の金融危機から堅実な経営を心がけ、『テイア銀行』と呼ばれるまでの現金を保持しているからに他ならない。その健全な資金を岩崎自動車なんて危ない所に投資したくない。

おまけに、この問題をテイア自動車単体で解決すると、『二木財閥いらなくね？』の声からテイア自動車の独立問題が火を噴く。

テイア自動車は恩も縁もあって別に二木財閥から外れるつもりはないのだが、経済というのは恩でなく縁でなく利であるという武永大臣からすればそれは罪であり、テイア自動車が次の標的になる事を意味する。

すでにターゲットに入ってる桂華《けいか》グループからすれば他人事《ひとごと》ではない。

「この問題は私達だけで片付けるのは無理ね。大人も交えましょう」

私のぼやきに栄一くんが頷《うなず》く。なお、まだ壁ドンのままである。ちっとも色っぽくない。

「で、誰を呼ぶ？」

「栄一くんのお父様とうちの一条は確定。岩崎財閥にも話をつけないとまずいから、薫《かおる》さん経由で帝都岩崎銀行の岩崎弥四郎《やしろう》頭取も呼ぶわ」

こうして、岩崎自動車をめぐる狂想曲が幕を開けた。

日本の政財界の裏工作は基本料亭で行われる。今回の会談に使われたのは、裕次郎《ゆうじろう》くん経由で泉《いずみ》川《かわ》副総理から紹介してもらった料亭、目黒明王院竜宮城。今回の会談の面子《メンツ》はこんな感じである。

私、一条、橘《たちばな》に仲麻呂《なかまろ》お兄様の桂華グループ組。栄一くん、彼の父の帝亜《ていあ》秀一《しゅういち》氏の帝亜組。友達兼お兄様経由で朝霧《あさぎり》薫さんと岩崎弥四郎頭取の岩崎組。今回部外者だけど、来てもらった裕次郎くんに光也《みつや》くん、ついでに感づいたので第三者役になった泉川副総理。

で、私の話を聞いた全員が頭を抱える。なお栄一くんは聞いているにもかかわらず二回目である。

「そ、それは本当なのかい？」

岩崎頭取が確認の目で私を見るが、話の途中で確認していた泉川副総理が首を縦に振った。

「国土交通省に確認を取ったが、データの二重管理については岩崎自動車自身が認めたそうだ。大規模リコールは避けられないし、岩崎自動車の全データも信用できない」

「桂華部品製造経由で調査させましたが、岩崎自動車ディーラー向けの該当部品については発注が妙に多く、ヤミ改修の可能性も……」

橘が一同に追い打ちをかける。欠陥がある以上、改修がいるのだが、系列で製造すると其処《そこ》からチェックされてバレる可能性がある。で、ＯＥＭのサプライヤーであるうちから部品を買って、ディーラーで修理をしてバレないようにしていたというのだから真っ黒である。

おまけに、その改修もオイル交換無料とかで客を呼んでというのだからもう何も言えない。

「駄目だ。これはどう考えても隠せません」

一条が天を仰ぐ。国土交通省はこの一件で激怒中。財閥解体を政策の一つにしている恋住政権はこんなチャンスを逃す訳がない。

「岩崎自動車は改善を約束し、財閥各企業に支援を要請しているが……」

岩崎頭取の淡い憶測にトドメを刺したのは薫さんだった。

「瑠奈さんが摑《つか》んでいる話を自動車首脳部が知らなかったら無能だし、知ってて隠していたら背任では？」

何も知らないからこそ、容赦なく突っ込む薫さんに私は苦笑する。その一言で岩崎頭取もついに岩崎自動車擁護を諦めた。

「救済は岩崎財閥でしたいと思います」

「無理ですよ。恋住政権が、武永大臣がそれを見逃すと思いますか？　岩崎財閥の各企業の埃《ほこり》も派手に舞っているというのに」

岩崎頭取の言葉を私がぶった切って、仲麻呂お兄様が唖然《あぜん》とする。考えてみれば、政財界の大物相手に切った張ったをしているのを見たのはこれがはじめてではなかろうか？

話がそれたが、この件は岩崎財閥で救済しても治らなかった隠蔽体質である。この一件は根が深く、岩崎財閥各企業間で緊急監査を実施したら出るわ出るわの不正と隠蔽の山。

既に岩崎財閥内部で収まる問題で無くなっており、助けるためにわざわざ数千億円を溝《どぶ》に捨てさせることもないだろう。

ここで言うつもりはないが。

「まずいな。国交省経由で武永大臣の耳に入るのは確実だ。国交省の処分から、経営不振による救済処理まで行くと、横槍《よこやり》を入れることすら難しいぞ」

秀一氏が口に手を当てて今後の展開を考える。自動車業界も会社が多く、業界再編は必要という意見がくすぶっていた。そして、その業界再編は外資系企業の影がちらつく。

経済産業省には、テイア自動車を軸に国産自動車強化を考えていたので、テイア自動車を二木財閥から切り離す事を考えていた。武永大臣にとって実績を考えたらどっちについても美味しい話だ。

「となると、岩崎自動車の切り離しだが瑠奈くんの所で抱えられないだろうか？　迷惑がかからないように岩崎が全面的に支援するが」

「いやですよ。それだったら鮎河自動車救済時に手を上げていますって」

岩崎頭取の提案に私が即座に拒否し、鮎河自動車救済が流れた裏話を暴露してお子様四人が啞然とする。お金持ちであるとは分かっていただろうが、日本有数の自動車会社救済に断ったとは言え関わったのだから思いはひとしおなのだろう。

「凄《すご》いな。下手すれば、瑠奈はうちのライバルになっていたのか」

栄一くんの感嘆に私は苦笑で返す。この手の席には一応料理が並んでいるのだが、誰も手をつけていないのでグレープジュースをグビグビ。

「渕上《ふちがみ》元総理の時にね。あの時と同じで、私は手を出さず鮎河に任せていいと思うわ。今の恋住政権には逆らっても無駄です。花を持たせてあげるべきでしょう？」

私はなんとなくだが、岩崎財閥の苦境がやっとこのあたりになって見えてきた気がした。

国策と共に規模を大きくしてきた岩崎財閥は、北日本併合に絡んで樺太《からふと》事業にのめり込んでいた。巨大財閥の宿命である閨閥《けいばつ》と官僚主義による硬直化で根が腐り出していた岩崎財閥は新たな金の成る木を樺太に求めたのだろう。岩崎商事は北樺太の油田・ガス田に投資を進めており、第三セクターの樺太重工の株式の三割を持っているのが岩崎重工だ。

そうなると、桂華グループの取り込みにも別側面が見えてくる。指摘するつもりもないが。

「恋住政権は財閥解体の功績という花を得、岩崎財閥も岩崎自動車救済の資金を用意しなくて済む。ついでに岩崎自動車を生贄《いけにえ》に捧《ささ》げて他の企業への波及を避ける。泉川副総理はこの件で総理に貸しが作れ、私は厄介事に巻き込まれないと」

「テイア自動車からすれば、岩崎自動車救済のコストを鮎河に背負わせた上、二木財閥からの離脱を避けられる訳だ。外資が入った鮎河が絡むなら、系列を崩して来るから、下請けの統廃合は瑠奈くんの所でおねがいできないだろうか？　その分、テイアから部品製造については便宜を図る」

私の提案に秀一氏が口を挟み、私も利を確保する。テイア自動車は価格についてはシビアなのだが、こちらはＯＥＭ大手サプライヤーとして話ができるのが強みだ。だから利より縁が取れる。

「いいですよ。これでただ働きは回避できそうです」

私の冗談に一同笑う。利の薄い取引だが、利があるだけましという所だろう。

「岩崎財閥の一人として、瑠奈くんにお礼を。岩崎財閥はこの件で少なくとも桂華グループに『借り』を作ったと認識してくれ。帝亜総帥と泉川副総理が証人だ」

岩崎頭取が頭を下げる。経済産業省主導というか武永大臣主導で岩崎自動車を解体された場合、そのついでとばかりに他の岩崎財閥にまで被害が行きかねない。

岩崎自動車の切り捨てを岩崎財閥自身で行うことで、世間には岩崎財閥のケジメと受け取れる上に、武永大臣の介入を最小限に抑えることができる。

で、そのきっかけを作ってくれた桂華グループに借りを作った事で、帝都岩崎銀行が欲しがっている桂華金融ホールディングスに手を伸ばす事が躊躇《ちゆうちよ》されるという訳だ。

岩崎財閥には御三家と呼ばれる大企業が三つあり、岩崎重工・岩崎商事・帝都岩崎銀行の三社を頂点に組織の岩崎として各企業の結束を誇っている。

岩崎自動車は岩崎重工の縄張り企業だった事で、その切り捨てで岩崎重工と帝都岩崎銀行の間で波風が立つかもしれないが、岩崎自動車の救いの無さと岩崎財閥各企業の不祥事の山に、用意された救済パッケージに残った岩崎商事が反対できるとは思えない。

何かあったとしても、武永大臣が口を出す前にこの場にいる泉川副総理が居る訳で。

「私にも利をくれるのはありがたいが、女王様はそれでいいのかい？」

泉川副総理が確認をとりながら苦笑するが、私も笑って言い切る。

ぶっちゃけると古川通信に向けて岩崎自動車なんてどうでもいいなんて言えず。

「いいですよ。新宿新幹線で目立っているのですから、しばらくはおとなしくしておきますよ」

「こういう事が言える人間に成りたいもんだ」

ぼそっと呟《つぶや》いた光也くんだが、思ったより大きかったらしく皆に笑いが広がる。

それに裕次郎くんが返して更に笑いが広がった。

「成るとこんな無茶ぶりを食らうけどいいのかい？」

後日談になるが、岩崎自動車は社長以下役員全員が辞職し岩崎財閥からの離脱を発表。

更にいくつかの岩崎財閥傘下企業の不正を公表し、謝罪および経営陣の交代を発表。

帝都岩崎銀行がつなぎ融資だけをして、海外販路と国内基盤を強化したかった鮎河自動車が岩崎自動車を買収。その買収資金を用意したのが桂華銀行である。

一方、切られる岩崎自動車の末端下請けは桂華部品製造が買収し、その規模を更に大きくする事になった。これらの動きは恋住政権の財閥解体の実績として武永経済財政政策担当大臣が華々しく発表していったが、黒子として泉川副総理が動いた事はついに知られることは無かった。

「瑠奈。少しいいかい？」

話がまとまって、三々五々にみんな帰ってゆく。残ったのは仲麻呂お兄様と薫さんと橘の身内枠。

「なんですか？　仲麻呂お兄様？」

「一言礼を言っておきたくてね。朝霧侯爵家の義理から岩崎財閥へ穏便に話をつけてくれたことに対してさ」

「私からも。瑠奈さん。うちへの義理からこの席に呼んでくれてありがとうございます」

仲麻呂お兄様が頭を下げ、続いて薫さんも頭を下げる。私的には、岩崎財閥の桂華グループ取り込みをこれで頓挫させたので、実は穏便ではなかったりするのだが。岩崎財閥で桂華グループを食べることを主張していた連中にとっては、歯噛《はが》みしているだろう。

神戸《かんべ》教授の机の上の受話器がなり、彼は電話をとった。

「やぁ。武永大臣。相変わらず時の人じゃないか」

「よしてくれ。教授。精々間違って舞台の上で踊る間抜けな脚本家でしかないよ。私は」

「そのあたりはひとまず置いておいてだ。この大変なご時世に、一介の大学教授に電話をかけるという事はどういう要件かな？」

「君の主張する論文を思い出してね。それで尋ねてみたくなったんだ。桂華院《けいかいん》瑠奈公爵令嬢。彼女は君の主張する論文のモデルになりえるかい？」

「……ああ。おそらくは、百万の秀才、一千万の凡人を生贄に捧げてもお釣りが来る、百年に一度の大天才だ。

大臣。研究者として警告しておくぞ。おそらく、君が仕える総理も彼女と同じような大天才なのは間違いがない。問題は、彼女と総理の方向が別れてしまった場合だ。両方潰れでもしたら、この国の21世紀はろくでもないことになるぞ。君は彼女と総理を調整できる位置にいる人間だ。絶対にあの二人を敵対させるな」

「……驚いたな。そこまで読んでいたか」

「このご時世にわからない方がおかしい。警告はしたぞ」

「感謝する。総理にも伝えておこう。では」

電話を置いた神戸教授の机には新聞があり、テロ組織に対して世界が揺れている中、国内で新た

な政争が静かに幕を開けていた。

「妙な動きをしている連中が居るんです」

岩崎自動車救済のニュースからしばらくして、私の前にやってきた藤堂長吉《とうどうながよし》は岡崎祐一《おかざきゆういち》を連れてそんな事を口にした。

岡崎はモニターをつけて、あるチャートを見せる。原油先物市場だった。

「あのテロから、原油価格は下げ基調を強めています。

一バレル25―30ドルのレンジから20ドルを切るのも時間の問題かと」

「まだうちは利益出ているんでしょう？」

私の確認に二人共頷く。今の私の利益の中核はロシア通貨危機に買い込んだロシア国債であり、その支払として格安で受け取っていた原油だったからである。

「ええ。その通りです。この原油安の原因はあのテロで世界規模で景気が冷え込んだ事による需要減があげられます。ただ、この相場の中で妙なことをしている連中が居るみたいなんです」

岡崎の説明は続く。モニターはここ二、三ヶ月の取引データに切り替わる。いくつかの取引にだんだん見覚えのある名前が見えてくる。

「『ブラックシップ・エネルギー』？　何処《どこ》かで聞いたことあるわね？」

首をひねる私に藤堂が正解を告げた。

「この国の電気とエネルギーの自由化を求めた、ゼネラル・エネルギー・オンラインの日本法人の一つですよ」

ぽんと手を叩《たた》く私。水ビジネスでゼネラル・エネルギー・オンラインと面識ができたが、本丸である電気とエネルギーについて黒船よろしく乗り込んできたと経済ニュースで少し騒ぎになっていたのを思い出す。

「それがどうしたの？　うちの原油を買ってこの国の石油火力発電所に売り込むか、自前で石油火力発電所を建設するかじゃないの？」

「いいえ。ゼネラル・エネルギー・オンラインの本業は天然ガスと電気じゃないですか。こいつらが我々の取引に顔を出しているんですよ」

「？」

岡崎の言葉が何を言っているのか良くわからない私に、藤堂が説明を引き継ぐ。

「うちの原油はロシア国債の代金として、ロシア政府から欧州向けの原油を受け取っています。それを日本に持ってくるのは時間が掛かるので欧州原油先物市場で売却し、日本にやってくる原油の大部分である中東産原油を産油国から直接買い取り、タンカーで日本に持ってくる事になります」

藤堂は世界地図をモニターに出す。中東産油国があるペルシャ湾から極東の日本までのタンカーの航路を映して説明を続ける。

「で、ロシアは天然ガス産出国でもあり、欧州向けに天然ガスも輸出しています。オプションとして原油ではなく天然ガスの受け取りもしているんですよ。リスクヘッジのために」

「原油価格が下がっても天然ガスならば下がらないと？」

私の質問に藤堂が頷いて補足する。

「というより、欧州では換金しやすいと言った方がいいですね。価格が安定していますし、日本に入る原油は途中で中東産油国から買わないといけないのですから」

欧州で売るので産油国での購入代金は原油でもガスでも構わないという訳だ。続きを今度は岡崎が補足する。

「本来ならこの手の取引は、ロシアから受け取った原油と同じ数の原油を産油国から買う契約を結ぶ事で、価格などのリスクヘッジをしているんです」

欧州に原油を売ると受け取る代金は『ユーロ』だ。そして産油国から原油を買う場合は『ドル』が必要になり、日本に持ち込んで販売してやっと『円』になる。それぞれに為替リスクが発生する訳だ。で、中東産油国とこんな契約を結ぶ。

「ロシアから欧州に向かう原油を渡すから、その同数を売って日本に運んでくれ」

これだと、うちは『ドル』も『ユーロ』も関係なくなり、為替リスクが大きく減ることになる。産油国側も『ユーロ』払いを受け入れたのだが、地理的に欧州と関わりが深く、この時期のユーロはできたてという事もあって需要があったのだ。

ただ、原油価格が下落傾向にあるので日本に来る時の利益が目減りするのが問題だった。

「中東から日本まで積み込みまで入れて大体一月。つまり日本円に現金化できるのは一月後の原油価格となります。その時に仕入れ価格より下がっていたら我々は損を蒙《こうむ》ります。だから、欧州原油先物市場で得た代金で普通は香港《ホンコン》原油先物市場や東京原油先物市場の原油を購入するのです」

「なんとなく分かってきたわ。一月後に開くサイコロの目に期待する前に、少し割高でも目が出ているサイコロに賭ける訳だ。で、それがどう繋《つな》がるの？」

私の質問に答えたのは岡崎だった。

「『循環取引』って業界では呼ばれています。複数の企業が共謀して相互発注を繰り返して架空の売上を計上するんです。それにうちが買った天然ガスが使われている可能性があるんです」

「？？？　何のために？」

「だから言ったじゃないですか。妙な動きをしている会社があるって。ゼネラル・エネルギー・オンラインがそういう妙な動きをしているんですよ」

「一つは岡崎の言う架空の売上を計上するやり方。もう一つは損失の飛ばしの可能性ですね」

藤堂の言葉の意味は重たい。今、ゼネラル・エネルギー・オンラインは米国の経済ニュースのホットな話題になっていた。

その話題は不正会計疑惑。海外事業の失敗に伴う多額の損失をＳＰＣと呼ばれる特定目的会社に飛ばしていた上に、その循環取引で売上を大きく見せていたという事で株価が急落していた。

そんなゼネラル・エネルギー・オンラインが乾坤一擲《けんこんいってき》の勝負として市場にＰＲしていたのが日本市場であり、その尖兵《せんぺい》としての日本法人であるブラックシップ・エネルギーである。怪しい事この上ない。

「たしか、電気の自由化を求めて米国政府から圧力をかけていたんだっけ？」

「そうですね。元々ゼネラル・エネルギー・オンラインは買収を繰り返しながらガスを市場で売買するというシステムを電気に用いる事でここまで大きくなりました。その手法をこの国に用いることでこの国の電力市場を独占しようという魂胆なのでしょう」

市場というものは、売り買いの他に賭けとしての側面を持っている。つまり、この国における電力市場という賭場の胴元になりたいのだろう。ギャンブルは基本的に胴元が損をしないようになっている。だが、電力は現代社会の根幹をなすインフラの一つだから強力な規制下に置かれている。

だからこそ、規制緩和を旗印の一つにしている恋住政権に米国政府が圧力をかけているのだ。そんな米国政府を動かしたのは、ゼネラル・エネルギー・オンラインのロビー活動に他ならない。

「お嬢様。よろしいでしょうか？」

ノックの後に橘と一条と桂直之《かつらなおゆき》の三人が入ってくる。私の金庫番三人が揃《そろ》って入るあたりヤバそうな話と踏んでいたが、出てきた言葉は想定外だった。

「お嬢様が桂華院本家の養女になった事で、親権が清麻呂《きよまろ》様に移りました。それに伴ってムーンライトファンドをお嬢様の手から切り離そうという動きが起こりつつあります」

当たり前の話だが、私はまだ小学生であり未成年である。という事は原則として法定代理人の同意がなければ法律行為を行う事ができない。

これまでのムーンライトファンドは私の指示を橘・一条・藤堂の三人が聞いて『三人の独断』という形で意思決定がなされていた。私の指示が未成年だから法的拘束力を持たないからだ。同時に、何かあったらこの三人で止められて私に害が及ばない配慮もある。

それが、正式に桂華院公爵家養女となった事で、清麻呂義父様《とうさま》が意思決定に関与できるようになった。もう少し踏み込むならば、何かやらかしたら清麻呂義父様に害が及びかねない。

「その話、清麻呂義父様が主導しているようには聞こえないわね。誰よ。焚《た》き付けたのは？」

かつて私は身内である桂華院家の親族に誘拐されかかった過去がある。そんな経緯があるからこそ、こういう動きをする馬鹿は身内には居ないと思いたい。私の懸念顔に橘は苦笑して答えた。

「ご安心を。桂華院家ではございません。もっとたちが悪いと申しますが。岩崎財閥御三家岩崎商事でございます」

最強の総合商社と名高い岩崎商事が私に牙を剝《む》く。顔を覆った私を誰も咎《とが》めなかった。


「そういう事が起こっておりますの？」

帝都学習館学園雲客会館にて他人事のように朝霧薫さんはあっさりと言う。まぁ、身内とはいえ他人事なのだろう。それとなく確認を取ろうという事で出向いて話を振った返事である。

「こちらもまだ確証を得ている訳じゃないけど、何か知らないかなって振ってみた訳。薫さん。何か知っている？」

「私は瑠奈さんみたいに深く大人と関わっておりませんので。ただ、岩崎の事象を少し説明させていただきますわ。岩崎財閥御三家については？」

「たしか、財閥頂点の岩崎本社を頂点に、岩崎重工、岩崎商事、帝都岩崎銀行の三社だったわよね？」

「ええ。重要なのは瑠奈さんが今言った会社の並びがそのまま序列になっているという事です」

岩崎本社は岩崎財閥の持株会社として個々の経営には関与しない。そのため実務は岩崎御三家を頂点とした財閥各企業の合議体制で運営していた。『組織の岩崎』と呼ばれる所以《ゆえん》である。とはいえ、組織である以上派閥がある訳で、この御三家はそれぞれ企業を抱えて派閥を形成していた。

「元々桂華グループの吸収は、岩崎重工閥の岩崎化学が主導していたのですわ。今は合併して桂華岩崎化学でしたわね。その岩崎重工は岩崎自動車救済で瑠奈さんに頭が上がらない。それはお爺様《じいさま》が頭取の帝都岩崎銀行も同様です。『組織の岩崎』は伊達《だて》ではございません事よ。岩崎商事がこういう事をして御三家の二社が黙っているとお思いですか？」

「まぁ、通らないと思うわね」

「ええ。そういう話が出ている時点で、瑠奈さんに告げてくれと岩崎商事が暗に言っているのです」

あ。その視点はなかった。さすが組織の岩崎。私は顎に手を置いて呟いた。

「という事は岩崎商事に囁《ささや》いた第三者がいる」

「同時に、こういうまどろっこしい手で瑠奈さんに教えないといけないお相手という事でしょうね」

とってもいい笑顔で薫さんは言い切る。これは何か摑んでいるみたいだが、それを言わないというか言えない相手であるという事だけは理解した。

「瑠奈さん。言っておきますけど、私は瑠奈さんのお友達ですわよ。それを忘れないでくださいね」

「ええ。色々とありがとうね。薫さん」

「多分、岩崎商事の狙いはうちですね」

呼び出した赤松商事社長である藤堂長吉はあっさりと言い切った。

「理由は？」

「資源」

藤堂の言葉に納得するしか無い私が居た。この時期の総合商社は資源ビジネスに舵《かじ》を切ろうとしており、合併前は経営危機が囁かれていた赤松商事はロシア産原油を武器に経営を急回復させつつあった。樺太統治に莫大《ばくだい》な投資をしていた岩崎財閥がそれを狙わない理由がない。現在建設中のロシアから極東へのパイプラインを樺太に延ばそうという計画があったからである。

「じゃあ、岩崎商事は本気で赤松商事を食べに来ると思う？」

「まさか。お嬢様の事を知っているだろう岩崎商事の連中はそこまで馬鹿じゃないでしょう。とはいえ、そんな情報が出る意味は考える必要があります」

「薫さんも似たような事を言っていたわね。私に告げてくれと言っているようなものだと」

「たしか朝霧侯爵のご令嬢で祖父が帝都岩崎銀行の頭取でしたな？　だったら、ほぼ確定情報と扱っていいでしょう。岩崎商事の後ろに誰か居ます」

「天下の岩崎商事をして名前を隠さないといけない誰か……ね。岩崎商事が赤松商事を食べるとしてどういう手段を取るのかしら？」

「赤松商事の株式の大部分はムーンライトファンドが保有しています。そのムーンライトファンドの所有者がお嬢様です。ですから、お嬢様が赤松商事の株式を岩崎商事に売らない限り成功しません。普通ならば」

「その普通じゃない手って何な……そうか。ここで清麻呂義父様が出てくるのか」

「そのとおりでございます。お嬢様。清麻呂様の養女となった事で、清麻呂様にお嬢様の財産管理権が発生いたします。この場合、お嬢様と清麻呂様の命令が違っていた場合、我々は清麻呂様の命令を優先せざるを得なくなります」

「それを岩崎商事に囁いた奴《やつ》が居ると。なるほど。一度本家に行くしかないわね」

「でしょうな」

「橘。車を用意して。本家に行くわ」

受話器をとって橘に車を用意させる。部屋を出る前に私は藤堂にこんな質問を投げてみた。

「さっきの話だけど、清麻呂義父様と私の命令、どっちを聞くつもり？」

「法的には清麻呂様、心情ではお嬢様ですが、お嬢様はそこまで馬鹿じゃないと信じております」

「ありがとう」

東京都港区白金。桂華院公爵家本家は高級住宅街の中にある和洋折衷の屋敷である。

ここに当主桂華院清麻呂公爵一家と、一族やその従者が生活している。

来訪は夕方だった事もあり、食事をという流れになった。本家の食事は清麻呂義父様と仲麻呂お兄様と私の三人だけ。静かで豪勢な食事だが、誰もがタイミングを見計らっていた。

「体調を崩したと聞いたが、とりあえず元気そうで何よりだ」

「ご心配をおかけしました。義父様。こうやって食事が食べられる程度には回復したので、元気な姿を見せておこうかと」

「桜子《さくらこ》さんも心配していたよ」

「仲麻呂お兄様にはご迷惑をかけてしまいました。婚約発表の席であんな醜態を晒《さら》してしまって」

「瑠奈が気にすることではないよ」

挨拶の後に本題に入る。デザートが運ばれてきた時に清麻呂義父様が切り出した。

「瑠奈。九段下ではなく、ここ白金に一緒に住まないかい？」

「その話はお断りしたではないですか。仲麻呂お兄様の新婚生活を邪魔するつもりはないと」

「僕のことは気にしなくていいよ。この屋敷は部屋も多くあるし、一族の何人かもここで生活しているしね」

食後のコーヒーを口にする仲麻呂兄様と、メイドが持ってこさせたワインを口にする清麻呂義父様。表面上は心配しているように見える。実際、私から実権を取り上げるチャンスはいくらでもあった。何故《なぜ》このタイミングなのか？　それが私にはわからない。

「あの日、瑠奈が倒れた時に思い知ったのだよ。この子はこの年で世界に対峙《たいじ》していようとしていたのだと。瑠奈。君の重荷を私や仲麻呂に預けてもいいのだよ」

「僕は瑠奈のやっている事に関知はしない。けど責任は取るつもりだよ。兄として。桂華院公爵家を継ぐ者として」

二人から出る言葉は私をいたわる言葉だった。そこから出るのは本当に心配している二人の姿に見える。

「それでも、私をかかえる事は義父様やお兄様にとって都合が悪くなることもあるでしょうに？」

「否定はしないな」

「ええ。瑠奈の持っている物を取り上げろという声は耳に入るからね」

何よりもこの場で二人は隠そうとしなかった。それが嬉《うれ》しいし、巻き込む事を躊躇《ためら》う。

「取り上げても良かったのですよ？」

「子供の物を親が勝手に取り上げるほど、私は悪い親にはなりたくないよ」

「お年玉を取り上げられて『大人になったら返す』と言われてついに返してもらえなかった友人が居てね。今でも恨んでいるらしい。僕は瑠奈から恨まれたくはないな」

食後に用意されていたグレープジュースは少しぬるくなっていた。それを口にして私は口を開く。

「赤松商事に買収の話が来ています。相手は岩崎商事。何かご存じないですか？」

「一族の者が言っていたのは聞いているよ。桂華院家が事業から離れて岩崎財閥と一体になるのならば、今の企業群も岩崎とくっつけるべきだとね。瑠奈。どうして私が桂華グループを岩崎財閥に売ったか分かるかい？」

清麻呂義父様の言葉は優しく、それでいてどこか人を突き放す響きがあった。公爵という華族はこうあるべしという見本として。

「不良債権処理では？」

「それは違うよ。瑠奈。桂華グループの不良債権は瑠奈が片付けてしまったじゃないか」

仲麻呂お兄様が優しく諭す。

「最大の理由は、私達が事業をするよりも他の人に任せた方がうまくいくからさ」

その発想はなかった。そんな顔をしているだろう私を仲麻呂お兄様は笑う。

「瑠奈も感じているだろう？　企業が大きくなれば大きくなるほど、多くなれば多くなるほど、多くの人間が必要になる。そしてそれを管理するには信頼できる人間が必要だ」

私は頷く。私が管理する企業群は橘・一条・藤堂の三人が居ないとコントロールできないし、その三人とて全権が振るえる訳ではない。買収や救済で頭を抑えただけで、その会社から見れば外様《とざま》なのだ。

「岩崎財閥は明治からある大財閥で各界に有能な人材を多く抱えている。会社管理を考えると、そういう豊富な人材が居ないとこの先は難しいと思った訳だ」

仲麻呂お兄様の言葉を清麻呂義父様が引き継ぐ。

「私自身は桂華岩崎製薬の会長になって一線を退き、鳥風会の活動に専念するつもりだ。社長は岩崎製薬の人間だが、仲麻呂の次期社長の椅子は約束させている」

「嬉しい限りですが、優秀な岩崎の人間を押しのけて座れるほど傲慢になりたくないですよ」

「失礼します。今、朝霧侯爵ご令嬢桜子様から連絡がありまして、こちらに来られるとの事です」

話の途中に不意に本家執事がこんな事を告げてくる。すっと仲麻呂お兄様の視線がこっちに向いたのを目ざとく見つけてしまう。目的は私か。桜子さんはそれからしばらくしてやってきた。

「こんばんは。桂華院公爵。仲麻呂さん。瑠奈ちゃん。ちょっと近くに寄ったので」

「構わないよ。もうすぐここは君の家にもなるのだからね」

「まだ早いですよ。父上」

「こんばんは。桜子さん。たしか九段下のパーティーの時以来でしたね」

私の挨拶に桜子さんが反応して大きな封筒を差し出した。

「うちのお爺様がここに行くのなら持っていけって。私はちんぷんかんぷんだけど瑠奈ちゃんなら分かるでしょう?」

四人の歓談の後、夜遅くなったので私は本家を後にする。桜子さんが私の歌を聞きたがったので一曲披露する羽目に。今日の運転手が元バイオリニストの渡部《わたべ》さんでよかった。そんな事を考えているとほどよく眠たくなってきたのだが、私は隣にいた橘になんとなく聞いてみた。

「橘。橘は清麻呂義父様と私の命令、どっちを聞くつもり?」

「私は桂華院家の人間ですから、お嬢様を含めた桂華院家の命令に逆いませんよ。ただ、孫の由香《ゆか》は最初からお嬢様にお仕えするようにと命じております。そういう時が来ましたら、私ではなく孫の由香の方を重用なさってくださいませ」

「模範的かつ、私好みの回答ありがとう」

それだけ聞いて目を閉じて眠ろうとして手に封筒が当たる。そういえば桜子さんが私にと渡してくれたものだ。中を取り出してレポートを読み出し……

「な　に　こ　れ　？」

眠気がぶっ飛び、怒りが湧き上がってきた。

「お嬢様。裏が取れましたよ。黒です」

数日後。私の所にやってきた一条の顔色は悪い。私が桜子さんのもってきた書類の裏取りを命じた事に関してなのか、私の怒りが顔に出ているからなのか。

「絵図面はこうです。ゼネラル・エネルギー・オンラインは不正会計疑惑で株価が急落。資金繰りが追い詰められています。同業他社が救済するかもというニュースが上がっていますが、そのためにも損失処理の資金が必要になるんです」

「で、それがうちにどう絡んでくるのかしら？」

「彼らが構築した電気取引市場。それを維持するには担保が必要なんです。それが株価急落で市場の信頼が揺らいで追加の担保を差し出す必要が出てきた」

「マージン・コール」

私は一言呟く。一条は満足そうに頷いた。

「そうです。お嬢様。彼らは早急に追証の資金を用意しなければならなくなった。ここでうちが絡んできます」

「つまり、ムーンライトファンドに眠っている金ね」

「ええ。アンジェラさんを入れた事で米国政府に口座を覗《のぞ》かれましたからね。無駄に眠っている資金がここにあると分かったのでしょう。ゼネラル・エネルギー・オンラインは現政府に多額の献金をしています。岩崎財閥の連中が口を濁したのは、米政府への忖度《そんたく》もあったんでしょうな」

「その岩崎がどうして絡んできたの？」

この仕掛けの疑問はここなのだ。一条は私の質問に目をそらして答えた。

「帝都岩崎銀行はゼネラル・エネルギー・オンラインの債権を三百五十億円分抱えているそうです。それが致命傷になる事はないですが、頭取の責任問題として叩かれるかもしれません」

そこか。岩崎が動いた理由は。納得する私に一条は続きを口にした。

「元々岩崎財閥の内部では、桂華グループの不完全な吸収に不満を持っていた幹部が一定数居ました。そして、桂華院家内部にもお嬢様を頂点とする今の桂華グループに不満を持っていた連中が居た。それがあのテロの日に一気に噴出したんです」

九月十一日。あのテロは世界経済に甚大なダメージを与えた。同時に世界経済というのは誰かが損をしたならば、誰かが特をするシステムになっている。

「損をした事が問題ではありません。本当に問題だったのは、お嬢様が倒れてから回復するまで桂華グループが漂流したと見られた事なんです」

一条は断言する。私が倒れてから回復するまで橘・一条・藤堂の三人は全力で動いて損失を最小限にした。だが、世の中には結果だけを見る人間が居る。

「あの時、桂華院瑠奈が倒れなかったら、もっと損失は少なかったのではないか？」

たられればだけに答えは出ず、小学生という特異性がそれを更に強調する。そこにつけこまれた。

「岩崎商事が出てきたのはどうして？」

「総合商社は基本なんでも屋です。同時に樺太のガス開発を担当しています。ブラックシップ・エネルギーがうちのガスを買って売る相手がこの岩崎商事です。同時に彼らは赤松商事を食べたがっていました」

「藤堂から聞いたわ。資源ね？」

「そうです。お嬢様。樺太はロシアの延ばすガスパイプラインに近いんです。そして、酒田で建設中の石油化学コンビナートも魅力です。あそこには石油火力発電所を建設中ですからね。電力自由化を迫っているゼネラル・エネルギー・オンラインにとって喉から手が出るほど欲しいでしょう」

「だから、こんなのが出てきた訳ね」

私は机の上に置かれていた桜子さんからもらった書類をつつく。『桂華グループ吸収後の経営再建計画』と書かれたそれは米国式経営の精緻とも言える大規模リストラ計画だった。

「赤松商事の資源部門はブラックシップ・エネルギーに売却し、残る部門は全部岩崎商事が吸収。その過程で赤松商事の社員の二割を削減し利益が出たら株主に還元。

桂華金融ホールディングスは帝都岩崎銀行と経営統合し、経営陣の七割を帝都岩崎銀行が占める。

重複拠点のリストラで半分以上の人員をリストラ……」

この経営再建計画だと現在の桂華グループ人員の半分が居なくなる事になる。もちろん、それだと桂華院家の取り分がないので彼らなりの飴《あめ》は用意されていた。

「で、このリストラで改善した収益は配当という形で桂華院家に支払われると。一条。岩崎財閥は何処まで本気だったのかしら？」

「半々でしょうな」

私の質問に一条は即答する。私が思ったよりも本気度が高かった。

「お嬢様を敵に回すほど岩崎財閥は馬鹿ではありません。かといって、目の前で美味しい獲物を見送るほどビジネスは甘くもありません。だから岩崎は試したんですよ。お嬢様が動くかを」

多分、私が回復しなければ、いや、今も試されている。私はまだ何も動いていないのだから。

「お嬢様。この話のポイントは何処だと思いますか？」

「私が隙を見せたことでしょう？」

「違いますよ」

一条は笑って、大人として私を諭してくれた。

「誰もが、お嬢様を助けようとした事ですよ」

その指摘に私は少し意識が飛んだ。それを見ていた一条が苦笑する。

「だってそうでしょう？　小学生の少女が巨大企業グループを率いるだけでなく、政治にがっつり関与している。その結果があのテロ時の昏倒《こんとう》だ。もちろん、自分に利があるという下心もあるでしょうが、それを覆い隠すだけの善意がこの取引にはあったんですよ。お嬢様。ただ一人、お嬢様の意思を無視している事を除けばですが」

それに答えられない私が居た。だが、この書類を読んだ時に発した怒りは未だ心に宿っていた。

「今年の桂華グループの収益ってどんなものだったけ？」

「大雑把ですが四千五百億円の黒字ですな。この計画だと岩崎に半分以上持っていかれますが、それでも二千億円を下回ることはないでしょう」

半分以上を岩崎に持っていかれる理不尽さよりも、遊んで暮らすだけで年間二千億円入ると経営から手を引きたい桂華院家側はそれを考えたはずだ。たしかに悪い話ではないだろうな。半分以上を理不尽に奪われる私の意思さえ無視できればの話だが。

「ありがとう。一条。最後に一つ質問。一条は清麻呂義父様と私の命令、どっちを聞くつもり？」

「お嬢様ですよ。私は桂華院家の人間ではないですし、お嬢様の支えがなければこの椅子にも座れませんからね。だからと言って、本家の人達や岩崎の人達を責めてはいけませんよ。では失礼」

一条が去ってしばらくすると、メイドの一条絵梨花《えりか》がおやつを持って部屋に入ってくる。

「今日は絵梨花さんなのね。お父さんさっきまで来ていたのよ」

「ええ。帰る際にこっちに来て『お嬢様に迷惑をかけないように』って子供扱いして」

むくれる彼女を見て私も笑顔を作る。せっかくだから彼女にも聞いてみた。

「ねぇ。絵梨花さん。五人の内トップが莫大なボーナスを手にして、最下位の一人が首を切られる会社に入りたい？」

「私はいやですね。長く働くつもりはないですが、競争し続けるってきついじゃないですか」

「そうよね。ありがとう」

「おやつ食べ終わったら呼んでくださいね」

そう言って一条絵梨花は部屋を出てゆく。残った私はおやつに手をつけずに桜子さんからもらった書類を眺め続けた。

自らそういう会社に入るのならばそれは自己責任なのかもしれない。だが、会社が買収されてそういう会社に変えられた場合、それは『運が悪かった』で片付けていいのか？

この話は赤松商事だけの話ではない。清麻呂義父様や仲麻呂お兄様と話してはっきりした。経営を岩崎に委任するのならば、そのリストラは旧桂華グループの人間からなのは目に見えている。

何よりも、そういう未来を見たくないから、私は北海道開拓銀行を買って政治経済に関与したはずなのだ。それなのに、私の幸せのために、出てきた善意がこれだと!?

ふざけるんじゃない！

テーブルを書類越しに叩く。鈍い音が私の耳に届き、叩いた手は結構痛かったが怒りははっきりと自覚した。

立ち上がらないといけない。ここで止まったらいけない。

私はもう一度時代に逆らうことを決意した。

誰のためにでもない。私のために。

『粉飾決算で経営危機が噂《うわさ》されていたゼネラル・エネルギー・オンラインは本日チャプター11こと

連邦破産法11条を申請し破綻した。負債総額は分かっているだけで400億ドルにもなると言われている。破綻前まで全米第7位の売上高を誇る大企業の不正会計を多くのアナリストや会計監査法人が見抜けなかった事に全米は衝撃を受けている。破綻後日系金融機関のゼネラル・エネルギー・オンライン向けの債権や融資は一千億円程度ある事が取材によって判明しており、これらの債権が組み込まれたMMFに元本割れが発生……』

白金の桂華院家本家に呼ばれた私は、桜子さんの付き添いという形でやってきた岩崎弥四郎頭取から頭を下げられる。

「瑠奈くん。今回の一件で迷惑をかけた」

「構いませんよ。桜子さんのお祝いという事にしておいてください」

何をしたのかというと、帝都岩崎銀行が保有していたゼネラル・エネルギー・オンラインの債権三百五十億円を破綻前にムーンライトファンドで買い取ったのである。

これによってライバルの二木淀屋橋銀行は三百三十億円の特別損失を計上したのに対して、帝都岩崎銀行は損失ゼロという形になった。

もちろん、買ったゼネラル・エネルギー・オンラインの債権は紙くずになったのだが、その損失を埋めてなおお釣りが来るリターンをムーンライトファンドは叩き出していた。

「岩崎自動車の件に次いでこれで二回目の借りだ。それを無かった事にするほど私は恥しらずではないよ」

「そうですか。でしたら少しお願いがありまして」

私は岩崎頭取に作り笑いを浮かべてそれを口にした。

「古川通信の社長を追い出したいのです」

岩崎頭取の目が親類を見る目からビジネスマンのそれに変わる。何か言おうとする前に私が先に口を開く。

「買収するつもりはありませんが、古川通信が立ち直らないと四洋電機の経営に影響が出るんです」

ＩＴバブル崩壊から今年の決算で巨額の赤字を計上する予定の古川通信は、社長の責任問題が発生していた。古川通信のメインバンクである穂波銀行は複数都市銀行の経営統合でできたばかりで指導力を発揮できない上に不良債権処理に追われていた。

ここで、桂華金融ホールディングスと帝都岩崎銀行というメガバンクが社長に不信任をつきつければ、さらなる不良債権になりかねない古川通信を穂波銀行は守らないだろう。この場合帝都岩崎銀行という財閥系メガバンクが見放したという権威が効く。

「なんなら、岩崎が古川通信を食べてもいいですよ」

「瑠奈くん。一つ聞きたい」

私の言葉に返事をせずに岩崎頭取は私を見据えて質問する。

「ゼネラル・エネルギー・オンラインは君が救おうと思えば救えた。君が救うなら日米をまたにかける巨大エネルギー企業という道もあった。あの会社は米国大統領に近く、今回の破綻で二万人近い従業員が路頭に迷う事になるだろう。何で君は助けなかったのかい？」

ゼネラル・エネルギー・オンラインが断末魔の声を上げていた時、私は何も動かなかった。岩崎頭取の言うとおりに助けようと思えば助けられたし、岩崎商事や米国政府もそれとなくそういう話をあの後からも持ってきていたが、私は頑として動かなかった。

義父である桂華院清麻呂も親権をたてに私から経営権を取り上げようとせず、岩崎財閥も岩崎自動車に帝都岩崎銀行と続けて借りを作った以上積極的になる訳もなく手を引き、これが私の意思と認識された時、すでにゼネラル・エネルギー・オンラインには資金も時間も残っていなかった。

彼らは彼らの流儀で最善の提案をした結果、自滅したのだ。

「私、こんな姿ですけど日本人ですのよ。だから義理人情とか浪花節《なにわぶし》とか大好きなんです」

私は己の金髪を触りながら話す。

「多分、ゼネラル・エネルギー・オンラインの社員がここに来て土下座でもすれば助けたのでしょうね。けど、彼らはこなかった。代わりにやってきたのは桜子さんから頂いたあのレポート」

自分の顔に嘲笑が浮かぶ自覚があった。

「知っています？　ゼネラル・エネルギー・オンラインの幹部連中は破綻前にストックオプションの株を売り抜けていたそうですよ。二万人近い従業員が路頭に迷うことを放置して」

なお、桜子さんが持ってきたレポートにもそのあたりの仕掛けがちゃんと書かれてあった。彼らは岩崎財閥が政府の財閥解体の対象になる事すら視野に入れて、万一の際には岩崎財閥関連株を空売りして自分の利益を確保すると。怒りを通り越して呆《あき》れるばかりの自分本位である。

私は動かなかった。それは、ゼネラル・エネルギー・オンライン破綻まで空売りすらしなかった事を意味する。

知っていたからこそ大儲《おおもう》けできたのだが、それをして彼らと同じところに堕《お》ちたくなかったのだ。

「桂華院家にとっては素晴らしい提案と彼らは思ったのだろうね。事実、あのレポートの通りに桂華グループを運営したら、桂華院家は経営することなく生活には困らない。そういう仕組みになっていた。大規模リストラで多くの従業員の首を切る代わりにね。そうか。そこが君の理由なのか」

岩崎頭取はぽんと手を叩いた。私は肩をすくめながら窓の景色に視線を向けた。

「助けた手を取り上げようとする彼らをどうして助けると？」

「そんな君が、岩崎自動車ではなく古川通信に手を出すのかい？」

「不良債権になる前に、今なら手が打てます」

経済というのは食うか食われるかというのは誰の言葉だったか？　動かなかっただけで私は食われかけたのだ。だったら動く。食われる前に食べてやる。

「頭取。必要でしたら、この間の借りをこれに使ってもらっても構いません」

少しの間沈黙が流れる。私の耳に聞こえてきたのは岩崎頭取のため息だった。

「君の話に乗ろう。だが、この件はお父上と仲麻呂くんの了解を取りなさい。それが条件だ」

その時の岩崎頭取の寂しそうな顔を私は見なかったことにした。ここで動かなかったら、もっとひどくなるのを私しか知らなかったのだから。

【用語解説】

・電気の規制緩和……東日本大震災の後自由化されたが問題も多い。

・法定代理人……本来未成年の子供の法定代理人は両親がなるのだが、両親が居ない場合代理人を選ぶことが出来る。

・マージン・コール……口座の資金額がポジションを保有し続けるために必要な最低金額を下回っていることを金融機関が投資家に知らせる緊急時の対応の事。トレーダーはこれを受けた後、資金を追加しないとポジションが強制決済される。この強制決済をロスカットという。

・大規模リストラ……破綻したエンロンは従業員を五段階に分け、トップ二割にストックオプション等のボーナスをつけたが、下二割については解雇という超競争社会を強いていた。

・ＭＭＦ……マネー・マネージメント・ファンドの略。

『アヴァンティ』に瑠奈《るな》を除いたカルテットの男三人が集まっている。瑠奈は珍しく今日は来ていない。そんな時の男子の会話はなかなかに緊張がある。三人共コーヒーを頼んだ後、本題に入る。

「集まってもらった理由はこれを見てくれ」

後藤光也《ごとうみつや》が取り出したのは彼らの運営するベンチャー企業『ＴＩＧシステム』の四半期決算。それぞれの頭文字のアルファベットをつけた会社名だが、ＩＴバブルが崩壊したのにもかかわらずその業績は急上昇していた。

これは、テイア自動車の携帯向けインターネットサイトの保守管理業務を後藤光也を中心とした少人数で回していた事と、会社名義で運用していた資金が急拡大したからだ。

「これはまた派手に膨らんだな……」

「空売りだからね？　当たったからいいものの外れていたらどうなっていたのやら。事業収入は四千万円だね」

「まぁ、瑠奈銘柄だから当たるとは思っていたけどな」

泉川裕次郎《いずみかわゆうじろう》が安堵《あんど》のため息を漏らすが、ゼネラル・エネルギー・オンラインの空売りを仕掛けた帝亜栄一《てぃあえいいち》はあっさりと言い切る。瑠奈を見ていたからこそ、彼女が止めているゼネラル・エネルギー・オンライン関連の事業を悟り、会社の金を使って空売りをしかけたのだ。彼らがニューヨーク市場の空売りで儲《もう》けた金額は四百万ドルになる。

「やっと、スタートラインに立てたかな？」

「桂華院《けいかいん》は遙《はる》か先を爆走しているが、それでも追いつけない訳じゃない」

「本当に先は長そうだ」

この三人、瑠奈とつるんでいる訳で、恋愛感情が無いと言えば嘘《うそ》になる。とはいえ、太陽のように眩《まぶ》しく輝く瑠奈と、その才能からどんどん規模が大きくなる桂華グループを前にどうその恋心を出そうかと頭を悩ませていたのも事実。

男三人腹を割って話した結果、せめて事業家として自分で金を稼いでから告白しようと紳士協定を結ぶ事に。その第一歩をやっと踏み出そうとしていた。

「で、この金どうする？」

「それを話し合いたい」

「事業拡大に堅実に使うに一票」

真っ先に堅実な使い道を提案したのは泉川裕次郎。財務・営業担当である彼は、空売りの成否にハラハラしていたのである。失敗すれば破綻なんて賭けではないが、身銭を切って大金を賭けその結果を待つ間の胃の痛さはたっぷりと味わっていた。

そんな事をするぐらいならば、まっとうに事業を拡大したほうがまだ納得がいく。

「事業拡大って何をするんだ？」

「米国でＩＴバブルが弾《はじ》けたから、向こうのプログラマーがかなり安く使えるんだ。日本は先にバ

ブルが弾けたけど、作ったＨＰの保守管理についてはまだ考えていない人達《たち》が多いし、携帯向けサイトまで手が回っていない。仕掛けるならここだと思う」

技術・実務担当の後藤光也が口を挟む。

「悪くはないが、その携帯向けサイトで何をしたいかを顧客が考えていないと話に乗ってこないだろう？　広告収入も伸びてはいるが」

ここで帝亜栄一が口を開く。

「ＴＩＧシステムに買収の提案が来ている。金額は二十億円」

空売りで儲けた４００万ドルはこの時の円になおすと大体四億八千万円。年間一億六千万の収入と資金繰りに成功した四億八千万円がある会社に二十億円の買収提案が来たのだ。

三人はこんなプレッシャーを紅一点の瑠奈が味わっていたのかとやっと理解しつつあった。誰も頼んだコーヒーに手をつけていない。

「提案してきたのはポータルサイト最大手のあそこだ。ＩＴバブルが弾けたのにあそこは銭があるらしいな。パーティーの席で会長直々に俺に声をかけてきた」

ポータルサイト最大手は実を言うと瑠奈が出資していた会社であり、瑠奈がバブルを弾ける前に売り飛ばしてもＩＴ株を持ち続け、その保有株を担保に資金を借りて今は通信業に参入。

派手に町中でＡＤＳＬのルーターを無料で配りまくって話題になっていた。

「爆発的な需要がある携帯サイトの技術を持っているのが一つ。うちのポータルサイトに乗せて、ポータルサイトを魅力的にしたいのが一つ。君達に恩を売って、今後のビジネスの種にしようという下心が一つさ」

なんて会長は笑って帝亜栄一に言っていたが、その目は冷徹に値踏みをしていたのを彼は忘れることができなかった。獲ようとする者の目であり、多分男子三人に見せていない瑠奈も同じ目をしているのだろう。男子三人は基本受け継ぐ者だ。それは別の才能というのは分かっている。

「で、帝亜。どうする？　俺はお前に従うよ。ぶっちゃけるが、俺達が事業を行うならばここまでだろう」

技術担当の後藤光也が最初に意思表明をする。

技術ゆえに、ウェブ上とは言え上の人間がいる事を知っており、身の程を知ったとも言う。

「同じく。僕の行く道は政治だ。ここは僕の戦場じゃないよ」

泉川裕次郎も続く。将来、国会議員は無理として県議などの自治体議員は約束されている身である。ここで手を引けば、青年期の成功として飾って終われる。

だが帝亜栄一は違う。経済こそ彼の戦場であり、瑠奈の戦場だった。

「売ろう。ここで終われないし、止まれない。少なくともまともな手段では瑠奈に追いつけない」

これが言えるのが帝亜グループの御曹司として育てられた彼の真骨頂だった。

彼はまだ瑠奈に追いつくことを諦めてはいない。

「わかった。だが、帝亜よ。次はあるんだろうな？」

「ある。瑠奈の尻馬に乗る形になるが仕方ない」

後藤光也の確認に帝亜栄一はそう言って、経済誌を広げる。そこには、ある企業の不振が特集されていた。

「瑠奈にせよ、あの会長にせよ、ＩＴ出身で通信事業が次だと感づいているフシがある。そして二人に共通しているのは、その通信端末を自前で抱えていない事だ。多分、そのために端末の確保に動くだろう。その会社の株を今のうちに仕込んでおく」

会長の方はどうか分からないが、瑠奈が四洋電機を抱えており経営再建を果たした事を三人は知っている。四洋電機の主力商品の小型液晶と電池を十二分に活《い》かすならば、彼女がこれを見逃すとは思えないと帝亜栄一は確信していた。

「古川通信。株式を上場しているが足尾財閥はコントロールを失っていて、政府の介入に耐えきれずに切り捨てるだろう。瑠奈の次の狙いは多分こいつだ」

【用語解説】

・空売り……株を借りて売り払い、株価が下がった所を買い戻して返還する一連の流れ。
株を借りるためにレンタル料が発生するが、それ以上に価格が下がれば大きな儲けが出る。

・腹を割って話そう……『水曜どうでしょう』生き地獄ツアー

あとがき

本書をお買い上げいただきありがとうございます。著者の二日市とふろうと申します。

今回のお話は２００１年春から冬までの間に起こった物語となっております。

９月11日。あの同時多発テロを見た時の衝撃は今でも覚えています。それを書いていいのかと迷ったのも事実です。

それを決めたのは実は映画だったりします。２０１０年代に入りドキュメントではなく過去や歴史としてこの９月11日を取り上げる映画が米国から出るようになり、米国の文化的強さを見せつけられたものです。

あの日、世界は変わりました。そして変わった現在がこの本をとっている皆様の現在と繋《つな》がっています。

あの時変わる世界を見ていた方は少しでもあの時を思い出してください。

あの時を見ていなかった方はこういう事があったのだと覚えていただけると幸いです。

２０２１年現在、やはり私達《たち》の世界は変わりつつあります。ですがそれも過去になり歴史になってゆくのでしょう。そうやって積み重なった世界の選択の先に私達は立っています。

ここからどう世界が変わるのか私には分かりませんが、きっとこの変わる今を誰かが物語として語るのでしょう。それをこの時代を生きた人間の一人として応援したいと思います。

折角ですから、この物語の裏話も少し語りましょう。

なろうの方を追っている方はご存じかと思いますが、私は起承転結を順序よく書く作家ではありません。

作家の部類としては書きたい所を書いてその後で起承転結を整えるという感じの作家と自分は思っています。

小説を読んで何か違和感があるなと思った方は鋭いです。大体後で書き足したり修正したりした名残だと思ってください。出来得る限り消したつもりですが残ってしまうもので、出版後に編集さんとやらかしを確認して頭を抱えたものです。

最後にこの場を借りて謝辞を。

桂華院《けいかいん》瑠奈《るな》の物語を語る場所となった『小説家になろう』様。私も小説家になりました。

書籍化の声をかけてくれたオーバーラップノベルスの担当さん、素敵なイラストを描いてくれた景さんには本当に頭が上がりません。

また、本作品の書籍化にご協力くださった皆様に心からお礼を申し上げます。

最後に、この本を手に取ってご購入していただいた読者の皆様に心から感謝を。本当にありがとうございます。

それでは、次巻でまたお会いできることを祈っております。

次回予告

「おかしいじゃないですか？
会社は株主のものです。
今の話の何処に、株主が出てくるのでしょうか？」

会社は誰のものか？
その問いかけは変わった世界を揺るがした。
この国で注目されたＴＯＢは、隠れていたものをさらけ出す。

「あのお嬢様は可能性があり過ぎる。
このままだと独裁者にすら成りかねない」

それを恐れる大人が居た。それを心配する大人が居た。
それを叱る大人が居た。

「大統領。
我々は共に国の代表であり、国民のために、国益の為に働いているはずです。
そんな国民に、『一人の少女を人殺しに仕立て上げて
国の繁栄を達成した』と歴史に残せますか？　彼女を殺人者にしてはいけません」

世界はテロからイラクに向かおうとしていた。
そして、大人は少女を殺人者にするつもりはなかった。

「ならば！
私が資格を得た時には既に遅かったなら！
没落していたらどうするのですか!!」

激高した私の叫びも恋住総理には届かない。
いや、その叫びを過去にあげたからこそ、彼は微笑んだ。

「それでも受け止めるしかないだろう。
そうやって過去を先人達から受け取って、
未来を君たちに渡すのが大人の仕事だ」

大人は子供に優しい。
だからこそ望んでも居ない
『幸せになりなさい』
という呪いを少女にかけてゆく。

作品のご感想、
ファンレターを
お待ちしています

あて先

〒141-0031　東京都品川区西五反田 8-1-5 五反田光和ビル4階
オーバーラップ編集部
「二日市とふろう」先生係／「景」先生係

スマホ、PCからWEBアンケートにご協力ください

アンケートにご協力いただいた方には、下記スペシャルコンテンツをプレゼントします。
★本書イラストの「無料壁紙」　★毎月10名様に抽選で「図書カード（1000円分）」

公式HPもしくは左記の二次元バーコードまたはURLよりアクセスしてください。
▶ **https://over-lap.co.jp/865549829**
※スマートフォンとPCからのアクセスにのみ対応しております。
※サイトへのアクセスや登録時に発生する通信費等はご負担ください。

オーバーラップノベルス公式HP ▶ **https://over-lap.co.jp/lnv/**

現代社会で乙女ゲームの悪役令嬢をするのはちょっと大変 3

発　行　2021年8月25日　初版第一刷発行
著　者　二日市とふろう
イラスト　景
発行者　永田勝治
発行所　株式会社オーバーラップ
〒141-0031
東京都品川区西五反田 8-1-5
校正・DTP　株式会社鷗来堂
印刷・製本　大日本印刷株式会社

ISBN 978-4-86554-982-9 C0093

【オーバーラップ　カスタマーサポート】
電　話　03-6219-0850
受付時間　10時～18時(土日祝日をのぞく)

OVERLAP NOVELS
著 龍翠 ryuusui
画 水玉子 mizutamako
テイマー姉妹のもふもふ配信
無自覚にもふもふを連れてくる妹がチート級にかわいいので自慢します
姉妹で最強なゆるもふゲームライフ!
コミックガルドにてコミカライズ!!
動物が大好きだけど病室から出られないれんは姉のミレイに誘われ大人気VRゲームを始める。実は敵意がなければモンスターに襲われないという特徴を持つこのゲーム。もちろん、敵意などないれんは次々と最強のモンスターたちと仲良くなってしまい——!?

骸骨騎士様、
只今
異世界へお出掛け中
秤 猿鬼
Enki Hakari
illust. KeG
目立たず過ごす——はずだったのに!?
最強の骸骨騎士による
無自覚“世直し”異世界ファンタジー、
ここに参上!!
目覚めると「見た目は鎧、中身は全身骨格」のゲームキャラ“骸骨騎士”の姿で異世界に放り出されていたアーク。目立たず傭兵として過ごしたい思いとは裏腹に、ある日、ダークエルフの美女アリアンに雇われ、エルフ族の奪還作戦に協力することに。だが、その裏には王族の策謀が渦巻いており——!?
大ヒット御礼!
骸骨騎士様、只今、
緊急大重版中!!
OVERLAP NOVELS

コミカライズも
大好評!
「小説家になろう」で
絶大な人気を誇る
人外転生
ファンタジー!!
最弱《スケルトン》から進化でめざす
最強冒険者!
丘野 優
イラスト: じゃいあん
望まぬ不死の冒険者
いつか最高の神銀《ミスリル》級冒険者になることを目指し早十年。おちこぼれ冒険者のレントは、ソロで潜った《水月の迷宮》で《龍》と出会い、あっけなく死んだ――はずだったが、なぜか最弱モンスター「スケルトン」の姿になっていて……!?
OVERLAP NOVELS

OVERLAP NOVELS
とんでもスキルで異世界放浪メシ
江口連　イラスト：雅
──その男、
異世界の胃袋を鷲掴み!!
「小説家になろう」
2億PV超の
とんでも異世界
冒険譚！
重版御礼！
シリーズ好評発売中!!

第9回 オーバーラップ文庫大賞
原稿募集中！
イラスト：KeG
紡げ、魔法のような物語！
【賞金】
大賞…300万円
（3巻刊行確約＋コミカライズ確約）
金賞……100万円
（3巻刊行確約）
銀賞………30万円
（2巻刊行確約）
佳作………10万円
【締め切り】
第1ターン 2021年6月末日
第2ターン 2021年12月末日
各ターンの締め切り後4ヶ月以内に佳作を発表。通期で佳作に選出された作品の中から、「大賞」、「金賞」、「銀賞」を選出します。
投稿はオンラインで！ 結果も評価シートもサイトをチェック！
https://over-lap.co.jp/bunko/award/
〈オーバーラップ文庫大賞オンライン〉
※最新情報および応募詳細については上記サイトをご覧ください。
※紙での応募受付は行っておりません。